我转动所有的经筒

藏地笔记

虞敏华 著

生活·讀書·新知三联书店

图书在版编目(CIP)数据

我转动所有的经筒:藏地笔记/虞敏华著. —北京:生活·读书·新知三联书店,2017.11
ISBN 978-7-108-05986-4

Ⅰ.①我… Ⅱ.①虞… Ⅲ.①纪实小说—中国—当代
Ⅳ.①I247.5

中国版本图书馆CIP数据核字(2017)第188147号

责任编辑 麻俊生
摄　　影 施加勇 吴 辉
封面设计 储 平
责任印制 黄雪明
出版发行 生活·讀書·新知 三联书店
（北京市东城区美术馆东街22号）
邮　　编 100010
印　　刷 常熟文化印刷有限公司
排　　版 南京前锦排版服务有限公司
版　　次 2017年11月第1版
2017年11月第1次印刷
开　　本 720毫米×965毫米 1/16 印张 21
字　　数 270千字
印　　数 0,001—6,000册
定　　价 48.00元

谨以此书献给在旅途中相遇过的每一个人。

序

有些写作不能一气呵成，需要慢慢地想，慢慢地写，不断停下来，然后继续。其实有时阅读也应该是这样，或更应该是这样。赶什么呢？我不理解赶的人。即使精神活动，比如转经，你也能观察到，有的人急急忙忙，有的人从从容容，有的人一口气拨完一溜转经筒，有的人一个一个，很慢。在西藏的时候，我不转经，但喜欢看那种很慢地转动经筒的人。

读《我转动所有的经筒》，恍惚觉得自己在转经，而且是那个很慢地转动经筒的人。有趣的是，文中的几个主要题目交叉进行，切成若干段，重复出现，构成全书。一种巨大的交互空间笼罩着你，重复的题目如同重复的经筒分布于交互的空间，而“你、我、她”三位一体的叙述主体，讲述着同一颗漂泊的心。心如莲花打开，有许多瓣，但又是同一颗心。

她是个苏杭女子，一个白领，却漂泊在青藏高原上。不是行走，而是驾车，用一种很现代的方式亲近自然，走向陌生。她说常常没有目的地，也不知道想要做什么，只是随性随意地在那片广袤无边的高原上漂泊着。她是主体也是客体，她常常能看到自己。由于孤独,她是双重的:“草原辽阔得没有边际。一条孤独的公路,起起伏伏地伸向远方,看不到尽头。过往车辆很少,大多时候,都只有我一辆黑色奇骏车,在高远的天地间,显得那么渺小,渺小得如同一只甲虫,慢慢地爬行在雪山河流和金色草原之间。”

在墨脱,她踩着高高低低的石头,向下,来到河边,在一块大石头上坐下,拿出一本书便读起来。读的是《尼采传》。河水跌宕发出的轰响淹没了一切,水珠溅起,但她渐渐地忘记了在哪里。杭州、墨脱、尼采这三者怎样统一在一起?一种怎样的时空?这不是表演,无人能看见,每一步都充满危险。就算是表演,也是表演给自己看。一个表演给自己看的人是什么样的人?一个精神至上的人,绝对的人,无畏的人。她的一个同类,一个叫拉姆的汉族女孩,只是因为稍微后退了一小步,便倏忽间消失,随一块小石头掉进仿佛另一重天的澜沧江。

说没就没了。但她还是沿着拉姆的足迹走来,踩危险的石头,看江水,放下书,想拉姆,想那匹都灵的马,想那个思维时而糊涂时而清晰的老年的尼采,想坐在尼采身边的尼采的妹妹。尼采抬起头问哭泣的妹妹:“伊丽莎白,你为什么哭呢?难道我们不幸福吗?”

想拉姆,想尼采那风暴过后的已温和平静的眼睛。

她觉得幸福。

那时太阳挂在西边的天空,发出橙红色的光。

是她与尼采共时的夕阳。

在拉萨,她流连于那些大大小小的寺庙。有时候,她远远地看着信徒们磕长头,点酥油灯,看他们口诵六字真言,围着转经长廊一圈一圈地转。有时候,她会在他们中间,人群像潮水一样推着她向前。虽在同一时空,她与转经人却相互视而不见。她穿着大红色的冲锋衣，但在人群中却像隐身人一样。她转动经筒，但像从另一个星球来的人。

但是她转，甚至有时会停下，再转。

她面对珠峰，以及其他几座八千米以上的山峰：马卡鲁峰、洛子峰、卓奥友峰……它们错落有致排列成一条由山峰组成的堤坝，即喜马拉雅山脉。“珠峰在前面，时隐时现。当云雾飘开的时候，看到它的形状，像是张开双臂袒露着巨大胸怀。”她在珠峰下危险地病倒，却依然凝视。她吸了氧，吃了退烧药，不敢躺下，就那么靠着，坐在黑暗里，每隔十分钟就喝一次热水，如果躺下可能再醒不过来。

她转了冈仁波齐峰，去了遥远的阿里，山巅之上的西藏。

我也曾到冈仁波齐，只是望洋兴叹，甚至连想都没想过转山，一念都没有，我觉得对我来说是根本不可能的。我的一位友人转了冈仁波齐，回来说，差点撂那，现在是重生。我曾登过拉萨哲蚌寺后面的山峰，我知道每走一步路的巨大喘息，每一个动作都是慢动作，知道类似死亡的诱惑：一闭眼就会飘起来，是多么幸福。但是她竟然转了漫长的需要过夜的冈仁波齐。在夜晚的帐篷里，她替一个上海人写遗书，那人病得已拿不动笔，他说一句她记一句，这样的情景在这条伟大的转山路上屡见不鲜。

每个转山者都要有这个准备。

转冈仁波齐几乎是个悖论，为什么还要去？

而这就是生命的神秘。

多数人的生命已没了神秘，只有少数人，或极少数人生命中还有不竭的秘密或悖论，鱼儿（作者笔名）便是一个。她的生命里有无数个经筒，她要去转动，永远不竭地转动，永远着迷地转动。旅途是这样，写作也是这样。她的写作完完全全地体现出旅途的样子，不是通常写作的样子，确切地说不是所谓专业写作的样子，但又是真正的写作的历程。

真正的写作来源于现实，而非文本。

她的旅行是交织的、立体的，如同众多河流的交叉走向，同时永远有天空映照，是时间与空间双重的移动，绝非平铺直叙。不乏这样生活的人，但能这样写作的人少而又少，即便所谓成名作家，能做到这样的也是极少数。在这个意义上，《我转动所有的经筒》让人惊奇，让人认同高手在民间。至少民间存在着高手，而好的文学生态正该如此。如同武林之外的高手不为武林存在，他们自有自己的世界观、人生观。

如果说流水是感性的，河床一定是智性的，而河床与水的关系是互动的，水形成了河床，河床反过来也呈现了水。复杂的河床呈现着复杂的水，让水变得如此多姿。同样，语言是感性的，结构是智性的。但事实上在许多人的写作中，两者是分离的，更多的是语言不错，但没有相应的结构。太多一般的不符合实际的结构充斥着写作，让世界变得单调。

这本书的语言，简洁、质感、灵透，一如她经常坐在河边注视的水中的石头。石头独立、透亮，但周围又到处是水，波光粼粼，石子却一动不动地跳入你的眼睛。换句话说她的语言是带着水的，直让你觉得她的语言不是来自笔端，而是来自水边。同时拥有相应的空间，两者相映，构成了《我转动所有的经筒》独特的世界。

宁　肯

2017 年 6 月于北京

目录

一 她。拉萨

拉萨对于你来说，是灵魂深处的存在，是前世的城市。

于我，它只是一段多年前消逝了的情缘。

是一个不曾明确的约定。

是一次不知道目的的远行。

第一次到达这座城市，却没有一丝的陌生感。从未消逝的情愫，刹那间在心里氤氲荡漾开来。我张开双臂拥抱着拉萨，还有远远近近的雪峰。它们同样深情地拥抱了我。

还会一次又一次地到这里来。从这里开始，走遍雪域高原，走过一个又一个的无边，越走越远。

我会走进每一座寺庙，转动所有的经筒。

想起那首仰面苍天，满怀深情的歌：

“难道说,还有无言的歌?还是那久久不能忘怀的眷恋?”

美丽的歌者早已走出红尘,与青灯古佛相伴。没有人能理解她的无言和眷恋。而我,正在自己的无言和眷恋中,踽踽独行。

正午的阳光,是如此明亮灼热。我的胳膊和脖子被晒得热辣辣的疼。不喜欢戴帽子,不喜欢防晒霜。喜欢就这样,没有遮挡地让自己的皮肤裸露在阳光下,甚至希望脸上能够晒出一片高原红来。

她们是那么健康。那些藏族的女子,梳着两根或许多根长长的辫子,黝黑发亮的脸颊上,两片红晕,真好看。

我在拉萨的小街小巷里穿行,去寻找那座叫作仓姑寺的小庙。

我迷路了,小巷越走越深。阳光在那些屋子、院墙上,投射出巨大的阴影。

有很多不知名的小寺庙隐藏在小街的深处。

推开那厚重的大门,空旷的院子里,很多黑狗,还有黄狗,躺在树荫下睡觉。

边上有两个老太太正在绕着一排转经筒转经。

我的脚步声,没有惊动那些黑狗和黄狗,它们依然在树荫下酣睡。老太太们也没有转头看我,只是专注地转着经。

如此巨大空旷的安详。

小巷的尽头,一位老人,已经坐了很久了。似乎在看着远方,又似乎什么也没有看,就这样坐着。我走过两个巷子,进了好几个院子,回过来,他依然这样坐着。

红衣喇嘛悄无声息地走过,渐行渐远。那一抹红色慢慢地消失在巷子的

摇转经筒的老人

八廓街转经

老人与狗

藏族姑娘

转动经筒

尽头。

拉萨不是我的。

可我喜欢它。

……

在北京路上的网吧里，她给拉姆写邮件。

她说，拉姆，我常常会疑惑，这个世界有什么是可以恒久不变的？

而人的生命，只不过是血肉气息和意识感知机缘巧合的存在而已。

它的究竟，是无。

曾经在我们的生命中以最亲密的方式存在过的人，早已无迹可寻。

那样的亲近，那样的缠绵温存，那样的刻骨铭心，竟然，也只是空无？我知道，生命是一条不停流淌着的河流。每一刻都在死亡，每一刻都在重生。

我们无法获取任何的一个瞬间。在你以为拥有的时候，它已然逝去。

然而，站在生命的河岸上，看岁月流逝，我的心中依然充满了忧伤。

我明白，我终究只是一个俗世的凡人。

如何能够放下？放下又如何？

她在拉萨逗留了好些天了。

请了长假，背着个巨大的背包，一个人，来了。出发的那一刻，有一种豪情，好像是要告别此前的一切。生命中的某些东西都会在沿途被任意抛撒。

那个巨大的背包里，有睡袋、防潮垫、冲锋衣、登山鞋，还有洗面奶、润肤露和香水。

并没有设定目标。到了拉萨以后,还要去哪里,还能去哪里?她不知道。

住在一家藏式旅馆里。喝酥油茶,吃油炸果子。帮前台的卓玛和洛桑干活。听他们唱歌,和他们聊天。有时候,就在庭院里,安静地晒晒太阳,看看高远的蓝天。她会想起,很久以前的那个夏天。

一场大台风正在穿过她的城市。

小河边。那个大男孩对她说,我要去西藏了。也许三年,也许更长一些时间。

大风呼啸,吹落河边的柳枝,啪啪地掉在地上。

她说,你会忘记我吗?

他说,我会给你写信的。

从拉萨寄来的航空信,路途上走了半个月。信封里夹了一张照片。照片里的那个人,皮肤黝黑。在那曲草原上,在阳光里,望着远方。

是秋天。及膝的野草,一片金黄。

他在信中告诉她,从格尔木到拉萨,两天两夜的路程。

缺氧。寒冷。

为了不让司机睡过去,他不停地说话。到后来都不知道自己是在说什么,全然没了意识,只是机械地让自己发出声音。

他说,唐古拉山口的风像尖刀一样,刺得脸颊生痛。

他说,拉萨的夏天,凉得脱不掉毛衣。

他还说,同室的室友,名字发音和你很接近。恍惚中,总以为是在叫你。

半个月。一个月。不定期的,有从雪域高原飘来的信函。

有一天，他说，我和我的同事们，去那曲了。藏北草原已经金黄一片。纳木错是那样浩瀚。我爱上了这片土地。

我喜欢这里的孩子，喜欢他们那明亮的眼神和憨厚的笑容。

喜欢那让人无处可躲的强烈的阳光。喜欢清澈高远天空上的云卷云舒。

还喜欢大街上随处可见的黑狗。

她买好了假期里去往拉萨的机票。她想去拉萨河边散步，想去纳木错看日落。和他一起。

可是，他的音讯越来越少。

直到有一天，读到了他的一篇小说。在一本杂志上。

知道了他生活的点点滴滴。

有一个美丽的女孩一直和他在一起，他们共同度过那些日子。

那段无法复制的生命历程。

有时候爱情那么美好。

但有时候，爱情又是如此的令人忧伤。

那张机票，和他写给她的那些信件一起，被封存了起来。

当她终于站在贡嘎机场的停机坪上，遥望远处的雪山时，他已经离开拉萨，很多年了。

而她，也知道，来拉萨，不再是为他。

二 你。香格里拉

长途大巴到达康定。一下车便被那明晃晃的阳光照得睁不开眼睛。你戴上了墨镜，目光向四处搜寻。并不是在找约好的司机，你只是想看到那座“跑马溜溜的山”。

康定是个大站，人很多，挤挤挨挨地涌向出站口。你的红色冲锋衣，45 升大背包和脚上那双 ASOLO 登山鞋，夹在一群穿藏袍的当地人中间，很是醒目。

一辆深蓝色的桑塔纳车停在不远处，瘦瘦高高的司机向你走来，你对上他的目光时，他向你微笑。你问，是拔初师傅吗？他说，是，我就是。你问师傅，哪座是跑马溜溜的山？师傅笑了，指向车站背后的一座褐色的山峰，说，那就是。

你看见有几片白云，像绸带一样缠绕在山顶上。这座一次次在歌里面唱到过的大山，就这样倏然出现在你的眼前。

你对它是那样熟悉。熟悉得就像是一个从来不需要想起永远也不会忘记的老朋友，始终在你的生命之中。然而此刻，你突然发现，其实，你从未在心中想象或者描摹过这座山。

它是什么样子的？你不曾这样问过自己。你好像一直都知道它的样子，可你的脑海里从未有过关于这座山的具象的样子。它就是这样，无形无象地，陪伴了你很多很多年了。

此刻，那一首歌，那一段萦绕在你脑海里几十年的美丽的旋律，化成了一个真真切切的具象的存在，铺展开来。

你看到了它。那么近，伸手可及。那旋律，哼唱了几十年的那段旋律，如背景音乐般无声地慢慢升起，弥漫，流淌，最终温柔地湮没了你。

你说，你要的旅途就是这样，把你在书上读到过的，在故事里听到过的，以及你想象过的，完全不知道应该是哪里的那些地方，变成一个个真实的可触摸的存在。

比如此刻，你寻找到的触摸到的无声的旋律。

你不知道你为什么要去寻找香格里拉。

你读过那本书，《消失的地平线》。你并不喜欢那个叫作蓝月山谷的香格里拉。你心中的香格里拉应该是自由、安宁、祥和、古朴、明媚的，就像陶渊明笔下的桃花源。生命最本质的自由是心灵的自由。蓝月山谷只是一个西方人意淫出来的拥有一切现代化设备，有着美丽风景又能让人长命百岁的地方。

你不需要永不衰老的生命。你也可以没有现代化的生活设施。你向往的，只是心灵的自由，生命的自由。

你确实不知道你为什么要去寻找香格里拉。你也不知道香格里拉应该是什么样子的，它究竟是在哪里。但你相信，这个世界，会有一个美丽的、安宁的香格里拉存在。

你被一张图片拨动了心弦。你和拉姆说,我要去找到这个地方。

你打开电脑,从文件夹里翻出一张照片给她看。

蓝天下,洁白的雪山。草地绵延着伸向远处,小河蜿蜒流淌。远处的山坡上,镶嵌着如镜子般熠熠发光的碧绿的海子。天空明净得像水洗过一样,阳光清澈。牛羊在草地上悠闲地漫步,放牧者躺在草场上晒太阳。

你甚至觉得,你闻到了青草的气息,听见了小鸟的鸣唱。

那么纯净的画面,没有一点儿俗世的烟尘。

图片上有一行小字:中国最后的香格里拉。

它在哪里?拉姆问。

你说,我不知道它在哪里。川、滇、藏,应该就在那一带吧。我想我能找到它。

拉姆说,你找不到它的。我怀疑,那张照片是做出来的,只是为了吸引游客。再说,真找到了又怎样?它也不一定是你心中的香格里拉。

拉姆是想让你一起去墨脱的。她说,那是一朵隐秘的莲花,深藏在喜马拉雅山脉的峡谷里。没有公路,必须靠自己的双脚一步一步地走进去,翻越海拔四千五百多米的多雄拉山,穿过原始丛林,悬崖峭壁,蚂蟥区,泥泞湿滑的小路。途中只有非常简陋的木屋,无法洗澡,吃最简单的食物,需要五天的时间,才能走近那朵莲花。

拉姆说,既然你已经有了目标,那就分头走吧。其实,我们会殊途同归,要找的秘境是一样的。她又说,明年的长假,我们一起去走冈仁波齐吧。

你举起手中的咖啡杯,你们碰杯,说,一言为定!

新都桥 9 月下旬的夜晚,气温很低。穿着带抓绒的双层冲锋衣,风吹过,依然觉得刺骨的冷。一弯新月悬挂在高原深蓝色的夜空中。清冷的月色,淡淡地

照在四周苍翠的群山上。

你站在客栈三楼走廊的阳台上，点燃一支香烟。你知道在高原不该抽烟，可睡意全无，头疼，辗转反侧地躺在床上更难受。露台上凉风一吹，缓解了你呼吸困难的感觉。

新都桥海拔不算高，但你和你的伙伴们都有不同程度的高原反应症状。

你对师傅说，帮我们找一个好点的住宿吧，我需要好好休息。

清晨从成都出发，一路马不停蹄。川藏线，二郎山长长的隧道。经过康定，再翻越折多山，直到新都桥。你已经非常疲惫了。在折多山垭口，同伴们兴奋地跑去看雪，看经幡。而你，因为海拔升高太快，一下车便吐得天昏地暗。

师傅带你们到这座简陋的三层楼客栈。他说，这已经是算比较好的了。

房间在三楼，你说，我先去看看。晓汐说，我去吧。胡子大哥说我也去。你看着他们一前一后地上楼。在二楼拐角处，晓汐的身体晃了一下，无声无息地就倒了下来，瞬间陷入休克状态。胡子大哥在后面刚好挡住了她，没有从楼梯上滚落下来。

服务员小妹使劲地掐住她的人中，直至掐破了皮。几分钟后，她悠悠地呼了口气，醒过来。睁开眼睛，茫然地看着大家。下巴上有块乌青，膝盖上也是。

后来她说，我这算是死过一回了吗？一直挺好奇，“休克”究竟是种什么感觉？昏迷过去还能醒来也是一种不错的体验吧？如果死亡也是那么容易呢？一觉睡去，烦恼全抛。

但总还是眷恋着生的美与好。

晓汐，胡子大哥，还有岚妹妹，都是你在网上召集的同伴。你们将一同走过这段旅程。

空气中弥漫着酥油茶的香味。这一刻，你终于明确地知道，你已经不在江南，不在有着漫长夏天的杭州了。这是高原的秋天。这里是藏区。

拉姆早一个星期出发，你们的线路前半段是一样的。从成都到康定到新都桥，然后是理塘。理塘开始分叉，你转往稻城亚丁，她从巴塘进藏，去墨脱。

一路上，她给你短信。

她说，川藏线是这样美丽，这一片离天堂如此之近的土地，是那么超凡脱俗。

她交代，到理塘，记得找白玛，她会帮你安排住宿和司机。

到康定，包车可找拔初师傅，他是个很不错的藏族司机

去趟措普沟吧，那里有你向往的纯净。

她还说，我太喜欢藏地了。如果生命真的有轮回，我想，我的前世一定生活在这里，我应该是个藏族人。

……

你不知道此刻的拉姆已经到了哪里。有两天没有收到她的短信了，估计开始进入墨脱了。进墨脱的途中没有手机信号。

通往墨脱的路险峻窄小，紧贴着澜沧江，经常塌方。江岸就是壁立千仞的悬崖，据说常有人失足。

此刻你相信，她一定也能看见这一片高原的月色。你们共享着同一轮明月。

月光如水。悄无声息地洒满雪山草原。

三　她。拉萨

在拉萨，她流连于那些大大小小的寺庙。

有时候，她远远地看着信徒们磕长头，点酥油灯，看他们口诵六字真言，围着转经长廊一圈一圈地转。有时候，她会在他们中间，人群像潮水一样推着她向前。然而，似乎隔很远，他们看不到她，没人关注她。她穿着那么突兀的大红色的冲锋衣，却像隐身人一样，转经的人流从她身边漫过，水一样地往前流去。

她常常会觉得，这一切都像是立体环幕电影，真真切切地在她眼前，但她，触摸不到他们。甚至，听不到明确的声音。

她更愿意在那些安静空旷的寺庙中停留。

一个人，在无人的大殿里伫立，在幽深的长廊中穿行。她会在那些古老的壁画前呆呆地站立。那些久远的画面，穿透千年时空。但她依然能感受到画者的虔诚。

在楼上的平台，盘腿而坐的小喇嘛专注地背诵经文。在幽暗的偏殿里，佝偻着背的老年喇嘛为酥油灯添加酥油。那么宁静，没有一丝喧嚣。

最喜欢的是哲蚌寺。

石头台阶蜿蜒而上，走得时间稍长，呼吸便有些急促。大口地喘着气，却不停歇，一直向上走着。大殿与大殿之间，是窄窄的小巷，一扇扇虚掩着的门。似乎有喇嘛诵经的声音传来。又似乎，不是诵经，而是哪位大师在这里讲经，低沉浑厚，若隐若现。

高处的是措钦大殿。空无一人的大殿，酥油灯沉寂地闪烁。空气中有灰尘的味道。一根根的柱子，把空间分割成了竖条形，很好看的几何图案。大殿里没有法事，只有僧人的衣物整齐地摆放在座位上。远远看去，像是一个个匍匐着的人影，在虔诚地谛听着佛陀的声音。

她在措钦大殿里那些巨大的廊柱之间久久站立。寂静中，似乎能听见佛祖在灵山法会上说法。

一切世间诸所有物，皆即菩提妙明元心。心精遍圆，含裹十方。反观父母所生之身，犹彼十方虚空之中吹一微尘，若存若亡。如湛巨海流一浮沤，起灭无从……

佛祖慈悲，说法四十九年，他一直只是想让人们明白，心涵十方世界，无始无终的时间，无边无际的空间，都在我们心中。万法唯心，心外无法。第一次读到《楞严经》这段文字的时候，那瞬间的冲击和感悟，丰盈而无法传递。

此时，在这样空旷的大厅里，这段经文似乎从空中传来，渗透她的内心。

一个老喇嘛走过，对她说，扎西德勒。她朝他微笑，也说扎西德勒！喇嘛端来一碗酥油茶，递给她。她接过来说声谢谢。香浓扑鼻的酥油茶。

你在看管这个大殿吗？她问。

他朝她微笑，并不回答。老喇嘛不会说汉语。

她跟着他往外走，在门口的长凳上坐下。他又给她倒了一碗酥油茶，在她身边坐下。静静地陪她看着远处的蓝天雪峰。

他的眼神那么宁静。可以映出天光云影。她觉得这眼神是在哪里见过的，她觉得她认识他。我们见过吗？她问。他没有回答。

大殿的门口是个偌大的广场。风很大，吹动经幡猎猎作响。阳光把她的身影投射到地上，一个孤独的影子。找个清凉的地方坐下，是一座偏殿的门廊。两条正在酣睡的小狗，抬起头看看她，又继续睡去。哲蚌寺的后山，有一个废墟群。蓝天高远，阳光清澈。那些断壁残垣，如一个个静默的大德高僧。沧桑。厚重。留下了时光的痕迹。

山上可以看见远处的拉萨城全貌。她是那么喜欢这座城市。不为宗教，也不为爱情，而是这座城市可以让她的内心如此安宁。这样的时刻，她知道小桥流水的江南真的远去了。而她与这片高原雪域，已经近到肌肤相亲，近到可以呼吸相闻。

……

独自待在拉萨时，天气晴好的午后，我会背起相机去大昭寺，坐在一个不起眼的角落，端量着洁白的桑烟从煨桑炉里袅袅升起。虔诚的朝拜者依旧执着地走在信仰的道路上，直到夕阳的余晖将他们的影子缓缓拉长。此时的光影格外迷人，金色的晚霞洒在人们身上，信仰将他们照亮，古老的善意在他们身上闪闪发光。这画面温润而亲切，像久远无声的岁月，充满沧桑古老的质感。

香火缭绕的大昭寺前最多的是两种人，一种是好奇地旁观，另一种是虔诚地觐见。虽近在咫尺，却如同彼岸。我不是信徒，可当我看见佛门前海浪般此起彼伏叩拜的身影，看见她们真诚眼神里流动的熠熠之光，即使身在其外，也无法不为之动容。转经的人群中，有耄耋老者，也有稚气孩童，拄着双拐蹒跚而行的也不乏其人，他们每人手里或是摇着转经筒，或是捻动温润的佛珠，清脆的木板叩击声则来自那些跋山涉水千里迢迢赶来朝拜的磕长头者，他们的经历我无从想见，每个人背后都有着不同的故事，相同的是，他们都有着明亮而从容的眼睛。

……

她给拉姆发邮件。絮絮叨叨地述说着对这片土地的点滴感受。

大昭寺广场总是那么喧嚣热闹。她每天都会来八廓街转经，却一直没有进入大昭寺。哲蚌寺、小昭寺、仓姑寺似乎更远离尘世一些。总觉得大昭寺的烟火味浓了一点，那是属于俗世信徒们的寺庙。不是修行的场所，倒像杭州的灵隐寺。

更多的时候，她是坐在大昭寺前面的大旗杆下，看天空的云卷云舒。那些小乞丐们都认识了她，他们叫她姐姐。问她要钱买东西吃。她在口袋里准备了很多零钱，抓一把出来分给大家。孩子们拿了钱高兴地跑去买吃的。买了吃的就回过来，围着她在地上坐成一圈。他们还给她带了烤土豆、油炸果子，他们一起吃，一起看广场上的人来人往。

她很少拍照。广场上有很多游客，扛着大相机长镜头，在那里扫来扫去。她不知道自己是不是也进入了他们的画面。她不拍照，是不想自己的镜头成为干扰。她看见过磕长头的女子，当镜头对准她们时那愠怒的表情。她也看见过转经的老人在镜头前用衣袖遮面的情景。他们有自己的生活，他们不是展览品，游客的镜头不应该那么肆无忌惮。她还看见，那个打扮成印度苦行僧样子的老头，蹲在大昭寺门前，一有镜头对准他，他就摆好了架势，等你拍完了，他就跑过来要钱。这样的场景，也不是她所愿意看到的。是游客的镜头孵化出了这样的人，干扰了这片本该宁静的修行之地。

终于有一天想到要进大昭寺看看。她跨进大门时，有些惊讶。这一天的大昭寺，竟然那么安静。没有人，那些游客们信徒们不知道去哪儿了。她在转经长廊的转经筒前，拍下了一张空无一人的照片。二楼的走廊里，种了很多鲜花，在阳光下开得鲜艳脱俗。廊柱投下大块阴影，整个走廊是一幅光影构图。喇嘛们的脚步很轻，红色僧衣无声地飘过。面对面的时候，能看到他们温和的面容，颔首微笑。

屋顶天台上，可以眺望布达拉宫。

她无数次地眺望过、仰望过布达拉宫。在这个城市的任何一处，几乎都是抬头便能看见这座瑰丽的建筑。这是一座被赋予了传奇和灵性的宫殿，它的里面封存着太多寂寞的亡灵。历代达赖的灵塔，无数的珍宝、经书，以及那些纷繁复杂的历史，一起被存放在了这座红白相间的无处不在的宫殿之中。所有的政权都会有阴谋和血腥的记忆留下。即使是有着浓郁的宗教背景，也同样残酷，没有例外。她不喜欢政治，所以，一直没有进入布达拉宫。

暮色下的布达拉宫，带着与世无争的恬淡与肃穆，也许是远离纷扰太久了，此刻的它，是那么安静，那么从容，又是那么无辜。

……

拉姆，我想对你说，我总是在寻找爱情。从少年时期开始，一直在寻找。

八廓街转经的人群

布达拉宫

拉萨街头休憩

辩经

生命是那么孤独，就像那条名为“不来”的阿那含河，水流没过我们，流向远方。周身一片漆黑，看不到远处。我们多么需要爱情，用来温暖那冰凉的身心。

那些男人，近了，又远了。来了，又走了。在这条河流上，我依然那么孤独。

爱情，就像五彩的肥皂泡。在空中，诱惑我们，那么美丽。当你想伸手去触碰的时候，它就消失了。

我知道我想要的是什么样的人。那些曾经走近过的男子，那些在生命中停留过亲近过的人，始终都不是我所爱的男子。

爱情只能发生在势均力敌的对手之间。他们彼此身上都带着前世的印记，第一眼便会有似曾相识的感觉。他们能清晰地看清对方身上的缺点并愿意去包容，爱对方胜过爱自己。

拉姆，这样的对手，我们碰不到。

一次又一次，飞蛾扑火般的去爱。在深爱着一个人的时候，心里想着，如果，两个人之间只能有一个可以活下去，那我一定毫不犹豫地把这个机会给他。我要他活着，我带着前世的记忆消失。只要有那样的记忆，刻骨铭心，就足够美好。只是，每一次的相遇，都如同一个孤独的拳击手，一拳一拳打出去，全打在了海绵上。没有对峙的力量。

想起青春年少时曾经相爱过的人。

那时候，我们坐在公园的草地上，看夏日夜空的星星。很久很久，不说话。回家时，他说，能有个人陪着一起，默默地看看这个落寞的世界，真好。他说，你会陪我一辈子吗？我说，会的。

那个人，也早已散落在天涯。

……

笑笑说，姐姐，我们去色拉寺看辩经吧。

笑笑是她客栈同室的“80后”女孩。

她们在一个房间住了好几天了。并没有太多的交流，不知道对方的来路，也不知道去处。只有淡淡的问候和微笑。她不喜欢过多地谈论自己。可她能感觉到，这个叫笑笑的女孩，就是在微笑时，笑容里也含有一丝抹不去的伤感。她常望着远方，若有所思。

旅行的好处，就是可以忽略个人历史。你的过往与我无关，只有此刻，你和我，相逢在遥远而陌生的客栈中。都是过客，不需要庞大的关系网，复杂的背景色。

那么单纯。

色拉寺在北郊。正午，阳光直射。沿着长长的坡道向前，路两边有一座座小院子。虚掩着门，门缝里透出院子的一角。明亮，空旷，寂静。没有一个人影。她们走得有点气喘吁吁，在那些小院的门檐下，或者，路边的柳树下，停下来，抬头看看天。天空蓝得不可思议。

坡道的尽头，上几个台阶，就是辩经的场所。推门进去，是一个不小的院子。有很多大树，树下，三三两两地围坐着一些红衣僧人。周围一圈，是等着看辩经的游客。

那些大树，粗大的树干，应该是有些年头了。树根从地底下冒出来，在地面上隆起一道道深深浅浅的坎，有些喇嘛就坐在那隆起的树根上。树冠像一把大大的伞，挡住了灼热的太阳。透过树的缝隙，阳光落在地上变成斑斑驳驳的光影。

辩经很热烈。喇嘛们用很大的声音，伴着夸张的肢体动作，看起来像是一场表演。她完全听不懂，只是在看，看他们那样投入，旁若无人，手舞足蹈。

她看见院子的一角，两个年轻的喇嘛，他们似乎在这场地之外，眼神沉静，只是看着对方，一句一句地对话。她走过去，在他们身边停下。提问的喇嘛声音并不太响，却清晰有力。回答的那位更是缓慢沉着。一问一答，一问一答，她想，他们在说什么呢？

什么是生死？

什么是无常？

我们的生命是一个真实的存在吗？若是虚妄的，那么，那样的疼痛，那样心碎的感觉为什么如此真切？

他们的问题会是这些吗？这些问题她都能回答。

她知道，他们是僧人，他们不会这样浅薄世俗地去思考。更何况，在这里的辩经，更多意义上是展示，是一种固定的形式。内容并不重要。

她用相机拍摄下这些画面。大树，红衣喇嘛，拍手，抬足，甩佛珠。画面里没有声音，只有一个个定格的瞬间。当仪式只是为了展示给公众观看的时候，一定是脱离了它最初的内涵了。

笑笑是个安静的女孩。静静地跟在她身后，帮她背着硕大的摄影包。

她说，笑笑，给你拍一张吧，背景是辩经的。

镜头里的笑笑很美，笑容明媚，长发飞扬。

翻看回放时，笑笑在照片上停留了很久。她说，姐姐，是不是所有的美好，都只能在镜头中才能定格？当我们走出这扇门，这个场景，就成为永恒的过往，它再不能重现。我们永远无法复制生命中的任何一个过往，即使你那么留恋，那么怀念。

她说，当我们回不到过去的时候，是该往前走呢还是就在原地徘徊？

四 我。唐蕃古道

当你和她，一个在拉萨逗留，一个去川西北寻找着香格里拉的时候，我独自一人，驾着一辆 SUV 正在西北高原上漫游。

没有设定目标，也不知道想要做什么。只是随性随意地在那片广袤无边的高原上漂泊着。我好像看到自己，如一叶浮萍，在茫茫大海上起起落落随波逐流。

这样的旅行，让自己从浮华喧闹的都市中疏离出来，找到通往内心世界的途径。这个世界慢慢为你打开。当下的使命，便是进入。在与天地的交融中，确认自己。以及，确认在生命中，曾经出现过的你和她。

我会在我的旅途中，遇到你，遇到她。

而此刻，我们已各自出发，散落四方。

天高地远。草原辽阔得没有边际。一条孤独的公路，起起伏伏地伸向远方，看不到尽头。过往车辆很少，大多时候，都只有我一辆黑色奇骏车，在高远的天地间，显得那么渺小,渺小得如同一只甲虫,慢慢地爬行在雪山河流和金色草原之间。

从西宁出发,开了七个多小时的车。

天气不断地变化着。阳光那么灿烂,也有乌云从天边一点点蔓延过来。很快,覆盖了整个天空。黑压压的,令人喘不过气来。草原顷刻间变得灰暗无比。

开始下雨。雨点很大,打在前车窗玻璃上,噼里啪啦地响。

雨刮器快速地划动着,密集的雨帘被刷向玻璃的两侧。视线中,依然是一片白茫茫的雨雾。在大雨中穿行,草原、河流、雪山都隐没在无边的混沌之中。我被雨水包围,天地缩小成一辆车的空间。

不知道什么时候,雨点稀疏了。周遭明朗起来。视线往前延伸,那片雨幕慢慢地被掀开。雨止。天空复归澄澈明净。那么蓝,蓝得令人惆怅。

傍晚的云层有着丰富的色彩,变换着形态。草原像一床金色柔软的毯子,无边无际地铺陈开去。河流反射着阳光,流淌出无限变幻的金色曲线。

下车拍照,我看到被斜阳拉长的我的孤独的影子。

远处地平线上,有一片白色的建筑。在柔和的晚霞映照下,像蓬莱仙境般缥缈,充满了不确定性,使人怀疑是海市蜃楼。几百公里荒无人烟,突然出现的建筑群,就像是黑夜行走时看见远处的一豆灯光,温暖而令人兴奋。

那片建筑,越来越清晰。金黄色的草原,绯红的夕阳,白色的建筑群,宛如一幅油画。

那应该就是黄河源头的第一个县城,叫玛多。

在玛多岔口,与黄河相遇。它从上游十几公里处的扎陵湖和鄂陵湖出发,缓缓地穿过低矮的公路桥,如此平静,清澈。

我把车开到公路桥上,停下。看到护栏上刻有“黄河第一桥”的大字。站在桥上,眺望着前方。我的视线无法延伸到双湖以及更远的星宿海,但我的想象帮我抵达。我似乎看见成百上千的小湖泊,像一面面亮闪闪的镜子,反射着阳光。我又似乎看见,那些细小的水流,一点点一股股汇进双湖,它们成为这条著名大河的源泉。

我来到这里,离它的源头,那么近。我还想更近一些。

返回玛多岔口,折向右边的公路,向前三公里,是玛多县城。它成为我今晚的目的地。

县城就在眼前。那远处看见的红白相间的一个整体的建筑群,变得零落,散乱。在渐渐暗淡下去的金光里,梦幻般的光影消失殆尽。如同一个从聚光灯下回到后台的妆容卸去的艺人,一下子散尽了在台上时提着的那一口气,疲态尽显。

丁字形的两条街。每条街长二百米左右。丁字街的中心处是一个废弃的电影院。大门紧锁,透过残破的玻璃门窗,看得见里面七零八落垂下来的陈旧肮脏的化纤窗帘。不知道为什么弃之不用了,留下一个日益颓败的钢筋混凝土建筑突兀地立在一片低矮的民房之间。

街上很冷清。几乎没有人。每家每户都关着门窗,还低垂着门帘。我不知道这些民房里面究竟是住家还是商店。风卷起地上的碎纸片、塑料袋在空中飞扬。

暮色笼罩着小城。

在交通宾馆门口,遇见一个叫周保的小伙子。

我说,你叫周保。他一点不意外,说,你是在网上看到过我的信息吧。

我说,网上说你是当地最好的司机。他说,其实我们这里的司机都很好。他身边有好几个年龄相仿的越野车司机。他们在这里等远道而来的客人包车。

明天你去牛头碑吗?我问他。

路尽头的玛多县城

玛多黄河桥

你要去？我说是。

他说，你一个人？我点点头。他看看我停在一边的车，疑惑着问，那么远都开过来了，为什么不自己去？

路不熟，不敢开了。他给我一张名片，好吧。那你先安顿好，晚上我去找你。

找到的住处叫玛多宾馆，新建的，小城最好的住宿。标间已经没有，只剩下最后一个被称作“豪华套间”的房间。我看看外边，天已黑透。没有犹豫，要下了这个套间。

屋子大而无当。外面是客厅，摆放了欧式家具，宽大的沙发，宽大的茶几，宽大的电视柜。里间是卧室，也很大。柜子里有很多条被子。卫生间大得像一个房间。还有个带按摩功能的淋浴房。我的行李在偌大的屋子里，只占用了很小一块角落。

人在世间，所需要的栖身之所原本就不用太大，何况还是旅途中暂时的栖息地。只是开了一天的车，我需要淋浴，需要在一个干净的房间里睡个好觉。

出门去找吃的。街道上稀疏的路灯发出昏暗的光。那些紧闭的门扉，不知道哪家是餐馆。我在大街上找不到方向。在黑暗中犹豫着，便觉得有些胸闷，有点喘不过气来。两腿发软，脚步开始发飘。从海拔两千多米的西宁，一下子上升到了海拔四千多米的玛多县，高原反应无法避免地袭击了我。

嗨，哥们。有人和我打招呼。

抬头看见街对面一个穿着冲锋衣背着大背囊的男子向这边走来。我说，你好，知道哪儿有吃的吗？他愣了一下，笑着说，黑乎乎的看不清，以为你是男的。

我穿着一件男式冲锋衣，戴上了帽子。这样的光线下，身份性别模糊难辨。

我叫Simon，来自上海。他伸手给我。我伸出手去，很高兴认识你。我来自杭州。

那么近。他笑了。他说，我常去杭州。

五 她。拉萨

客栈的院子里，有一家藏式酒吧，叫凯拉斯。是冈仁波齐的另一种翻译。

吃过晚饭，她会去酒吧坐坐。

有时候和笑笑一起，有时候一个人。静静地坐在一角，要一壶酥油茶。在高原，她几乎不喝酒，也很少喝咖啡。最喜欢的饮料就是酥油茶，那样浓郁的藏式饮品。

酒吧里有个叫央金的驻唱歌手。非常干净的嗓音，纯粹的歌声。一色的藏族歌曲。没有炫技，也不做作，她只是在唱，唱给你听她美丽的家乡。

几乎听遍了央金所有的歌。依然每天来。坐在一角，静静地听。闭上眼睛，她会觉得，并不是在灯光迷离的酒吧里，而是在原野上，在无边无际的牧场上。金黄色的牧草，透蓝的天空，大团的白云。那女孩就在那样的广阔天地中间，唱着自己的歌。

央金很少穿藏族服装。短发，牛仔裤，白衬衣在腰间打个结。有时候是格子衬衣，干练简洁。看上去像个沿海大城市的时尚女孩。只有那高挺的鼻梁，和那双清澈的大眼睛，能看出她身上的藏族血统。还有脖子上的蜜蜡项链，温润古朴，是厚重久远的传承。

9 点到 11 点，唱完两个小时，央金会在酒吧的一角，一个人喝一会儿啤酒。然后，悄然离去。一直都这样。她似乎不和人交往。后面的乐队来了，和她打招呼，她只是微笑着点点头。

酒吧的女主人有时候和她聊天，会聊起央金。她知道了央金来自藏北草原，一个人漂在拉萨，以唱歌为生。这个女孩身上的某种特质，让她生出一种亲近感。如同在荒芜的原野上，看到一抹清新的绿色。

她让老板娘给央金送去一瓶百威啤酒。央金抬头朝她这边看，她朝她微微地笑。央金也颔首微笑，举起啤酒瓶向她打个招呼。连续几天，她都给央金送一瓶百威啤酒过去。每次，央金都只是微微一笑，举起酒瓶表示感谢。

她去了林芝和山南。五天以后，风尘仆仆地回到拉萨。天还没黑，就去了酒吧。她有点想念央金，这个没和她说过一句话的女孩。

掀开门帘，看见央金难得早早在酒吧里了。只有她一个人。还没有到时间，没有任何客人。老板娘都还没来。央金转过头，看见她，笑了。那笑容极美。在惯有的淡漠表情之上，几乎没有预兆和过度，露出大颗洁白的牙齿，如同幼童般天真和明亮。站起来，对她说，你好几天没来了。

她在央金对面坐下，说，我去了林芝看南迦巴瓦和山南的桑耶寺。是临时起意的一次短暂出行。她说，我不会不告而别，到要离开拉萨的时候，我会告诉你。央金，我喜欢你的歌声，它给我慰藉。有一天我要走的时候，我要录下你的歌声带走。

央金一直看着她，笑盈盈地。对她说，我喜欢你。你和来这里的大多数人不一样，我从你身上看到一种和我家乡的原野一样的气息。自然的气息。你第一天进来我就注意到你了。

央金，你的家乡在藏北吗？

是的。一个叫普兰的地方。那是一个雪山环绕的小城，有一条美丽的孔雀河从小城流过。抬头能看到神山圣湖。原野上如星星般散落着牦牛和羊群。风中会有高亢的歌声传来，那是牧民在歌唱。

真希望能够到达那里，去看看神山圣湖，纳木那尼雪峰和美丽的孔雀河。去听听来自原野的最朴素的歌唱。

央金说，你应该去藏北看看，那是典型的藏区，是神灵所在的地方。我到过所有的藏区，只有阿里，它那么独特。如月球般的荒凉，又如天堂般的明媚。雪山的群峰在天边矗立，而眼前是一片无边蓝色，蓝色的湖水，蓝色的天空，连成了一片，覆盖了整个世界。

她觉得，央金应该是个诗人。她在描述她的家乡的时候，那么诗意。也许这片土地，本来就是孕育诗人的土地。

她跟央金去她的住处。在大昭寺后面的一条小巷里，八廓街近在咫尺，嘈杂却被隔绝在小巷的外面。是那种古老的建筑，拉萨当地人的住房。窄窄的楼梯通道，幽暗曲折。木质的结构散发出年代久远的气息。央金和另外一个北京女孩一起租住十几平方米的一个套间。外间是一张沙发和一张大桌子，里间是两张床。几乎没有什么别的东西了。只有角落里的那台电脑和一堆电子音效设备，显得很专业。有多轨录音机、数字调音台。央金在电脑上写歌、配音、调音、试音，还给自己录歌。

她坐在沙发上听央金放那些她自己写的歌。简单的旋律，简单的歌词。有时候几乎就没有歌词,就是那样自然地哼唱。似乎是从原野上飘过来的牧羊女随口哼出的小调。夹杂着牦牛的低哞,羊群的轻唤。而有的又是那么高亢清亮,传得很远很远。

用的是藏语演唱。它穿越了时光,穿越了地域、语言,直接地进入了听者的内心。在聆听中,她感觉自己置身于茫茫无边的草原,看见蓝天下巍峨的雪峰,看见夕阳下浩瀚的神山圣湖,看见金色阳光下大风之中猎猎作响的五彩经幡。

静默。很长时间的静默。歌声结束后,她一直没有缓过神来,她的思绪还在那无边无垠的蓝天白云雪山圣湖之间。

央金在她面前蹲下来,双手倚在她的膝盖上,仰头看她。

她说,我想去藏北草原,看看你的家乡。

和央金一起住的北京女孩回来了,跟她招呼。看见她们在听歌,说,当年我也是被央金的歌声迷住了,由此爱上了拉萨,爱上了西藏。就这样留了下来,在拉萨一待就是两年。她问北京女孩,那你靠什么为生呢?女孩笑呵呵地从床底下拖出一个巨大的包袱,打开一看全是藏族饰品和纪念品。她说,每天晚上在北京路上摆地摊,卖这些东西,能够维持我在拉萨的简单生活了。

央金请她们吃饭,在一家叫作冈拉梅朵的餐厅。把笑笑也拉了过来。笑笑羡慕北京女孩可以这样地活着。北京女孩说,我快三十岁了,家里面再也不允许我这样漂着了,估计差不多也该回去了。

女孩大学毕业就到一家广告公司做设计,生活中除了工作就是加班。然后有一天,她发现自己枯竭了,再也做不出好的设计了。她很焦虑,每天失眠,后来逐渐发展成抑郁。她说,那时候,我在想,我们活着到底为了什么?如果说工作是为了生存,那为什么到后来工作反而限制了生命体验,似乎生来就是来工作

藏式酒吧

拉萨北京路上涌动的人群

大昭寺广场

的。一辈子都在工作的压力中，然后慢慢老去。这样的生命，对于我来说，有什么意义？我想离开城市，出来放松一下，透透新鲜的空气。然后想一想，我为什么要活着。我们的生命力是需要补充能量的，而每天在办公楼里呼吸着那样经过中央空调放送的空气，满脑子方案、设计稿、任务期限的状态，生命的能量很快就耗光了。她买了机票就飞来拉萨了。她说，她没有想到，这趟旅途，延续了两年多还没有结束。

笑笑说，我正在开始一趟没有期限的西藏之旅。也许还会走得更远一些，尼泊尔，不丹，印度，还有西藏的周边地区。

央金说，我也是在旅行，在音乐中旅行。越走越远，不知归途。

她们干杯。为即将结束的拉萨漂泊，也为刚刚开始的西藏之旅，以及永远的音乐之路。

她满眼的泪花。为这样的相遇。她的旅行，甚至没有明确的目的，她说不清为什么来西藏，但她知道，她是在寻找着什么。她或许需要一个关于生命关于情感的答案。

六 你。香格里拉

山谷里是一座有着七百年历史的天葬台。

太阳刚刚从山的背面升起，洒下一片柔和的光。山坡上覆盖着一层透明的金色。

天很蓝，没有云朵。五彩的经幡阵几乎占据整个山坡，在风中猎猎作响。

山谷中间相对平坦的地方，有一块大石板，中间深深地凹陷，泛着油光。你看见石板上有一把锋利斧子，还有一个大铁榔头。那应该是天葬师的工具了。

没有天葬。也没有秃鹫在空中盘旋。安静得只有风声和偶尔飞过的小鸟鸣叫。在这样一个与死亡密切相关的地方，你并没有感觉到一点点的恐惧，或者压抑。连沉重感都没有。它是那么安详和宁静，甚至，空灵。没有人大声地说话，怕打破了这静谧的氛围。

你问师傅，天葬台周围的那些小土堆是什么。师傅说，是那些秃鹫不吃的尸体，家人就把他们埋在了天葬台旁边。他说，秃鹫不吃的尸体，一定是生前有什么罪孽，无法进入天堂了，只能埋在土下。

你当然不认为这说法是对的。你相信这世界上大多数人都有着不同程度的罪孽，无法救赎。不管是被秃鹫吃了，还是被埋到土地里，都是生命最后的归属，尘归尘土归土，还原成来到这个世界之前的模样。你欣赏藏族人的洒脱，把这最后无用的肉身，贡献给这星球上的另一种动物，成为它们的食物。来无影去无踪，不留下一丝痕迹，消失得干干净净。

太阳升得越来越高。山坡上那金黄色的透明纱幔被悄无声息地拉开，光线变得明亮清澈。云朵从山的背面升起，在空中散开来，变幻出各种造型。山顶上飘出一朵心形的云。大胡子和岚妹妹拿出相机对着那颗心，各种角度地拍。你和晓汐，一直站在一边，安静地看着这片山谷，看着天空。师傅在一边的大石头上坐着，目光停留在远方，也不说话。他总是给你一种思想者的感觉。不说话的时候，便陷入了无边的思绪之中。

远处，两个孩子向你们这边跑来。是一个小姐姐和她的弟弟。跑到近处，停下脚步，好奇地打量着你们。你想走近他们。你向前几步，姐弟俩便后退几步，始终留下一段距离。你蹲下来，向他们招手，你说，过来。小弟弟怯怯地向前迈了两步，姐姐只是羞涩地笑笑，没动。你摸出几粒大白兔奶糖，给弟弟。剥了一颗放他嘴里。弟弟把剩下的奶糖递给姐姐，回头朝你灿烂地笑。

你说，你们不上学吗？他们只是朝你笑，并不答话。师傅告诉你，他们不会汉语。你们离开时，姐姐拉着弟弟的手，一路跟着。走出山谷，你们上车，两个孩子便远远地站住，向你们挥手。车子启动，后视镜里的姐弟在慢慢远去，你听见风中有孩童清脆的声音——“突其其(谢谢)。扎西德勒。”

新都桥的民居很漂亮。雪山。原野。一条浅浅的小河与公路相依相偎地蜿蜒流淌。房前路旁矗立着一棵棵挺拔的白杨,在秋风秋阳中炫耀着特有的晃眼的金黄色。一群群的牦牛和山羊,点缀在新都桥的草原上,平添出许多生动。远处的山脊,舒缓地在天幕上画出一道道优美的弧线。

色彩艳丽的藏式民居在这样的背景映衬下,很入画。摄影家的天堂,名不虚传。大胡子忘了时间,岚妹妹一心想学摄影,跟着胡子大哥到处走走拍拍。

你在一块大石头上坐下,看着他们的身影越来越远,慢慢融进这片风景之中。

你能看到远处的雅拉神山。那个山字形的造型,是那么容易辨认。山顶上的积雪,在阳光下反射着耀眼的光芒。太阳已经挪到了头顶,你投射在地上的影子变得很小。所有的影子都变得很小,房屋、树木。只有天空巨大的云团,会在山坡上草地上投下一大片阴影。随着云团的移动,阴影也在移动。

原野上,牦牛和羊群在寻找食物。穿深色藏袍的农妇从远处走来,在院墙边放下筐子,从框里拿出刚捡来的牛粪,一块一块地贴在墙上。小小的幼儿从屋里摇摇晃晃地跑出来,抓住农妇的袍子,整个人贴上去,举起双手,要抱。农妇停下手里的活,抱起孩子,到一边的大木头上坐下,解开衣襟,给孩子喂奶。屋里又出来一个老妇人,看看筐子,继续把牛粪一块块拿出来往墙上贴。

你走近她们。老妇人对你笑笑,做着手势让你进屋。年轻的农妇站起来进屋,给你端来一碗酥油茶。你说,突其其。双手接过。你不会藏语,她们不会汉语。只是笑,笑得明媚,如室外的阳光。老妇人让你坐,又端出一些点心,放你面前,让你吃。她叽叽咕咕地说,你不懂,但你明白她的意思,让你不要客气,吃吧,吃吧。

峡谷里的天葬台

新都桥藏式民居

她开始打酥油。长长的竹筒，一下一下，用力地挤压。就用这样最古老的方法，从牛奶里提炼出的黄油，是藏民日常生活中不可或缺的食品。屋顶上有一个天窗，小小的，嵌了一块玻璃。一束阳光从天窗投射进来，侧面照在老妇人身上。室内很暗，阳光勾勒出老妇人的明亮剪影。你静静地看着她，有一瞬间，恍惚起来。觉得自己是在剧院，看聚光灯打在舞台上、演员身上。你在暗处，是台下的一个观众。光线，把近在咫尺的你们，分割成了两个世界。其实你知道，你们的确分属两个世界。她们的那个世界，你进入不了。你的旅行，你走得再远，再深入，也只不过是像读小说、看电影一样，看见的是表层的东西，隔着无形的屏障，无法触摸。

所以，在这样的时刻，你只会带着欣赏的眼光，觉得那样劳作的画面，真美。

喝完酥油茶，你告辞出来。想留下五元、十元的茶钱，母女两个坚持不收。你的包在车上，身边没有任何可以留下的礼物。你拥抱老妇人，又拥抱了年轻的农妇，说，扎西德勒。深深地鞠躬，倒退着走出小屋。院墙上的牛粪，在强烈的阳光照射下，表皮开始结壳，从裂开的缝隙中看到里面还是糊状的物体。它们将在墙上晒到干透，才会被取下来，储藏起来，作为燃料。

离开小院，你向远处走去，去寻找你的忘记了时间的同伴们。

七　她。林芝和山南

去林芝和山南，是临时起意。她的这趟旅途，并没有具体的规划，到拉萨后，就这么散漫地泡着，看看寺庙，晒晒太阳，听听歌。有时候就在客栈，在院子里的藤椅上喝茶，读一本书。她把在古修娜书吧买来的《西藏的文明》《喇嘛王国的覆灭》都读完了。她不知道接下来要干吗，就这样，享受着地老天荒般的悠闲时光。

笑笑拿来一本画册，有南迦巴瓦的图片。说，姐姐，我想去林芝，看南迦巴瓦。她在看到那图片的一瞬间，就被打动了。她说，我也去。

坐长途大巴，拥挤而嘈杂。车厢里混杂着各种气味。藏民们深色的藏袍油光闪亮，翻出来内里的羊毛结成一绺一绺的，看不清本来的颜色。

没有人争先恐后，一切都是慢悠悠的。他们上了车，把包袱和旅行袋随手往行李架上一放，安然地坐下来，就开始转动手中的佛珠或者转经筒，气定神闲地念着六字真言。

她和笑笑一直站在后面，等他们全部上了车。车厢里的老太太朝她们招手，让她们赶快上车。车要开了，她笑着说。满脸的褶皱里全是阳光。她们到最后一排，一边一个坐在靠窗的座位上，看路上风景。

翻越米拉山口时，大雪飞舞。天地间白茫茫的一片，只有垭口的经幡阵在白雪中飞舞。风大得无法开窗。雪粒打在玻璃窗上，声音清脆，噼里啪啦地响。

客车在垭口有片刻的停留。笑笑下了车，她要去挂一条经幡。她说，要留个念想，在这海拔五千多米的高地上。她说，我陪你去。顶着大风，向高处走去。尖利的风抽打在脸颊上，不一会脸上的肌肉就僵掉了，想要做出任何表情都很困难。她们费力地想要挂到最高处，卖经幡的小伙子来帮她们，把这一条，挂在所有经幡的上面。

大风凛冽。经幡被吹成一个绷得紧紧的圆弧，发出啪啪地响声。

藏族人说，风每吹动一次经幡，便是念诵了一遍上面印着的经文。垭口风大，每天不停地吹，也许这是为挂幡的人在不停地诵经祈福。

唵嘛呢叭咪吽……

笑笑在经幡下站立，双手合十，不知道她在祈祷什么。

从派乡出发，到南迦巴瓦最佳观景处，有十几公里的路程。中巴车到了派乡就是终点。再往里，很少有人进去，除了徒步墨脱的人。徒步者为了能在中午之前翻越多雄拉山，天没亮就会出发。

她们搭了当地人的一辆农用小车，摇摇晃晃地一路颠簸过去。跑了一个多小时。下车的时候，她觉得五脏六腑都已颠成了碎片，蹲在地上半天站不起来，想吐。笑笑拿出保温瓶，倒了热开水让她喝下去，休息片刻，才好一点。

已是中午时分，阳光开始变得热辣。峡谷里的水分在强烈的阳光照射下，升腾起一片一片的云雾,像白色的绸带,在山腰上山顶上缓缓流动。她们向山上走去,准备寻找一处好的视角。山路很窄,一边是峭壁,另一边是悬崖。有一个观景台,用木头搭建在一处相对开阔的路边,悬挂在绝壁上约有四五十米高的地方。

脚下雅鲁藏布江传来波涛汹涌的声音。白色浪花翻卷沉落,向远方呼啸而去。在交错重叠的喜马拉雅山脉间往北奔涌。然后,大山挡住了它的去路,它拐了一个马蹄形大弯,转头往南,浩浩荡荡,一路向墨脱流去。它的终点,是印度洋的孟加拉湾。从墨脱出境后,穿越了印度和孟加拉,最后汇入大海。

抬头看见对面的南迦巴瓦峰,深藏在厚厚的云雾之中。

也是因为雨水丰沛,终年云雾缭绕,因此,南迦巴瓦峰难得露脸。很多人为它而来,常常是失望而归。

她说,我们大概看不到南迦巴瓦美丽的山峰了。笑笑趴在观景台的木栏杆上,轻声说,姐姐,陪我等,好吗?

好的。我们就在这儿等。

她们拿出地垫,在观景台坐下。山谷间安静极了。轰轰的水流声,在宁静的山谷之中被无限放大。偶尔,会有一声清脆的鸟鸣穿破水流的音频在空中划过,看见五彩的鸟儿拖着长长的尾巴远去,迅疾地消失在天空的尽头。

凉风习习,空气清新得让人忍不住大口地深呼吸。只是刹那间,整个身心都被浸润在清纯之中了。

笑笑独自倚靠在观景台的木栏杆上,一动不动地眺望着南迦巴瓦。

她席地跏趺而坐,双手摊在双膝,闭上眼睛。时间静止了。

不知过了多久,笑笑才有了动静。站起身,走到笑笑身边,看见她满脸泪水。

我和他约好的，要一起来看南迦巴瓦。笑笑看着前面云雾中的大山，像是自言自语，轻声地述说着她和他的那一段往事。

他的梦想是当个是植物学家。曾经计划要到墨脱来工作一段时间。他告诉我，南迦巴瓦的南坡，是个植物宝库。因为海拔落差巨大，不同气候条件下的各种植物，在这样的一片山坡上，几乎集齐了。

我希望能和他一起来。我开始联络当地的小学当志愿者。我想过，在空闲的时候，和他一起去森林，认识各种各样的植物，采集制作标本。我们过最简单的生活，有最丰富的收获。等结束这里的工作后，我们结婚，生儿育女。我相信，我们会在一起一辈子的。我那么爱他，他是个理想主义者，为了他的植物，可以放弃很多，城市里的五光十色，并不能诱惑他。而我，为了他，也可以放弃很多，只要和他在一起。

可一切都还没有开始，就结束了。是在我们一起来南迦巴瓦的途中。

一辆失控的卡车朝着我直直地冲过来，我完全惊呆了，只听见一声声嘶力竭的叫喊，笑笑，快躲开！感觉到被猛地推了一下，跌倒在路边上。那辆失控的车子，撞到他。他被撞飞起来又抛出去，砸在坚硬冰冷的地上。

我冲过去看到他的时候，他还对我笑了一下。

然后，就闭上了眼睛，再也没有睁开过。他就这样走了，带着还没有开始的梦想，去了一个我到不了的地方。

她明白了为什么从见到笑笑的第一天，就在她眼里感觉到的隐隐的忧郁。她拿纸巾替笑笑擦去脸上的泪水。轻轻地抱住她，什么话也没说。

死亡究竟是什么？笑笑像是在问我，没等我回答，她便自己回答自己，我想过很久。

它应该是一扇门。关了一扇，另一扇就打开了。如果要我想象天堂的样子，那就是一扇门打开了，在门后面我会发现他就在那里等我。天堂就是有他的地方。

我要替他去看南坡的植物，要替他来看南迦巴瓦峰的英姿，有一天见到他的时候，可以描绘给他听。

依然要去当志愿者。到墨脱去生活一段时间，一点一点地去认识那些植物。

南迦巴瓦以海拔七千多米的高度阻隔了印度洋暖湿气流北进高原，夏季源源不断的暖湿气团，在南迦巴瓦、冈日嘎布拉山脉的滞阻下，将大量的雨水抛掷于山脉南坡，使这里成为整个喜马拉雅山脉水热组合条件最优越的地区。理想的地貌条件和优越的气候条件使南迦巴瓦成了我国具有最完整山地垂直植被带谱的唯一地区。

在南坡，海拔一千一百米以下的河谷，气候温暖多雨，属低山热带雨林带。五百米以下的地方，生长着由龙脑香、娑罗双等组成的常绿雨林；五百米以上，则发育着由千果榄仁、小果紫薇、阿丁枫等组成的半常绿雨林。在阴暗潮湿的热带雨林中，藤蔓缠绕摇曳，附生植物密布于枝干；其内生长着省藤、桄榔、鱼尾葵、倪藤等许多热带植物。

海拔一千一百米至二千四百米，是山地亚热带常绿阔叶林带。由刺栲、薄片稠、墨脱青冈等壳斗科植物为主组成的常绿阔叶林，其中还生长着香樟、楠木、木荷、含笑、木莲等许多珍贵树木。

海拔二千四百米至二千八百米，是由云南铁杉组成的山坡暖温带针叶林带。云南铁杉高逾八十米，直径长达二至三米，其木质坚硬、材质良好。一到初春，

飞舞的经幡

云雾中的南迦巴瓦

林下高大的乔状杜鹃，花团锦簇，缀满枝头。

海拔二千八百米至四千米为寒带暗针叶林带，苍山冷杉。林下各种乔状杜鹃盘折曲卧，地表密布着厚厚的苔藓，别有情趣。

海拔四千米至四千七百米为寒带灌丛草甸带。这里宛如一座百花盛开的山顶花园，各色杜鹃争奇斗艳，这一簇簇颜色各异的鲜花好像将山坡泼上了黄、绿、红、粉等各种色彩。在繁茂的杜鹃丛间，点缀着报春、点地梅、绿绒蒿、委陵菜、驴蹄草、毛茛、银莲花等各色精巧的花朵。

海拔四千七百米以上，便是永久冰雪带了。那里白雪皑皑，偶有几丛嶙峋怪石裸露其间。

笑笑说着这些，如数家珍。他的一切都在她心中。

笑笑沉浸在回忆之中。她一直在安静地听她述说。她们倚靠在栏杆上，眺望远处。对面南迦巴瓦依然云遮雾绕，山谷间的水汽在慢慢散去，在阳光的照射下，漫山苍翠的植物反射出油亮的光泽。

如果双方都在彼此心中，即便死亡，也不是分离。

她想对笑笑说，生命来于大自然归于自然，死亡并不是它的终结。死亡只是一个尘归尘土归土的过程。肉体消亡后，我们融入阳光、雨雾、清风、水流、空气。它无处不在。在青青的草地上，在盛开的鲜花中，在清朗的月色里，在大自然的无边风月之中。

四大皆空，五蕴非有。地水风火都是空性。色受想行识皆为非有。有即刹那，非有才是永恒。一切和合都是无常，一切情绪都是苦，一切事物无自性，来去，永不停留。

但她没说，她想，笑笑或许比她理解得更深。因为心感身受。

雅鲁藏布江的水流声淹没了一切。她只是看着江水奔涌，静默地立在笑笑的身边。她们并不能彼此安慰。生命中的许多疼痛，只能自己承担，消化。谁也分担不了。

太阳不知什么时候已经移到了西边的山顶。金黄色的夕阳把这片山坡与河谷照得柔软温暖。她说，笑笑，我们下山吧。到山下的小村找一户农家住下，明天再离开。早起，云雾还没出来，或许能看到南迦巴瓦。

笑笑跟她下山。笑笑说，让我一路跟着你吧。我的感觉告诉我，你能给我一个新的开始。

八 你。香格里拉

翻过剪子弯山海拔四千六百米高的垭口，便是毛垭大草原。

视线变得开阔起来。公路在没有边际的草原上起起伏伏一个劲地向前延伸，使人担心永远望不到尽头。这个季节的高原，秋意已浓。原野上一片金色。牧人开始割草，给牛羊储存冬粮。远处，有一排一排木架子，不规则地散落在四处，悬挂着割下来的牧草。

看不到人，也没有别的车。草原显得无比寂寥。太阳已经移到西边，我们乘坐的车子，被夕阳投射出细长的影子，在天高地阔的公路上，孤独地向前移动着。

被称作世界高城的理塘就坐落在毛垭大草原上。

洁白的仙鹤啊，
请把双翅借给我，
不到太远的地方，

只到理塘就回。

这是六世达赖仓央嘉措的诗。你说,你不知道他为什么只想到理塘去。最终他一生都未能到过理塘。仓央嘉措心中的理塘会是什么样子的呢?你去那里,是因为白玛,因为拉姆。白玛是拉姆的朋友。

你看到白玛,在约定路口向你眺望。夕阳照在她的脸上,小麦色的皮肤散发着健康的光泽,长长的眼睫毛把那双大眼睛掩映得如两个深潭。她微笑着向你走来,伸出双臂拥抱你。

姐姐。真高兴又见到你了。她说。

白玛是个藏族女孩,理塘本地人。你们在杭州见过。她曾在杭州有过几个月的逗留,参加政府的一个培训班的学习。拉姆带她参加你们的聚会。你一直记得她的歌声,有着金属质感的清亮的歌声。

你说,白玛,你还是那么美丽。

可是,你总觉得在她明媚的笑容后面透出一股无以名状的忧伤。

不知为什么,你突然想到了拉姆。心里生出一丝担心。你问白玛知不知道拉姆的情况,她去墨脱已经走到哪儿了,是不是已经到墨脱了?白玛没有回答。只是忙着安排你的住处。

白玛安排你们住到五世嘉木样故居,那是拉卜楞寺五世活佛诞生和童年生活的地方。

院子里栽满鲜花,传统藏式风格的建筑,你们一见就喜欢得要欢呼。

有标准间,洁白的床单,热水淋浴,像宾馆一样。也有藏式客房,房间外一条长长的回廊,空旷、绵延、幽深。胡子大哥说要住这里,后来却也没住。你说,我们这些人，总是被城市，被所谓先进、文明宠坏了，宁愿要有热水澡、白床单。

主人带你们参观他的客厅。那样的装饰，色彩浓烈、艳丽，像是要将所有生命的颜色喷薄而出，不留余地。发挥到极致，没有罅隙。照理该是具有压迫感的，但是在幽暗的光线中却有一股沉静之气。让人直想留下来，用一个下午，坐着喝喝茶。

胡子大哥和岚妹妹，扔下行李就沉浸在这藏式建筑的色彩和造型中了，似乎要把每个角落都拍下来。晓汐站在院门外，和几个孩子们聊天玩游戏。你和白玛在院子里，安静地站着，看着他们。

你又感受到那种忧伤，如潮水一样漫上来，似乎要把人淹没。

白玛。你叫了一声，探究地看她。

她抬起头，看看天，轻声地说，拉姆姐姐，她，掉河里了。

什么？掉河里了……？

白玛从天空收回目光，扯出一丝笑容，说，冻感冒了。河水太凉。还在竹卡子休养呢，过几天才能进墨脱。

你想象着拉姆掉河里的狼狈样，忍不住想笑。你知道，拉姆身体壮实，感冒不会有大事的。你说，白玛，没事，别担心，拉姆身体好得很，很快就恢复了。

白玛似乎自言自语地说，我也是这样想

晚饭在白玛家，她妈妈做了很多好吃的。高原的夜来得很迟，8 点多了天才开始黑。小城的灯光渐次亮起。商店的霓虹灯亮得很孤单，并没有交相辉映的一大片。这里几盏那里几盏，零零落落。广场上的音乐放得很响，很多人在跳舞。格萨尔王的雕像下，有人在摆摊，卖一些饰品和小日用品。

这是一座热闹的充满生活气息的小城。

毛垭大草原

理塘长青春科尔寺的喇嘛

然而,当你站得高一些,看得再远一些,你会发现,四周莽莽苍苍的一片黑暗。灯光并不能照得多远,只有这一片的亮光,衬托出四周那无边的夜色越发黑暗了,如同围着一块巨大的黑幕,光线被挡在这黑幕里面,不能投射到更远的地方。

在荒凉的原野上,人类,只有聚集在一起,才能获得力量和勇气,才有安全感。

九　我。唐蕃古道

掀开一扇厚重的门帘，热气和人声一起扑面而来。小餐馆里有不少人在吃饭。我们在靠近门边的一张小桌子上坐下，点了三个菜，豆腐、青菜，还有一盘羊肉。高原小城的蔬菜价格，比肉还高。

我说明天要去黄河源头。Simon 说，我们一起包车吧。我也打算明天上去。我说，我开了车来，但不敢上黄河源。

为什么不自己开车？都已经到了这里。我说，怕路太难走。

邻桌是一对情侣，一身户外服装，安静得与整个环境很疏离。偶尔低声交谈。抬头时，视线相对，便微笑着打招呼。邀请说，一起吧。

男子叫冯骏。来自武汉。女友是空姐。他在移动通讯公司工作。平时都忙，终于凑到一起的假期，两个人便开车出来旅行。冯骏说，我们两辆车一起上山吧，万一发生情况，互相可以照应。Simon 说，我是越野俱乐部的成员，跑过各种极端路况，应该没有问题。我说，那我得和周保说一声，已经约了他的车了。

门帘掀动，夹带着冷风进来的一个人，正是周保。他笑着走过来说，我找了两家餐馆了，想你这会也应该是在吃饭。

坐下，他说，今晚要下雪，明天的路会很不好走。去双湖比较危险。前几天还有一辆北京吉普在上牛头碑的途中翻车了呢。我看明天别去双湖了吧。

我们四个人互相看看，不知道该怎么办。我对周保说，正想找你，我们准备明天自己开车上山呢。周保说，你们行吗？冯骏说，我们两辆车都还不错，车况比较好，试试吧，不硬闯，如果不行就退回来。周保沉吟了一会，说，那好吧，你们千万小心。如果有什么问题需要帮助，就给我打电话。指指我说，她有我的电话。

从餐馆出来，气温已经降得很低。半边夜空集聚起厚厚的云层，正在蔓延开来。另一边却是清朗透明，高挂着一弯明月。我说，这雪会下吗？说完，便感觉到吹过来的风里已夹带着雪粒子，打在脸上生痛。

Simon还没有找住宿，我说玛多宾馆已经没房了，我要下了最后的一个大套间。你若不介意，住我的客厅吧。沙发很大，我看见柜子里还有铺盖。他说，那太好了，省得乌七麻黑的还要到处找住处。冯骏也说，住玛多宾馆吧，明天早上一起出发方便。

我烧了一壶开水，泡上龙井茶。Simon陶醉地闻着龙井的香气，说，居然能在玛多喝上龙井。他说，他常去杭州，最喜欢去龙井的一家餐馆吃饭，那里的野生鲑鱼锅实在美味。

世界真小。那也是我喜欢的一家餐馆。

夜很静。月光从窗口洒进来，满室清辉。

躺下后，像是漂浮在海面上，起起伏伏。半夜，头痛得醒过来，呼吸困难。高原的夜晚，氧气稀薄，高原反应加剧。

药在客厅。听见 Simon 均匀的呼吸声，不想打搅他，便忍着。疼痛的程度一直在增加。我找了腰带绑在头上，压迫止疼。依然是痛，脑袋像要炸裂开来。

持续不断地疼痛。疼得想哭。

穿好衣服，打开窗子。发现窗外飘飘扬扬地飞着雪花，地面已经铺上了一层白色。凛冽的风吹来，深呼吸一口，竟似有减轻一些症状。便裹上厚厚的羽绒衣，站在窗口，吹风。

太冷了，关上。闷了，再打开。直到天亮。

终于听到客厅传来声音，我打开门，对他说，快给我药，我高原反应很厉害。

Simon 说，你该叫醒我的，我陪你说说话，也许就好一点。他带了红景天和高原安。我吃下去，靠在沙发上，浑身无力。他说，你的脸色苍白得可怕。他打开了窗子，清新的风吹进来，呼吸畅快了很多。又泡了板蓝根喝下去，似乎有点精神了。

他说，我们得出去，找早饭吃。你要吃东西。要不然体力跟不上会垮掉的。

走出宾馆大门，雪已经停了。远山近山白茫茫一片。车子上的水滴全是一粒粒冰珠。迎面吹来的风，似乎能钻到骨髓里去。

在街上走了好久，也没找到一家吃早餐的小店。饥肠辘辘地来回寻找。我的头疼，被冷风一吹，竟好了。终于找到一家留着条门缝的小屋。进去一看，在做饼。干干的面饼，买了两个，回宾馆就着热茶吃了。

去双湖路上几乎没有车。天空阴沉沉的，又飘起了雪花，还夹杂着雨点。没有蓝天白云倒映的湖水，呈现出与天空一样灰蒙蒙的暗沉的颜色。

看见扎陵湖和鄂陵湖便开始上山。路变得泥泞，后来索性没有了路，沿着山坡直接往上开。陷车,拖车。拉断了两根钢丝拖车缆绳,终于上到了山顶。

山顶上经幡飘飘,高大的牛头碑立在经幡阵中,上面有胡耀邦和十世班禅的题字。

能够看见双湖的全貌。一边一个。

这就是黄河的源头。鄂陵湖,扎陵湖,这两个湖保证了黄河水源的百分之七十。黄河从这里开始,由西向东,一路经过九个省,横穿中国大地,汇入大海。

这样的一条河流,它并不仅仅存在于所流经的这九个省。它无边无际,滋润并哺育了中华民族五千年的文明史。它无形无象地,流淌在我们每个人的血液中。无论我们身在何处,都随时能够感觉到它的存在。

而此刻,我在这里。就面对着它的起源。清澈的湖水,在灰白的天空下,烟波浩渺。我有些疑惑,它是一种真实的存在吗?它属于黄河还是不属于黄河,它也会是我们生命中的那条河流的源头吗?

风很大。经幡在风中哗啦哗啦地唱歌。同伴们在四处寻找拍摄角度。我收起了我的大相机,我并不爱摄影。在这样的地方,我更想安静地想点什么。我在牛头碑的底座背风的那面坐下,眺望着远处。我其实想走得更深入一些,想去看看那清泉汩汩流淌的真正的源头。我甚至还想,在这个叫双湖的小镇待一段时间,跟当地人一样生活一些日子。然后从这里出发,一路跟随黄河往下走,直到它的入海口。我想完整地看看雄浑的黄河,看它九曲连环的姿态,看它的奔腾的激流。

这会是我与黄河的缘起吗?佛说,缘起性空。所有的缘起法都不会抵达实相,它只是一个空性的过程。那么,我在这样的追寻中会有什么样的领悟?

我其实并不清楚我想要寻找的究竟是些什么。

玛多黄河源的牛头碑

在牛头碑前合影。一天之前,我们还完全不知道彼此的存在。而此刻,我们这样亲密。以后呢?也许会成为生活中的朋友。也或许,从此的生命再不会有任何交集。

不断地相逢,又不断地分离。是旅途,还是人生?

山上没有任何游人。只有两个摄影师,在背风的山崖边蹲着,啃着冰冷的干粮,说是要等下午的落日。穿着厚厚的羽绒衣,依然冻得瑟瑟发抖。下午,天能放晴吗?

他们坐车到山下,徒步走上山来。拍完落日,还得徒步走下山。任何一件事,要认真地做好它,并不容易。

我的同伴们走了。他们去青海湖。我们并不同路。旅途就像生命的列车,没有人能够从起点一直陪你到最后的终点。

在街头,看着他们那小车慢慢地淡出视线,那个刹那,有些落寞。

剩下我一个人,旅途还很漫长。

我在这座陌生的小城的街头,来来回回地走。雨雪停止后,有淡淡的阳光透过云层照在积雪的街道上,小城变得洁净安详。依然是门扉紧闭的街道,依然看不到什么人。从东到西,从南到北,就那么几百米。

我看到了周保和他的伙伴们。三三两两站在交通宾馆门口,等待着不知什么时候会出现的游客。

周保说,你们到底还是去了?我说,来一趟不容易,当然要去。

和他们聊天,听他们讲小城的各种事情。知道了黄河源头这几年的变化。鄂陵湖、扎陵湖的水量越来越少了。来观光的人越来越多了。他们开越野车,带各种人去山上、湖边，呼啦啦地来了，又呼啦啦地走了。很多人都不在这里住，早上来下午走。嫌这里海拔太高，嫌这里条件太差。

我说，城市不是个好东西，它把人和自然隔开，在都市生活得太久，人们会忘了如何融入自然。那些观光客，即使站在黄河水中，黄河离他们也很远。

他们有些迷惘。问我，城市有什么不好呢？你看西宁，多热闹。那么多大楼，那么多人，商场霓虹灯，电影院，体育场。我说，对你们来说，也许它是好的。而对于长久地生活在城市的人，失去的是人类自然的天性。

周保说，你和那些游客是有点不一样。你一个人，跑那么远。你还在这么荒凉的县城里待着不走。

我说，我是出来寻找自己的。我希望能够和你们一样，与自然贴得更近一些。我尝试着让黄河的水流能够流进我的心里。出来旅行，不为了某地的某个景点。就喜欢这样和你们聊天。

他们显然没有听懂我说的，但最后一句话，让他们全都开心地笑了。

笑得如山上的经幡阵那么绚烂。

我问他们，县城里有地方洗车吗？

回答说黄河里可以洗。我说，帮我洗车去吧。我的车太脏了。

好啊……一群人，嘻嘻哈哈地往玛多宾馆走，把我的车开到了城外黄河边。拎水的拎水，冲洗的冲洗，很快，把满车的烂泥给冲洗干净了。开回宾馆停车场。我说，洗车该给多少钱啊？他们愣住了，互相看看，然后又大笑起来。周保说，不要钱，是帮你的。

周保问我，你明天还在这里吗？我说明天要走，去玉树。他说，明天大雪，你路上小心啊。要不要我带你一程？我摇摇头，没问题的，我一个人可以。

十 她。林芝和山南

她一直没能记住山下的小村叫什么名字。好像叫直白？也好像是吞白？峡谷中的十几户人家，错落在山坡上。土坯垒成的院子，白墙黑瓦，几根木柱子架空了一楼。楼下关牲口，楼上住人。一根粗木头砍出锯齿形，便是楼梯了。小心翼翼地上去，是一个铺着泥土的平台。角落里有小草迎风摇曳。楼下的牦牛挂着铃铛，丁零当啷响着，在山谷间飘散开去，清脆，绵延不绝。

回身望去，却发现南迦巴瓦山峰在最后的落日余晖里完整地显露出来。天黑得很快，天空下的山峦已经变成一片黑暗中模糊的背景，只有那尖尖的山顶，闪耀着金色的光辉。

日照金山。终于看见南迦巴瓦美丽的身姿。她们都没有说话，只是紧紧地握住对方的手，静静地站立着，直到那一抹金色完全消失，天空变成一片深蓝色的背景，山峰成为一座座剪影。

男主人叫农布。让她们进屋吃饭。灯光很暗，让人怀疑自己是不是忘了摘掉墨镜了,总觉得眼睛上蒙着一层什么东西。这间大大的屋子,一切都是黑乎乎的,房梁,柱子,挂在墙上的牦牛角和一边的火灶。中间有个牛粪炉子,火烧得很旺,把整个屋子烤得暖暖的。另一边靠墙是几张铺着羊毛卡垫的藏式卡座,农布说,这间屋子暖,晚上你们俩睡这里。

女主人不会说汉语,和两个孩子坐在火灶边,羞涩地看着她们。卡座前的茶几上有两个菜,西红柿炒蛋,酸辣土豆丝。还有一锅有点夹生的白米饭。笑笑从包里找出了巧克力给两个孩子,姐姐摇头说不要,弟弟却伸手接了过去。笑笑又拿了几块,塞在女孩子的口袋里。

农布的汉语也不好,能听懂的没几句。半通不通地交流着,吃了饭,喝了酥油茶,眼睛也渐渐地适应了昏暗的光线。楼板的缝很大,能看到底下牛羊的身影,都吃饱了趴在铺着干草的地上睡觉呢。墙上有两扇小小的窗子,开得很高,透过玻璃,居然看到了天空的星光。她说,我要出去走走。笑笑说,我也要去。农布说,我陪你们去吧。她们说自己去。农布很担心,路上黑,要迷路怎么办?她说,不走远,就在门口转一圈。

村庄里的农家,灯火微弱得似乎随时可被风吹灭。

夜色浓郁。山谷里的夜,是一种很奇怪的黑,透明的黑,月亮不知道躲到哪里去了,只留下云,兀自一点一点、一片一片、一团一团地铺张开来,像间隙里被风吹开的浮萍,荡漾的波纹里留下若隐若现的浓墨天色。

对面黑乎乎的山顶升腾起如幻的星云,仿佛年少时扑进草丛惊起的萤火虫轻纱般地飘起来,遮满了幽蓝的天幕。星光、山石和远处小寺庙透出一闪而过的烛火。没有电,没有人声,安静得只能听见风偶尔飘过的声音。

回过身,抬起头,夜空下的南迦巴瓦扑面而来,那么高。覆盖着冰雪的山顶,在夜色里发出金属般冷冷的光。

她们就这样站着，在这与世隔绝的雪山深谷，在南迦巴瓦的清冷庄严里，静默地站着。似乎在谛听着什么，又似乎在诉说着什么。用这样的方式，和自然，和神灵交流。

早晨，日出。告别了农布夫妇，她们再次到达观景台。

太阳是从南迦巴瓦的背后升起来的。没有一点云雾，山峰清晰地立在蓝天下。逆光的山峰如剪影呈现在面前。因为没有光线直射，山顶上的积雪灰蒙蒙的。随着太阳缓慢地向南移动，南迦巴瓦的山体逐渐清晰、通透起来。

四个海拔都在七千米以上的山尖比肩而立，连续的三角形凸起构成了南迦巴瓦的山脊，从左到右一个比一个高，一个比一个陡峭。一线洁白的雪山，映衬在周围茵茵的绿色中，似乎是突然之间拔地而起的。特别是主峰，犹如利剑一般直插云端。

半山腰高大的绿色乔木一直延展到路边，脚下雅鲁藏布江水激越的声音如在耳边。

靠近峡谷边，你感受到了真实的如临深渊的胆战心惊。不知道是雅鲁藏布江成就了南迦巴瓦，还是南迦巴瓦成就了雅鲁藏布江，它们的完美结合，成就了这里绝美的风景。

她深深地呼吸了一口清新的空气，对笑笑说，万法唯心。这个世界上很多东西其实只存在于我们的内心。就像南迦巴瓦，今天看见，明天看不见，都不重要。它永远在你心里，这就够了。如果你心里没有他们，一切都会视而不见。忘掉过去吧，你还太年轻。

笑笑说，有时候我在想，存在于内心的东西会褪色吗？

他走了。他的那个世界在哪里？

我无法进入他的世界，他也不能再来到我的世界。

他或许已经化成了一片灰烬，我再也无法触摸到他。总有一天我的思念也

在劳作的藏族妇女

会随着时间的流逝慢慢淡去，我无法改变这样的现实。思念无形无象，也无法传递。我来南迦巴瓦，就是想用这种有形的方式来让自己感觉思念的存在。

茫茫人世，身心如此孤单。而这孤单旷日持久，或许会衍生成为无边而沉重的空虚。如果有个人能够携手一起走，孤独便有了分担。南迦巴瓦，对我来说就是一种象征，象征曾经有过的爱情，曾经有过的分担。

回程的中巴车很空。司机把车载音响开得很大声。是许巍的歌，在迅速向后移动的雪山峡谷之间一遍又一遍地唱着。

……

一次次 想同你一起归回
在梦里 和你在阳光里飞
再回味 那些事让我心碎
在夜里 飘入无尽的伤悲

天空如此美 却不知向何处飞
再见你 我的翅膀已破碎
阳光下 是你绝望的泪水
总在每一天 面临崩溃的边缘

我看不见 空白的昨天
我听不见 你温柔的呼唤
我看不见 曾幻想的明天
我看不见 那遥远的春天
……

十一　你。香格里拉

你们被滞留在了一个叫措拉乡的地方。318 公路又中断了。塌方，山坡上滑落下来的泥土和石头堵在了马路中央，车子无法通行。

有一些军人正在清理，但不知道什么时候能通车。塌方点的两边，车子排起了长队。

你看见进入措普沟沟口的标识，就在前面离塌方点几十米处。几步之遥，却如同天堑。漫长的等待。车子里的人开始下车走动，互相打招呼。两个小喇嘛过来，和司机安久聊天。小喇嘛大约只有十几岁，两个人互相勾着肩搭着背，笑得灿烂，一幅普通少年的画面。

已是中午，看见前方有一些简易建筑。翻过塌方的土堆，去寻找吃的。公路边的简易建筑是小卖部和小客栈。木板搭的房，一条条手指宽的缝隙能清楚地看见里面的情景，尘土飞扬之中，有人躺着，有人打牌。不知他们为何住在这里，一副很悠闲随遇而安的样子。旁边有个小餐馆。黑乎乎的板壁，长长的屋檐，整个屋子里光线很暗。只有一角的炉火很旺，老板哗啦哗啦地在油锅里炒菜，不时有火苗高高蹿起。你们站在门口适应了一会,慢慢看清里面靠墙放着三四张桌子,一边有两个藏族服饰的老人,正悠然地喝酒,聊天。另一边是一家子,也是藏族人,安静地吃饭,没有半点焦躁。那一刻,你的心也突然静了下来,你甚至开始欣赏起藏族老人喝酒聊天的情景,那场景,如一幅油画,很有质感。

在小饭店吃了一碗西红柿鸡蛋面,大胡子和岚妹妹去熟悉环境了。晓汐回到车上闭目养神。公路一边是陡峭的山,另一边是一条河。河流与公路有十几米的落差,河水湍急,翻滚着跳跃着向前奔涌。你带上一本书,踩着高高低低的乱石头,向下,来到河边。在水边的一块大石头上坐下。河水跌宕起伏发出的轰响,淹没了一切。时而有水珠溅起,落到你的脸上身上手上,空气清凉,湿润。你开始阅读,那些文字,带着你走向远方。你渐渐地忘了你是在哪里,忘了你为何会在这遥远而陌生的地方。

你读的是《尼采传》。你一点一点地走进了尼采的世界。都灵,老年的尼采,思维时而糊涂时而清晰。坐在尼采身边的妹妹为他的健康状况担忧,忍不住流泪。尼采抬起头问她,伊丽莎白,你为什么哭呢?难道我们不幸福吗?

你似乎看见,尼采温和平静的眼睛,是那样清澈明亮。他写下他最后的诗篇:

……

四周,只有波浪和波浪的欢笑。
曾经艰难的一切
已沉没进蓝色的遗忘里——
而今我的小船,它搁浅了。
风暴与航行——多么陌生
希望与期待已久的淹没

灵魂与大海怡然静卧。

……

迅疾银白，像条鱼，

我的小船滑向远方，远逝。

你抬起头，看见群山起伏。太阳挂在西边的天空，发出橙红色的光。已是傍晚。

你在想，幸福是什么？在漫长烦闷的堵车中，能够在这样的小河边，安静地读一本书，你知道你是幸福的。

河水汹涌奔腾，那巨大的轰鸣声，如背景音乐般的慢慢升起，在四周弥漫开来。在那样专注的阅读中，所有的一切都隐去了。此刻，你才回到你现实的环境。

你知道你在河边待得太久，站起来向上走去，看见你的同伴们正在找你。公路上的土堆石块已经被清理得差不多了，等待了五六个小时的车队开始缓缓移动。

措普沟是捡来的。

拉姆的短信，让你临时决定要去那里。它在理塘和巴塘之间的一个小山沟里。那里几乎没有游人。两座大山之间的一个小小峡谷，林木茂盛，山路弯弯。一路陪伴着还有一条小溪，清清的溪水欢快地流淌着，你们的北京吉普沿着小溪逆流而上。

沿途有温泉。一个个未经修饰的露天温泉池，兀自敞开在那里，升腾着热气。走近了，能看到那热泉清澈见底，倒映着天边橙色的云彩。

你说，真想去那温泉池里泡泡。安久说，天快黑了，还是赶路吧。

很快就黑透了。山谷里的黑夜,来得那么迅疾。一会便看不清周围的景色了,只有周围的山影一路相伴。

到达沟内唯一可住宿的措普寺时,已经是10点多了。周围没有任何灯光。前车灯的两道光束用力地撕开黑暗的幕帘,照亮了措普寺的山门。门口一高一矮两个人影,高的那个把手搭在小孩的肩上,稳稳地站成了一座雕塑,就这样等着车子停稳熄火。

下车看清小孩是个喇嘛,穿着僧衣。大的那个一身迷彩,但依然透出一股书卷气。安久和他打招呼,小游,扎西德勒!他回应道,扎西德勒!我们听见汽车声,就出来等着了,想着那么晚了还有人进来。

措普寺周围,有一圈的小屋子,全都空着,是那些修行的人住的。冬天快到了,他们就回去了。寺庙里的喇嘛们也都出去了,只剩下住持和这个只有八岁的小喇嘛。游人罕至的措普沟在这个季节里越发显得清冷。穿迷彩的大男孩叫游余群,是个在读生物学的研究生,和他的同伴一起,已经在这里住了半年多了,做一个课题,研究和记录高山岩羊的生存和繁衍。

海拔四千多米,艰难地拖着行李上楼,年代久远的木质楼梯吱吱呀呀地响。真是一个超级大房间,两边各有十几张卡垫地铺,可住三十几人。隔壁一间小屋,是小游和他的同伴的住处,楼板上堆着简单的铺盖,他的同伴正就着一盏酥油灯趴在地铺上看书。没有电,屋子中间挂着一盏汽灯,发出孤独的光。小游和安久师傅忙着煮酥油茶,拿青稞粉,还有方便面。只有这些吃的。糌粑很干,只有大口地就着酥油茶下咽。大家还是选择了方便面,更合口味。你努力地吃下一团糌粑,扛饿。你的胃不好,不能饿,饿了就要痛。

吃完泡面,喝完酥油茶,小游带着去院子里洗漱。一根管子引来沁凉的雪山水,水兀自流淌,无须关停。小游说这个水泥砌的池子他今天刚把它冲洗过,很干净。

抬头看见漫天的繁星。那么浓密，铺天盖地，感觉一伸手就可以抓到一大把。一旁的晓汐，都不敢大声说话，怕惊动了整个世界的宁静。压低了声音惊叹道：天哪，怎么会有那么多那么亮的星星啊！

不说话。静静地站在星空下的措普沟，呼吸着高原的深秋带着寒意的清新空气，听见风吹动树林发出的哗哗声。脚下及膝高的小草在风中摇曳。

小喇嘛看见有客人到，很高兴。牵着你的手，说，跟我来。把你们带到后院，嘻嘻地笑着往前跑，然后就不见了人影。他把自己藏起来，然后又作猛虎状突然跳出来，扑进你们怀里。继而又高兴得在地上打滚。你知道，一个生活在寺庙的孩子，在香烛摇曳的光影和佛经颂唱声中度过童年，该是多么寂寞呀。

那晚，在寺内二十五元一晚的大通铺上，在远离尘世的宁静中安然入眠。摄影师大胡子在外面拍星星，很迟很迟都没有回来。

他回来说，一生都没有见过那么美丽的夜空。

清晨，阳光照在扎金甲博山的顶上，雪山反射出一片耀眼的金色。金顶以下，太阳还未及照到的地方，依然是暗的。森林，海子，草原，晨雾缭绕。措普寺外的草地上，住持和小喇嘛正在给前来觅食的野生小动物喂食。你不知道那是什么动物，毛茸茸的，两只机灵的眼睛骨碌碌地转，却并不怕人，显然是习惯了跟人类的接触。离寺庙远一点的一片空地上，有一群岩羊，正在舔舐撒在地上的盐巴。小游拿个笔记本站在一边，看它们。岩羊们看起来跟小游很熟，对站得那么近的他一点不忌讳。有的羊还会走到他身边，用身子蹭他。他便蹲下来，抚摸岩羊的身体。

胡子大哥和岚妹妹去爬山了，他们登上了观景台，俯瞰措普沟。晓汐满脸浮肿，却依然饶有兴味地去周边转悠。空气寒冷而清冽，你用水池里的水洗脸刷牙,冰得你直抽搐。小喇嘛看到了跑过来冲着你哈哈大笑,掉了两颗门牙,嘴巴露出一个黑黑的豁口。你端起水盆,作势要泼过去,说,牙都掉了,还笑。小喇嘛捂着嘴边笑边跑远了。

措普沟有三个海子,措普湖和另两个小海子。吃完早餐,小游陪着你们,一起去绕湖。雪山映着蓝天,湖水宁静,草甸芬芳。山头竖立着经幡,风吹着它们哗啦啦作响,信仰与愿望,也就这样随风传递了。

海拔高,上坡的路没走几步就喘气。坐下歇息,聊天。躺在草坡上,静静地享受和煦的清风以及懒洋洋的阳光,呆望远方的雪峰峭壁翠林,聆听溪流低吟雀鸟浅唱花落无声,这样的时候,你突然觉得,生命最美好的享受莫过于此了。很多时候,人们苦苦追求的,却是与生命美好无关的东西。在都市拥挤的人群里,人人追逐着生命的价值,拷问着生命的意义。却始终不明白生命的意义究竟是什么?

你说,小游,你们在这里,住那么简陋的房子,吃的是酥油茶、方便面,只是为了记录研究高原岩羊的生存和繁衍。研究这些的意义是什么?

他沉吟了一会,说,我想,我们人类不应该是地球的主宰,各种动物在这个世界上都应该和睦平等地相处。如果我们耐心去观察,可以发现其实人类和动物是可以交流的。它们有自己对这个世界的认识,它们遵循自然的规律,努力寻找着适合自己的存在方式。能够在如此远离喧嚣的地方,在这样自然的环境中,安静地观察岩羊们的生活,每天呼吸着最纯净的空气,沐浴着最透明的阳光,面对最真诚的笑脸,是上天对我的眷顾。我喜欢这个工作,它让我的内心单纯而专注。不需要什么别的意义,能够让这些动物感受到人类的友好,便是最大的意义。

你又想起了尼采最后对伊丽莎白说的,难道我们不幸福吗?

你看着眼前的这个年轻人,竟然有修行者般的静气。他的目光望向远处,逆

措普寺前的经幡

措普湖

开心笑了

依依不舍

光侧影中的脸，有一层金色的婴孩般闪亮的绒毛。

措普湖很大。湖水清澈，你看见湖里成群的鱼儿游来游去。小游说，这里的人们不捕鱼，也不杀山林里的动物，一直保持着原始生态。你们站在插有许多嘛呢经幡的湖边，向湖里发出“呜、呜……”的叫声。随着这有节奏的声波，鱼群像跳舞一样，转了一个优雅的弯，向声音发出的方向飘忽而来。你把手放入水中，鱼儿们一拥而上来“亲吻”你的手指，麻麻酥酥的感觉。你突然发现，原来人和自然还可以这样交流。

湖的一边是森林，高高的水杉林，一直往山上蔓延，延伸到神山的雪线。另一边是草原，金色的，铺向远方。草原上搭起了高高的木架子，晾晒着收割下来的过冬的牧草。远处，能看到几间简易的木屋。几乎没有人，草原上空旷宁静。中午时分，肚子开始饿了，却什么吃的也没有。人们习惯了都市的生活，只要有钱，随时便能买到食物。而在这里，你随身带着金条也没用。

小游从口袋里掏出几个月饼，是前几天几个昆明游客带来的云南火腿月饼，留给他们过中秋的。他说，这里买不到食物，中午就这样将就一下吧。

你捧着这个月饼，沉甸甸的。

下午离开，回理塘。和小游告别，大胡子记下了小游家乡的地址和邮箱。大家拍了合影，大胡子说，回去发给你。

只是，生命总是有许多不可测。在后面的旅途中，大胡子的一个失误，丢失了记录地址和邮箱的笔记本，便再也没有机会让小游看到照片。小游和你们，在这个世界上，就这样擦肩而过，永远不会再见。你知道，这个叫游余群的年轻人并不会执着于这些世俗的交往，他的世界很大很大。相忘于江湖，是一种多么美好的关系。

车子在宽阔无边的草原上行驶。坡地起起伏伏。山坡上出现了一个孩子,小女孩。远远地眺望着,然后,开始往下跑。脚步欢快,一路向车子跑来。安久停下车。她在离车子不远处站定,好奇地看着这辆白色的北京吉普,似乎在犹豫着要不要走近。大胡子过去一把抱起她,把她举得高高的。小姑娘咯咯地笑出了声,如清脆的铃声,在草原上飘散开去。岚妹妹从口袋里掏出巧克力递给她,晓汐握着她的手,拿湿纸巾给她擦脸。你只是在一边看着她,那么美好的画面。

草地上的牛羊在悠闲地散步。小姑娘拉着晓汐,手指着前方。前方只有几个木架子,晾晒着牛羊过冬的牧草,再远一些,有一幢房子。她是在告诉你们那是她的家。

太阳越来越低,光线变得那么柔和,充满温情。

安久轻轻地按了一下汽车喇叭,他是在提醒你们,天要黑了,必须要出发了。

你们站起来,和小女孩挥手。说,我们要走了。再见吧,小妹妹。

你们慢慢走向车子,回头看见小女孩有些失措,似乎不明白发生了什么。顷刻,脸上那如阳光般灿烂的笑容一下子凝固了,而后,一点一点地流逝,消失。你看见她小小的脸庞浮上了失望和忧伤。你回过去,拉住她的手,又不知道说什么。终于还是要走,又慢慢地一步一步退回车上。再回头看她,看见她眼眶里有泪珠正在慢慢地滚落下来。

车厢里一片寂静。大胡子也低下了头。你转向车窗外,看着远处的风景,却发现视线里只是一片模糊。

夕阳斜斜地照在草原上。小女孩身上笼罩着一片金色。北京吉普渐行渐远,小女孩挥手告别的身影越来越小,最后和那片秋日斜阳下的草地一起消失在视野里。

十二 她。林芝和山南

……

拉姆，去山南的路是这样难走。小面包车颠簸得厉害，有时候，人会因为颠簸而从座位上弹起来，碰到车顶又掉落下来。翻越布丹拉山垭口时，我头疼得厉害，止痛片都不能起作用。我以为，会因为缺氧而倒下。

那么艰难的旅途。可我们依然要去。有时候我会问自己：为什么？

山南是藏民族和藏文化的发源地。

西藏历史上第一座宫殿、第一位赞普、第一座三宝俱全的寺庙、第一部经书、第一块农田、第一个村庄……都在山南。而我最想去的，是拉姆拉错和桑耶寺。传说，在拉姆拉错的湖面倒影中，能看到一个人的前世今生和来世。

一个人，真的有前世和来生吗？世间若真有轮回，那么我的前世会是什么呢？

有段时间，我常常做同一个梦，梦见自己在一片荒原上奔跑。没有别的生命,也看不见任何植物,如月球上环形山般荒凉。我不知道为什么要奔跑,似乎像是要摆脱什么,拼尽全力地跑,却怎么也跑不快。那样无助,那样惶恐。这种情绪,醒来后很长时间里都会在脑海里萦绕,挥之不去。

我不明白这样的一个梦境,象征着什么。为什么要反反复复地出现?这,会是我前世的记忆吗?那片荒原又会在这个星球的哪个角落?

……

租了一辆老旧的小面包车,出八一镇不久,拐上一条没有铺沥青的省道,便是离开了林芝。她趴在窗口,看着那片葱茏的绿色渐行渐远。林芝,是西藏最郁郁葱葱的地方。很多人都说,林芝是西藏的江南。也有人说林芝是小瑞士。

不过,她并不认同这样的说法。林芝是高原上一块独特的土地,但它和江南并没有太多类似之处。

当她在米堆冰川耀眼的光芒前眯起双眼,看见蓝天、雪峰、木屋和五彩的经幡的时候,当她在鲁朗林海的草地上,看见云雾缭绕的山峰下,马和牛在那里悠闲地啃着青草,旁边是青青的水流,当她在色季拉山口远眺南迦巴瓦,看见山下金色的田野时,即使是在植物茂盛的雅鲁藏布江大峡谷里,她都没有感受到一点点江南的气息。

没有一个地方可以等同于别的任何一个地方,他们都有着自己独特的气质。林芝固然不同于拉萨、后藏,也不同于阿里、昌都,但它也绝不是江南的那种风情。当然,更不是瑞士。

她生长在江南。江南的气息早已和她身上的气质融合在一起,深入骨髓,不可分割。即使闭着眼睛她也能分辨出属于江南的独特味道。童年。小镇。窄窄的长长的青石板街道，两边的屋檐快要靠到一起了，天空剩下一道缝。下雨的日子，雨水只滴落在青石板街道的中间，年代久远的青石板上留下了一个个水滴石穿的小凹陷，连起来，像是一条线，一条虚线。天晴的日子，阳光穿过那条窄窄的缝隙，落下一道升腾着白雾的光带，转瞬即逝。

狭长深幽的街道。细碎的脚步声。馄饨摊拖长了声调的叫卖声。对面铺子里香喷喷的糖炒栗子。走出那条小街，是一江流水。江上有一座不到一米宽的木桥。发大水的季节，那桥，便坍了。她记得小时候常常坐在水边，望着汹涌的江水，无奈而焦灼地等待着出差的父亲归来。

她还会想起"青山隐隐水迢迢，秋尽江南草未凋。二十四桥明月夜，玉人何处教吹箫"这样的诗句。她会想起"江流宛转绕芳甸，月照花林皆似霰。空里流霜不觉飞，汀上白沙看不见"的《春江花月夜》。

江畔何人初见月？江月何年初照人？

林芝当然不是这样的气质。这里是太阳特别惠顾的神奇之地，在藏语中意为"太阳的宝座"。无论太阳初升，还是夕阳西下，阳光都能照耀在这片土地上。喜马拉雅山脉和念青唐古拉山脉似两条巨龙横空出世，形成群山环绕之势，林芝地区就静卧在这山脉的怀抱之中。

雪山连绵。江水奔腾。林芝是这样的大气，明朗，天高地阔。

山南是另一种风格。沿着雅鲁藏布江，一路上行，葱茏的山峦慢慢地开始变得荒芜，裸露着坚硬的岩石。开阔的山谷地带，大片的沙化土地，沙丘从谷底爬上山坡，连绵着延伸开去。天很蓝，白云如一团团棉絮定格在半空。阳光像瀑布般流淌下来，洋洋洒洒地铺开去，整个世界都闪着耀眼的亮光。雅鲁藏布江在山南境内是开阔平缓的，由山南流向林芝后，进入峡谷段才开始变得那么湍急汹涌。

离开省道，抵达加查县城后，还要再走七十多公里的便道才能到达拉姆拉措所在的崔久乡。

这是漫长的旅途。

姐姐，拉姆拉错，是个什么样的地方？笑笑问她。

“拉姆拉错”在藏语中意为“吉祥天姆湖”“圣姆湖”，又叫琼果杰神湖。二世达赖喇嘛根敦嘉措在1509年修建了琼果杰寺，并赋予了拉姆拉错特别的宗教意义，他六十七岁圆寂后的银质灵塔建在哲蚌寺。据说他的法体几经搬移，却始终面向拉姆拉错方向。曾有很多人问他圣湖究竟有多远，他的回答是，拉姆拉错在他的心里。

我对它感兴趣，是听说，神湖能呈现未来，每一个去神湖朝拜的人，只要虔诚地向湖中凝望，神湖就能为你显示出前世、今生、未来等各种景象，为你启示未来的命运。所以多少年来藏族佛教信徒们都要到这里焚香祈祷，视能朝拜此湖为幸事。历代达赖、班禅转世一般都要到此湖观相。

穿过一个个小小的村落，穿过那些并不茂密的树林，看见一片金黄色的草原，不远处是一条小溪流，雀跃着向山外的雅鲁藏布江奔去。那沿途间隔着的一堆堆玛尼石堆仿佛一座座无字路标，指引着道路。

海拔越来越高。植被越来越稀少。前方荒凉的山坡上，出现了一座废墟，那是琼果杰寺的遗址。再往上，便是此行的目的地。停车场的海拔有五千多米，周边一片荒芜，迎面的山坡像悬崖一样陡峭地挺立着。

山上是无数的碎石片，漫山遍野都是，看不见泥土，没有植被，满眼只有那些堆在山坡上的碎石。碎石中间有石块垒起来的阶梯，蜿蜒向上。抬头，看到山顶上是被风吹得猎猎作响的经幡阵。沿着台阶向上，每走一步都觉得是用尽了最

林芝，西藏的江南

拉姆拉错

后的力气。呼吸急促，头胀得像要炸开来，只能心无杂念，低头看脚下的台阶，攒足了力气向上迈一步。三百多个台阶，走了将近一个小时，终于到达山顶。

山顶其实只是一条薄薄窄窄的山脊。那如刀刃般的山脊上几乎无法站立，也难以走动，经幡阵横七竖八占领了所有的空间，只能在五彩的间隙，找一个能立足的地方。遥望远处，拉姆拉错犹如一面头盖骨形的镜子，镶嵌在群峰环视下。大风呼啸着迎面而来，脸颊如刀割般疼痛。经幡在上下翻飞，发出哗啦啦的声响。完全无法说话，发出的声音即刻就被扑面而来的巨大的风吞没了，消散在陡峭的山顶上，淹没在无边的碎石之中。

只有远处谷底的圣湖，像一面小小的镜子，平静安详，波澜不惊，倒映着亘古不变的蓝天白云。跑那么远，那么艰辛，她们能够看到的，只是自然的山和水，和山水之间的空无，或者丰盈。

她静静地伫立着。

是无缘吗？不能从圣湖中窥见自己生命的秘密。还是，拉姆拉错在开示，告诉她，根本没有必要去知道前世和来生。

她转身往回走。笑笑大声地问，姐姐，我们下到湖边去吗？声音似一缕被风吹过的飘忽的青烟，倏忽不见。她摇摇头，回去吧，天要黑了。

山只是山，水只是水。

下山的路依然很长。走累了，在背风处的台阶上歇息。

笑笑望着远方，轻轻叹了一口气，低声说，什么也没看见。

她问，笑笑，你相信有前世今生和来世吗？

这个世界，有太多的东西无法被了解。我不知道生命是否真的有轮回，也许没有,也许有。藏族人是相信生命有轮回的。走完了这世,还有来世。他们修行,很多人就是为来世而修。女孩子希望通过修行,下辈子变成男人;男孩子修行,希望来世生活得更好一些。而我,以前不关注这些,有没有来生似乎是个缥缈的问题,很远,很模糊。自从男朋友离去后,开始会想这些。如果,真的有轮回,如果真的有来世,那么,我们是不是还可以再相遇?按藏传佛教的说法,他应该是已经转世。那么,这样的话,他岂不是又和我生活在同一片蓝天下?那他会在哪里呢,他是以什么样的形象出现在这个世界上呢,我们能有缘分碰到吗?我知道,即使是真的轮回了,这一世也不延续上一世的记忆,那是两个没有关联的生命,碰面了又怎么样?他不认识我,我也不认识他。

在海拔五千一百米的高山顶上,在呼啸的大风中,笑笑无助而绝望的声音飘向远处。

她对笑笑说,我们需要知道自己的前世今生吗?

生命的无常,只这世,就让我们无法把握,何况前世。过去的已经消逝了,不可复制,不会重来。它对于我们来说已经没有意义。而未来是不可知的,我们永远不知道下一刻会发生什么。我们只需要知道——此刻,我也只能知道——此刻。只有此刻才是我们能够真真切切地感受到的。

每一个逝去的前一刻,都是前生。每一个即将到达的下一刻都是来生。

如果前世今生真是注定,那就让我们以未知去偶遇,去当作惊喜来体验。

十三 她。林芝和山南

……

拉姆拉错是那么遥远。千山万水，只为寻她而来。攀上海拔五千多米的高山，却依然无法抵达，她在远处的谷地，静谧，安详。

前世，今生，来世。就算我到达了拉姆拉错的湖边，我能窥破生命轮回的谜底吗？

佛说，凡所有相，皆是虚妄。若见诸相非相，则见如来，不取于相，如如不动。湖水倒映着蓝天白云，青山红叶，风一吹，便散了。不留，不住。

心量无边。真空妙有。什么都在里面，又什么都没有。

宇宙浩瀚无边，无始无终。在如此没有边际的时空中，人类是多么渺小的存在，多么微不足道。而对于个体的生命来说，如果我们能够进入每一个不同的个体的内心，会发现，那又何尝不是一个无边无际丰富多彩的华丽世界？天地之间，有什么不是在心里？万法唯心，心涵十方世界。这无形无象的世界，在宇宙

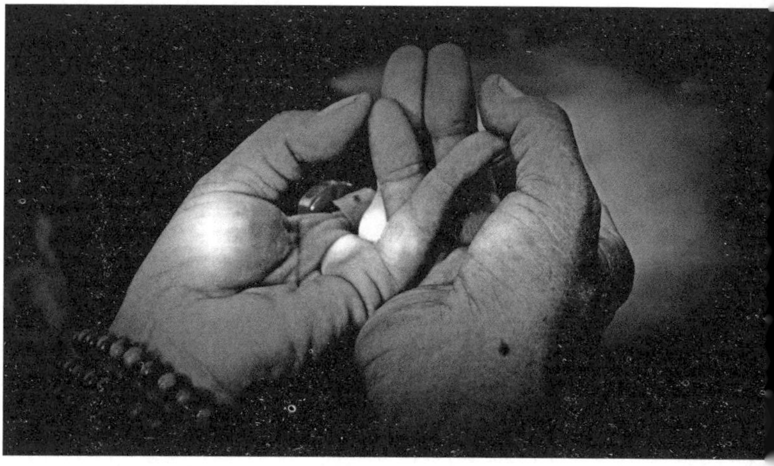

虔诚的手势

藏族村庄

之中还是在宇宙之外？我只知道，这些一个个个体的世界，它们交织在一起，互相重叠，互相交融，互相交错，却又互相独立。

有时候我会想，谁知道我的前生不会是未来某个人的来生。而我的此生，也许就是之前某个人的前生。谁知道呢？

我们关注前世、今生和来世，是不是只是我们对自身的好奇？还是如同笑笑说的那样，其实是希望能够知道我们那些离去的亲人、朋友，在另一个世界里，我们还能再次见到他们？

记得看过一本电影，画面中是一个女子，不停地穿梭在不同的场所。茫然，淡漠，面无表情。每一个场景都是不连贯的，每一段经历都是独立无依的。贯穿始终的只是那个女子。几乎没有对话，也没有完整的故事，只是这个女子的一些碎片。

看完这个片子，突然之间想明白，我们的生命，不就是这样吗？一生，漫漫几十年，都只是一些不连贯的场景，一地的碎片，串起这些碎片的，是时间，于是看起来似乎是一个整体，一段完整的历程。

我们在旅途中常常会看到瀑布，有的像环形电影的幕布那样壮阔大气，有的像擎天柱一样直冲天际。用我们的肉眼去看，它们当然是一个整体，完整地连贯地呈现在我们眼前。如果用慢镜头呢？我们会发现，其实它们，只是由一滴滴快速落下的水珠组成，前赴后继，连成了一串，一片，一大块。而每一颗水珠都是一个独立的存在，互相并没有关联。

生命的每一刻，都在死亡。每一刻也都在重生。站在高高的垭口，看着我的前世，如烟雾一般在慢慢飘散。而来世，正在一步一步地向我走近。寒冷或者温暖，快乐或者伤感，潸然泪下还是开怀大笑，都只有此时，才能真切地体会到。

而拉姆，此刻的你，在哪里呢？你已经走进那朵莲花了吗？我的这些邮件你都能收到吗？

……

十四 我。唐蕃古道

在一间小面馆里，遇到了一队测绘队员。都很黑，是高原特有的那种黑红肤色。羽绒衣和加厚冲锋衣上沾满了土和灰，袖口脏得油亮油亮。门口在修路，我以为是修路的藏族民工。小小的房间挤了十多个人，满满一屋。也不知道谁是老板，哪些是顾客。开口问有什么面，一屋子的人都回答我，自己看，黑板上写着呢。

他们腾出了一个位置给我。聊天中得知，他们是青海省测绘院的。坐我对面的是他们的队长，他说，常年在野外作业，很少待在西宁。这次离开西宁已经有半个月了，还得一个多星期才能完成工作。

我说要去玉树。队长说，我们明天也到玉树方向去。不过，会在路上耽搁，要一路做测绘过去。

他问我要不要和他们同行。

我犹豫了一会，决定还是自己一个人走。一旦与人有了约定，便会有牵绊。

或者说，牵绊了旅途想要的自由。况且，我并不是很容易和人熟悉起来。

队长给我留下了电话。说，在路上万一碰到什么事情，给他们电话。这一路，从玛多，到玉树，都有他们测绘队员在工作。随时可以提供帮助。

我总是运气很好。总是碰到很多愿意帮助我的人。

第二天早上醒来，拉开窗帘一看，漫天大雪。

下楼退房时，几个服务员都还在值班室睡觉。被我敲门叫起来办手续。打开大门送我出来时，小姑娘揉着惺忪的睡眼，说，姐姐，那么大的雪你还走啊？朝她笑笑，一头钻进飞舞的雪帘中。走吧，要去翻越巴颜喀拉山，要到那个叫玉树的小城去。

从横街转个弯到直街，一眼看到周保的车，停在路边。轻轻按一下喇叭，和他打招呼。他摇下车窗，对我说，雪太大，我不放心，送你一段路吧。

那么冷的天，那么早。我的眼睛有些湿润。只是说了声，好，我跟着你。

一路跟着他，一直开出了二三十公里。我超过他，停下来，对他说，你回去吧，我没问题了。他说，前面就是巴颜喀拉山的垭口，本想送你到垭口的。我说，你回去吧，我真的没问题。这段路开下来，有感觉了。我的车全时四驱防滑，不会有问题的。

好吧，一路顺利！他展开一个灿烂的笑颜，如同明媚的春天，向我招招手。车子在雪地上画出一道漂亮的弧线，掉头走了。我在雪地里停了很久，后视镜能看到他的车慢慢远去，直至消失在茫茫雪幕之中。

打开车载音响，唱片正好循环到朴树的《旅途》。

……

这是个旅途
一个叫作命运的茫茫旅途
我们偶然相遇然后离去
在这条永远不归的路
我们路过高山
我们路过湖泊
我们路过森林
路过沙漠
路过人们的城堡和花园
路过幸福
我们路过痛苦
路过一个女人的温暖和眼泪
路过生命中
漫无止境的寒冷和孤独
……

一路大雪。大风低沉地吼叫着。白茫茫的原野上，看不见人，车也很少。

一个小时候后，巴颜喀拉山垭口的标志出现在我眼前。我有点不敢相信，海拔四千八百米的高度，这座著名的山峰，从小就在课本上读到过的名字，而此时我已抵达。我在这里。在巴颜喀拉山垭口。

下车想拍几张照片。风吹得我站立不稳。雪花迎面扑来，打得我睁不开眼睛。没有一个人，没有一辆车，天地间似乎只有我。站在这高高的垭口上，苍茫而悠远。此刻，这世界上的一切都离我很远。那么孤寂。

回头看看来路，发现周保的车就停在我车后不远的地方。原来他不放心，一直跟着我。这时才开车上来说，你能开到这里，前面的路就好开了，我真的可以放心了。

他掉转车头，很快地往回开去。

下山的途中，接到一个电话。是队长。

我告诉他刚过巴颜喀拉山垭口。队长说，他们就在前面的小镇。他说，你过来吧。我们等你，下午一起去玉树。

赶紧一踩油门，往下走。我想下午和他们一起去感受一下野外测绘的艰辛。

清水河镇。路边的小饭馆，找到了队长和他的伙伴们。他说，一早出来，看见这样的天气，就很担心你。以为你大概不会走了。没想到还是一个人出来了。

他们一直在小镇等我。这样的天气，一个女人在路上，真让人不放心。队长说。

小饭馆里的炉火烧得旺旺的，很温暖。队长点了菜，点心，大家围着火炉吃饭。

吃过中饭，车子离开大路，往草原深处驶去。那个下午，我是测绘队的编外队员，跟着他们野外作业。爬上一个个山头，寻找国家测绘队留在那里的坐标。然后按照坐标来测量和标出所在位置。雪停止了，风依然很大。偶尔还会再飘几片雪花。山顶上的玛尼堆，挂满了经幡，在风中飘飞。

那正好是坐标点的位置。小心地用军工铲铲开了周边的泥土，作为坐标的大石头，早被藏民挖掉。那木头标识也被折成两段丢弃在地上。没有坐标，就无法定位。他们只好再去找别的坐标点。

河对面的红色寺庙

深秋的青海草原

车子往更深处开,找到另一座山包,再往上爬。我累得气喘吁吁。毕竟,这是在高原。他们让我在山下等,我坚持要跟他们一起。上山,同样的情况,又是被破坏了。再找别的点。

终于,找到了一个。他们架好仪器,开始工作。我坐在一旁背风的草地上看他们。队长过来,坐下和我聊天。他说,野外作业,最怕极端天气。像今天这样的,不算什么。他们曾经有被大雪封在草原深处出不来的经历,也有过在山上转来转去转不出来的时候。而我们平时在用的地图都是他们这样翻山越岭地测出来的。

天开始放晴,太阳露出了一点点脸。在阳光照射下,草原马上就变成了金黄色。远处,大团的白云在翻卷着。我很享受此刻的宁静。

突然,队长轻轻地拍拍我,说,你不许尖叫,回头看看。

有些茫然地转回头去,身后不远处有很多条狗,在看着我们。跟队长说,这里,又没村庄,哪来那么多的狗啊?

队长差点没晕过去。他说,天哪,你居然连狗和狼都分不清?还敢一个人出来乱跑?

是……狼?

那么多狼!有十几头。那眼光,的确不像是狗。沉郁的,森冷的。对视一眼,毛骨悚然。

我有点怕,声音都发抖了。问队长,狼群是把我们当目标了吗?队长笑了,说放心,这里草原上野生动物多,小黄羊,野兔什么的,狼群早吃饱了。不会攻击我们的。

队长说,动物和人类最大的区别是,他们捕猎,只是为了吃饱。而人类,永不满足。吃饱了,便想着储存,想着占有更多的,以获取利益。

人心贪婪呐。队长很感慨。

队员们完成了测绘工作，收起仪器，装上车，然后安静地离开。那群狼，一直在不远处看着我们。也很安静。直到我们离开。

进入玉树，要先穿过一个峡谷。路边的白杨树像一片金黄色的屏风，一路延伸过去。旁边是通天河，水流湍急。河对面是草原，草原上有一座红色小寺庙。另一边的山坡上也是一座寺庙。时而，有身穿红色袈裟的僧人从路上飘逸地走过。

抵达结古镇已是华灯初上。

这是一座热闹的小城。灯光渐次亮起。街道上，汽车、摩托车、拖拉机、自行车相互交融，并不排斥。行人在车流中穿行，竟也可以悠悠然似闲庭信步，没有人行色匆匆。开摩托的和开拖拉机的，在马路的中央停下，聊起天来。后面的车，能绕的就绕了，绕不过去的，就停在后面，竟饶有兴味看起路上的人来人往。路边广场上，有人在跳锅庄。也有人在摆摊售卖藏刀、牛头骨，各种挂件和药材。老人牵着小狗散步，女子背着孩子坐在一旁看热闹。

这样的一种热闹，它并不喧嚣。带着温暖，是生活的味道。

这热闹，和都市不一样。都市只有喧闹，那种喧闹和人是疏离的，是冰冷的。你不知道这喧闹从何而来。它似乎从四面八方涌来，包裹着你。你在这喧闹的中央，无处可逃。却只是孤零零的一个人。

而小城的热闹是温和的，是有交流的。视线相对，你会看到友善的笑容。你若加入那广场舞的队伍，立刻会有一个空隙腾出来给你。你可以去那些摊位前挑挑拣拣半天，问很多问题，最后什么也不买地离开。摊主高兴的时候或许还会送上一个小小饰品让你带走。你也很容易从这样的热闹中脱离出来，比如走进随便哪条小巷,便是安静的。走进某一扇门,便可以把热闹隔绝在外。

被测绘队员们领到一家四川风味的小餐馆吃饭。暖色调的灯光下,热气腾腾,有浓郁的香味扑面而来。

我要请他们吃饭。我说,谢谢你们的照顾。队长说,哪有让一个女人请一桌子男人吃饭的事情。他不容置疑地点了菜,还要了啤酒。辛苦了一天,队员们晚餐是可以放松地喝点啤酒了。

我们碰杯。队员们问我,能记住每个人的名字吗?我说,你们写下来吧。

我拿出随身携带的记事本,他们一个个签了名。

我们萍水相逢,只此一刻的交集。我知道我以后再也不会见到他们,我要走向新的未知的历程。而他们,将始终在西北的这片山水之间做着他们的工作。

这些签名,会让我记住他们。记住和他们共同度过的这美好的一天。

我一直保留着这本有着测绘队员们签名的小记事本。

十五　她。林芝和山南

桑耶渡口。一艘小木船静静地停靠在岸边。

没有人。她冲着空无的河岸,大声地问:有人吗?

不远处的树荫下,有答复传来:坐船啊,再等等,凑几个人一起走。

她们在岸边的沙地上坐下,面向雅江。一江流水,平缓,开阔,无声地流动着。对岸就是桑耶寺,那是西藏的第一座寺庙。古老,神秘。大殿里有很多壁画,历史久远。

太阳晒得皮肤有点疼,背脊上也被炙烤得火辣辣的。但是并不热,迎面,有凉风吹来。风过处,江面上泛起微微的波澜。

等了半个多小时,依然没有人来。

她望着江面,对笑笑说,以前,小木船、皮筏子是抵达桑耶寺唯一的交通方式。后来雅江上建造了大桥,汽车可以一直开到桑耶寺的大门口,坐船的人就慢慢少了。汽车速度快很多，轮渡是缓慢的，它需要较长的时间。江流湍急的时候，还有危险。可我觉得，只有轮渡过去，才有一种庄严的仪式感。桑耶寺不仅仅是宗教，还有艺术。那些壁画的价值，或许远胜于那些建筑。宗教和艺术，都是需要我们有朝圣的虔诚心，才能抵达。

四十分钟以后，又来了两个人。那个头上盘着辫子的康巴汉子终于从树荫下走出来，准备开船。船头上的柴油小马达发出“嗒嗒嗒嗒嗒……”的轰鸣声。如镜面的湖水被船头劈开，翻卷起白色的浪涛。对岸的建筑和山峦在渐渐靠近。

她弯下腰，伸出手去触碰翻腾的水流。笑笑，她说，我从未想过，我能如此近距离地触摸这条江。那么多次地想象过它，一直都是觉得它非常遥远，抵达它会是一件多么不容易的事情。梦幻般的，我们现在和它那么近，甚至肌肤相亲。

笑笑说，其实，它一直在你心里，从未远过。

天空蓝得浓墨重彩，寺庙后面的山顶上有大团的白云升起。山坡上挂满了五色风马旗。大门外的广场上，空旷寂静。强烈的阳光照射下，空气中似有袅袅的烟雾，又似乎像是粼粼波光，折射出前方的景象如海市蜃楼般的虚幻。

大门外居然没有人收门票，也看不见售票的窗口。犹犹豫豫地进入，里面又是一个广场，广场上有三柱高大的经幢，伸向蓝天。还有煨桑的炉子，静默地伫立在广场的中央。空中有一群鸽子，一圈一圈地顺时针绕着大殿飞，偶尔，有鸽哨声划过天空，又迅疾消逝。

这样古老的一座寺庙，是西藏第一座佛、法、僧三宝齐全的佛教寺院。

一千多年的沧海桑田，无数次的修缮，已无法窥见它最初的模样。

寺庙，光影

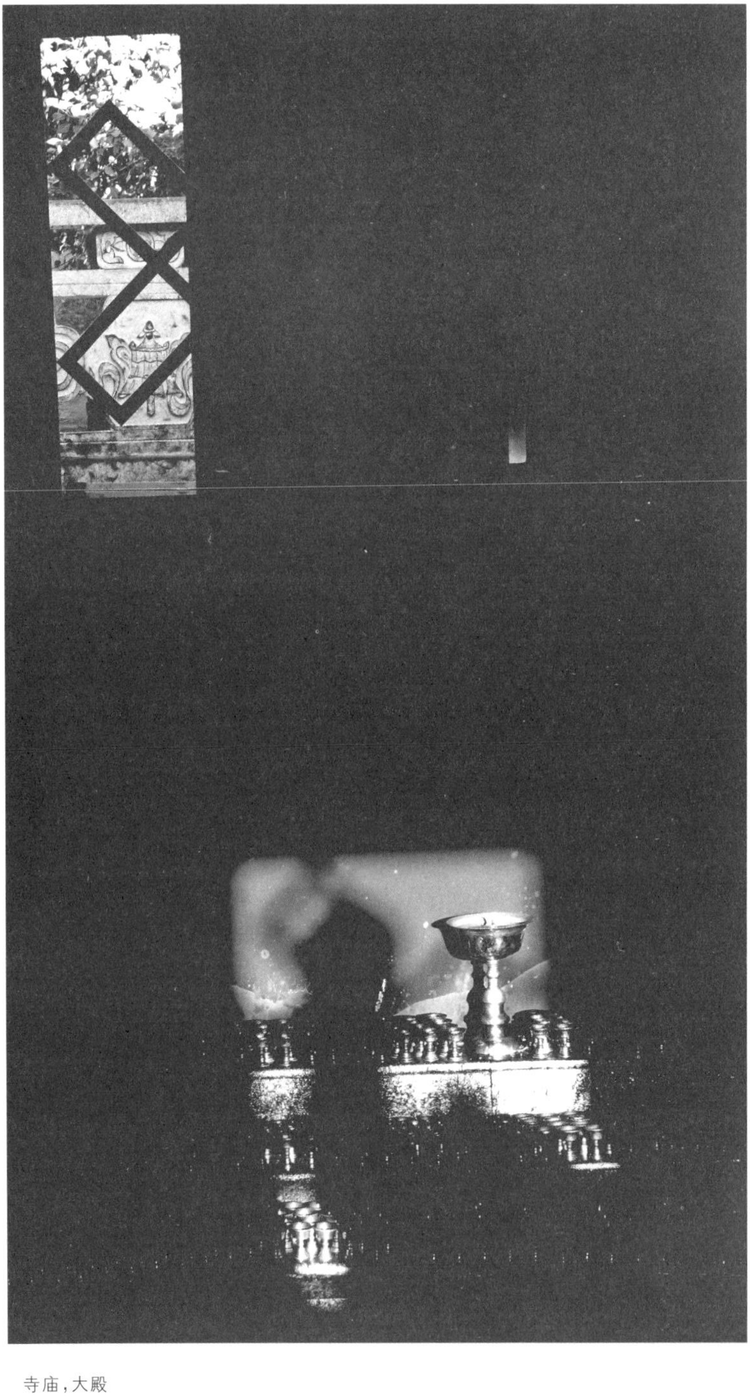

寺庙，大殿

而相对于无边无际无始无终的宇宙来说，千年的时光又是那么微不足道。就像电影里的场景转换，只在刹那之间。目光穿过重重幕帘，我们似乎能够看到当年，那些印度僧人、汉地僧人们，在这里，弘法传道。

时间，空间，斗转星移。而所有的一切，三千大千世界，寒暑交替，古往今来，有什么不是在我们的心中呢？

乌策大殿。佛像前。一排排酥油灯闪闪烁烁。她回头，隔着好几重的酥油灯光向外看，灯光幽暗的大殿和外面强烈阳光下的明亮形成很大的反差。外面的世界在影影绰绰的灯光映射下，似幻似真。她站在那里，看了很久。然后拉住笑笑，对她说，你看，那一片镜花水月。笑笑看得呆了，喃喃自语道，世界竟是如此虚幻。

那些壁画，记载着佛经故事和佛教传入的历史故事。有保存完好的，更多的是斑驳陆离，是风化了的岁月。即便是这样，她们，还是能够感知到，那些画者的虔诚与敬畏。透过这些褪了色的壁画，走进了历史，走进那个年代。

她们在大殿里流连。时光被忘却。

走出大殿时，阳光已经变得柔和，悬在西边的山顶上。主殿的四周，有红、白、绿、黑四种颜色的塔。在拉萨她去过很多寺庙，基本上看到的都是白塔，这特别的景象，让她好奇。

一位红衣喇嘛悠然地走过。她叫了声，师父。

扎西德勒！年轻的红衣喇嘛向她们走来。她说，为什么这里会有四种不同颜色的塔？

他微笑着给他们解释，四种颜色分别代表寂静、自在、广大和愤怒。

喇嘛说，很久以前这里有会让人发怒的恶魔，所以会有愤怒神帮人度化愤怒，获得内心的平静。其实不光过去，现在人们也会常常因各种妄念而变得容易发怒，所以会有愤怒神。

那么，自在呢？喇嘛又说，佛说自在一是指不强求，你可以信佛，也可以不信，或者今天信了，明天又不信，佛不会因为你不信就不庇护你。再者，自在是指不被羁绊，不会为俗世的名利情欲所捆绑，无法挣脱。

她想起了《金刚经》所说的“应无所住，而生其心”。

这个世界，有几个人能够不被名利所诱惑？现实世界中的权利和物质，内心的情绪和欲望，有着美丽的外象，散发着迷人的光芒，没有几个人能够看明白它的虚妄。而很多修行者终其一身的修行，也不一定能够得到真正的解脱。

我们对这个世界总是有太多的欲求，所以我们总是活得不快乐。

十六 你。香格里拉

一路颠簸。出沟，到措拉乡，天已全黑。晓汐头疼，找到一间小药店，买止痛片。

你回头，只见群山苍茫。那条通往措普沟的土路已没有踪影，消失在了起伏的山峦之间。措普沟更像是一个梦境，隐匿在那一片苍茫的群山后面。你忽然有些恍惚，那个如世外桃源般的地方，是一个真实的存在吗？你真的到达过那里吗？

几年以后，你的一个朋友听了你的介绍，充满向往地去了措普沟。回来后告诉你，完全没有看到你说的那些景象。乱糟糟的，游客很多，当地村民宰客，门票高得离谱。任何一个普通景点都可以和它媲美。

你怀疑他去的和你去的是不是同一个地方。从地理位置上来说，是同一个地方。但是你知道，任何地方，它的每一次呈现都是不同的。感知者的心境也是不同的。就呈现和感知的角度来说，你朋友的那个措普沟，和你的那个措普沟，它们，隔着无限遥远的距离，是在两个没有交集的世界里。

呈现和感知是同步完成的，当你的感知结束，呈现也就结束了。没有被感知的存在便是不存在。你的那个措普沟，在你到达的时候开始，到你离开的那一刻完成。只在那一个瞬间里存在。

你想起了一个著名的哲学命题，人不能两次踏进同一条河流。即使你自己，当你有机会再一次来到这里，你所看到的，也一定不是今天的措普沟。世间万物，都是即生即灭，都只存在于一个瞬间之中。诸法无我，诸行无常。

你还想起了王阳明和弟子的一段对话。

山间一树山花，开得正艳。弟子问王阳明，你说一切吾心具足，这花自己开在山里，与心有什么关系？王阳明说，在你没看到这花时，花与你并无关系。可当你看到这花时，花与你的内心，顷刻便都鲜亮起来。这说明花本就在你心里。

从措拉到理塘，车窗外是毛垭大草原，在茫茫夜色中显得越发空旷寂寞。318公路上没有任何车辆。北京吉普像一艘漂浮在大海中的小船，无所依傍。黑暗中两道孤独的车灯光束照亮前方没有尽头的路。车厢里也是一片沉寂，没有人说话。

司机安久是个憨憨的康巴汉子。话不多，一直都是安安静静的，问一句答一句。他家兄弟两人，哥哥是理塘有名的藏医，他平时是在做藏香生意的。这次跑措普沟，是因为白玛找他，他的北京吉普比较适合进沟。平时，并不做包车拉游客的生意。

一头浑身雪白的狼倏忽间闯入视线。在前方，在车灯的照射下，奋力地奔跑。师傅放慢了车速，调暗了灯光。白狼跑了一段路后，停下来，回头看了一眼，然后向右侧下了公路，消失在无边的黑暗之中。

远光灯再次亮起，依然是夜空中两道孤独的光束，照亮前方的路。

措普沟

理塘客栈

师傅打开了车载音响，音乐响起。都是流行的藏族口水歌，几乎每一首歌里都有“亲爱的姑娘，我的爱人”这些歌词。你问他，安久，你有爱的人吗？他笑笑，说，有。

又问，如果，我是说如果，你在外面碰到喜欢的女孩子，你还会跟她们好吗？

安久害羞起来，不好意思地低着头。然后说，不可以的，这样做不好。她很好。我怎么可以喜欢别人呢。不可以的。

他重复着强调着不可以。

……你的爱隆起连绵的山脉，陪我走在茫茫的云海，用真心攒下你给的深情，把爱绘成最美的风景，今生相爱 花开不败……

车载音响依然在唱着情歌，深情而浪漫。

而你，一直在想的是，婚姻和爱情，它们有关吗？无关吗？

你说，你不知道。

十七 她。拉萨

如果说，白天的拉萨是眼睛的天下，那么夜晚则是耳朵的世界。人类都沉睡了，自然界依然是活跃的。黑夜有它独特的声音与气息，它给我们灵感和启示，我总能聆听到一曲神秘的圣歌在天际的一隅轻轻回旋。

我的脑海里浮现出刻在岩石上的咒语，在静谧的微风中拂动的五色经幡，黄昏中金色的寺庙和缓缓走过的一队步态庄严的穿绛红色僧衣的喇嘛，一个在现代城市和古老村庄之间迷失方位的年轻人……

什么是真？什么是假？时间是怎样发生的？空间是怎样呈现的？我进入了一个扑朔迷离的世界。

……

从山南回来后，她持续失眠。一个个漫长的黑夜里，她睁着双眼，眼前是一片虚无。什么也看不见。而声音，在万籁俱寂的深夜里，那些来自自然的声音，让她知道，拉萨的夜晚，竟是如此生动丰富。

几乎每天都会下雨。她来拉萨有段时间了，还从未见到过下雨。在失眠的夜里，才发现，拉萨的雨都是在夜晚，在人们进入梦乡的时候，悄然来临。天亮之前，它又悄然收场。熟睡的人们并不知道它来过。偶尔早起，会看见地上有一些浅浅的水洼。太阳一出来，积水很快被蒸发，这样淡淡的痕迹也消失得无影无踪。

在失眠的日子里，她邂逅了这些精灵，拉萨的夜雨。

晚上11点多开始下雨，淅淅沥沥。深夜，雨开始激烈起来。电闪雷鸣，有时候还有冰雹加入。如同一个交响乐队，在演奏这个城市，并开始了最激动人心的乐章。寺庙的金顶声音清脆，经幡的声音沉闷，大地的声音迷离飘忽，白雾般溅起一个个清晰的音符。

天快亮时，雨势转小，慢慢退去。在东方冒出鱼肚白之前，撤退得干净利落。早起的行人只觉得好清新的空气啊，湿润透凉。不小心还会踩到一些积水，会以为是洒水车留下的杰作。拉萨夜雨，如神迹般，不被人所窥见。

无所事事的白天，她会去古修娜书吧泡半天。读一些和西藏有关的书，历史，宗教。也读游记，那些发生在藏地的故事。写作者都是那么感情充沛，对这块土地的热爱溢于言表，形容词堆叠。甚至还有些离奇神秘的故事。她并不被这些故事所吸引，往往读得意兴阑珊。她想不明白，一趟普通的旅行，怎么就能碰到那么多特别的故事呢？她的旅途，是平淡的，安静的，是在远离了日常生活后的一种疏离状态。所有的一切都在她的眼前发生着，但她并不进入其中。像在看一部电影，间隔着一段距离。有时候她还会走神，走神的时候，眼前的一切便视而不见了。泡在拉萨的日子，就是这样，没有焦虑感，没有必须去做的事情，没有需要追赶的节奏，她享受着属于自己的平和宁静。

交流

拉萨街头的老人

朝圣的藏族妇女

书吧里那些关于藏地历史和宗教的书，对她还是蛮有吸引力的。她在书吧里读完了《西藏生死书》。在这样的环境中，读一本关于生和死的书，真的是很契合。她第一次明白了，死亡，是可以如此去面对。她不是佛教徒，但她喜欢索甲仁波切的书中对于死亡的描述：

生和死就在心中，不在别处，这种教法至今仍具有革命性的佛教智慧。佛教认为心是一切经验的基础，它创造了快乐，也创造了痛苦；创造了生，也创造了死。

在死亡那一刻，凡夫心及其愚昧都跟着死亡，而且在这个空隙之间，像天空一样无边无际的心性，刹那间显现无遗。这个根本的心性，是生与死的背景，正如天空拥抱整个宇宙一般。

看书累了，就去甜茶馆，要一杯甜茶，静静地坐着。甜茶馆大多是本地人，藏族人。他们聊天、打坐、念经，茶馆里总是满满的。有时候门口摆了几张小桌子，也坐满了人。

茶馆并不嘈杂。是因为信仰，还是因为民族特色？藏族人的歌声高亢辽远，讲话却是很少有大声喧哗的，就那么淡淡的，平心静气地聊天。那样的声音，似乎可以成为一种背景声，完全不会打扰到她。

坐着发呆的时候，她会想起央金的歌声，想象那片她从未到过的苍凉悠远的藏北草原。她对央金说过，她要去阿里，去普兰，去看狮泉河，去拜访古格王朝的遗址。

她在那些热门的旅店贴了纸条，结伴包车去阿里。吉日，雪域，八朗学，东措，平措。留言板上贴满了各种小纸条，层层叠叠。风一吹，哗啦啦地响。

沉寂了一段时间的手机又开始热闹起来。有来问愿不愿意一起从樟木口岸出发去尼泊尔，有人要求去山南行不行，还有人想去那曲的比如县。接了很多电话，收过不少短信，就是没有目标相同的。

笑笑说，姐姐，实在不行，我们乘坐大巴去吧。她摇摇头，不行，阿里不是山南，那么广袤，那么苍凉，班车少得很，我们两个人，不包车是会有危险的。至少会很不方便。

几天后，终于有了一个去阿里的来电。他们有六个人，两辆车，还有两个座位。从南线进，大北线出来，走一个环线。是她想要走的线路，太契合了。

约了在雪域餐厅见面，一起吃晚餐。召集人是来自上海的 Tony，他带着女朋友小丫。还有两个是兰姐姐和王子，另外一对是来自深圳的新婚夫妻，吉它和山泉。他们把蜜月之旅放在了西藏阿里。加上她和笑笑，正好两车。商定了每日的行程，购买了食物和水，和包车的司机师傅碰了头。他们将在第二天早上起程。

马上要开始的远行，是人烟稀少的世界上最高的荒凉的原野。对目的地，对要一起出行的同伴，她几乎一无所知。

旅行是突破，突破常规一成不变的生活，带给我们无限的可能性。

或许，我们能看到一幅幅惊艳的风光大片；或许是在与陌生的历史、陌生的人群相互交会时内心的某种感动带来的审美愉悦；或许是无处投宿的困顿，是徒步中喝完了最后一口水又筋疲力尽时的无助；也或许下一刻便是一次令人心动的美丽邂逅，一场灵魂的碰撞。

无论是什么，旅行给我们提示，你是如此生动地活着。

这样的状态，让她着迷。

十八 我。唐蕃古道

结古宾馆隐匿在一条七拐八弯的巷子里，一片零落的霓虹灯之间。

老板娘和测绘队员们都很熟，一个个招呼着他们。看到我，有些意外。她问队长，你们来新队员了吗。队长说，这是我们在路上捡来的伙伴。她要在玉树玩几天呢，你帮我们照顾好她。

一旁的小个子保安帮我把行李提上楼去。偌大而沉重的箱子和保安瘦小的个子呈现出一种不和谐的比例。但他并未有任何不适，轻松地将箱子一口气扛上了三楼的房间。我对他说，谢谢。他有些腼腆地笑了，摇摇头，也没说话，走了。

小旅馆的房间，总是残留着太多的陌生人的痕迹。他们来过，停留过。他们走了，留下各种气息，微小的物质，甚至欲望、回声和记忆。白色床单上有着明显发黄的斑点，几根鬈发姿态优美地散落在枕头边沿。墙上有暧昧不清的凌乱的印迹。我打开窗子，让新鲜的空气进来，冲淡那些陌生人的味道。

这样的房间，曾经留下过多少故事？悲剧？喜剧？还是正剧？我不知道。我甚至不知道，时空之外是否有一双眼睛正在注视着此刻的你，或许，他想轻轻拨动一下房间里的什么东西来告诉你他的存在，他想和你交流。但他无法做到，他能触摸到的只是空气，他轻轻地扇动空气。似有一些微微的风掠过你的脸颊，但你什么也不知道，你只当是自然的风吹过。你去把窗子关上。然后，下楼。从车上拿来了你的睡袋。你无法在这样的被褥中睡觉。

在锈迹斑斑的小浴室洗澡。热水并不烫，长时间的淋浴，冲去一天的疲劳。旅途，会让人恍惚，一天换一个地方，常常，会忘了此时身在何处。

没赶上和测绘队员们告别。他们一早就出发，一路工作，直到下个站点。

我站在一楼的服务台边上，看着门外。阳光明亮，照得我眯起了眼睛。我不知道接下来该做什么，该去哪儿。老板娘从里屋出来，热情地招呼。

队长他们都走了。你今天准备去哪儿看看呢？我说，我不知道。我没有计划。老板娘说，那你去勒巴沟看看吧，那里有很多岩画和玛尼石。

我眼睛亮了起来。我想，是岩画这个词让我产生了兴趣。好，那我出去吃点早餐就出发。

吃完早餐回来，一直低头在总台玩电脑的那个小伙子，站起来，朝我笑笑。老板娘说，这是我儿子，他在这里好几个月了，还没去过勒巴沟。要不，让他跟你一起去吧，有个伴，热闹点。

我点头，说等我一会。我上楼去拿了相机。下楼时，看见昨晚帮我搬行李的瘦小个子的保安也在。老板娘的儿子有些不好意思开口，犹犹豫豫地说，能不能把他也带上？他也想去。他去过，还可以带路呢。我说，没问题啊，一起去吧。

勒巴沟石刻

勒巴沟岩画

从通天河边的一条路往前。河水汹涌，一路奔腾陪伴着直到勒巴沟沟口。

勒巴沟是个有传说的地方。藏区很多地方都有传说。神迹圣迹无处不在。藏民族是个想象力丰富的民族，他们除了现实的世界外，还有一个神的世界。这两个世界并不冲突，和谐地共存于他们的生活中。是因为这片土地还是因为信仰？我知道藏民族的世界，要比我们想象的更丰富更多元更绚烂。他们在这片充满神性和诗意的土地上，悠然地活着。

汉民族是个太过理性的民族。即使信仰，也总希望能从中带来现世的利益。

这是一个静谧安详的所在。沟内草木丰茂，溪水湍急，淙淙流淌。我们的进入，惊起了一群飞鸟，啼鸣着在天空划过，留下一串回音。崖壁上，路边，溪水中，随处可见刻有经文和六字真言的玛尼石。溪水清澈，水底下的玛尼石，层层叠叠，铺满了整条小溪。那些文字清晰可见。

风吹动山崖上的经幡，飞起的刹那，我看见了那幅岩画。画面镌刻有佛、菩萨、香客、瑞兽。佛为立像，低肉髻，身着通肩圆领大衣，右袒，衣服贴身。菩萨均结跏趺坐。岩画带有浓郁的晚唐汉族佛教造像的风格。

再往里走，是另一幅，发式为唐代侍女流行的双鬓抱面的抛家髻。衣服为唐开元、天宝间流行的小翻领、对襟胡服。在一处两面陡峭的崖壁上，各有一尊菩萨像，结跏趺坐。头戴宝冠，身披璎珞。西壁菩萨上方用阴线打制出一飞天，身着披巾、璎珞。披巾因风荡起，翩若惊鸿。

这些岩画，经历千百年风雨的侵蚀，依然线条清晰，栩栩如生。随着太阳的移动，光线变化，画面也会发生变化。慢慢地移动位置，不一样的角度，它们便呈现不同的景象。

我站在崖壁前，似乎突然之间掉进了时光隧道。我好像看见，一千多年前，那些路经此地的匠人，一刀一斧地在悬崖上凿刻。凿进了自己的艰辛和期待，刻下了内心的忧伤和欢愉。

离开那些岩画，我们往山谷的深处走去。累了，便在向阳的山坡上坐下。老板娘的儿子很沉默，很少说话。他看着头顶慢慢移动的太阳，看着深秋色彩斑斓的山坡，像是自言自语，轻声说，我在新疆也看过壁画。那些壁画是彩色的，是一整面墙一整面墙的。这里山崖上的画，没有颜色，只有线条。可是，看起来，依然很生动。那些刻在上面的人，像是活的。

我告诉他，这是岩画。岩画和壁画不同，岩画是石刻艺术。它的表现内容一般为各种简括的形象和符号，手法古拙，富于神秘气息，是人类表现自我和创造力的最原始形式。壁画是墙壁上的艺术，即人们直接画在墙面上的画。在洞窟和寺庙以及其他建筑的墙上，作为建筑物的附属部分，其中包括浮雕和泥塑。它的装饰和美化功能使它成为环境艺术的一个重要方面。

他看向我，微微地点着头。

过了一会，目光又转向流淌的小溪。轻轻地叹了一口气，说，我想新疆了。我想回伊犁去。

我说，你不是玉树人吗？

他回答，我在新疆长大。来玉树帮妈妈管理这个宾馆，快半年了。我说，你妈妈原来是新疆人啊。不，她是玉树人。她一直在玉树。

他没告诉我为什么他在新疆长大，而他妈妈一直在玉树。我也没问。只是，我看出了他的不快乐。

幽深的峡谷，如世外桃源。阳光如此明澈，山风阵阵，山坡上的经幡一刻不停地歌唱着。溪水喧腾着冲过那些玛尼石，而后急促地奔流。那些石头，刻有经文的石头，各种形状，各种姿态，呈现的是岁月和时光。

沟内的地势开阔起来，山坡平缓地伸展。男孩的脸上也开始出现笑容，和小保安在溪流边跑来跑去。让我给他拍照片，做各种姿势。

小保安性格开朗。他说他叫“觉周”。他不会写字，无法告诉我是哪两个字。进沟的路上，他一边指引方向，一边和我聊天。

他是囊谦人。在玉树生活好些年了。家里有个妹妹，还有妈妈，靠他养活。

他十二岁开始，就跟舅舅学开大卡车，跑过长途，到过很多地方。

他说，玉树有亲戚，所以，就来投靠亲戚了，现在好了，有自己的房子了。他还说，开大卡车太辛苦了，他现在晚上当保安，白天开出租。

我问他生活还好吗，他说，挺好的。

那今天，你不去跑出租了？他说，今天就不跑了，想来勒巴沟看看，就停一天。

他叮嘱我，你在玉树开车，可要小心啊，这里的人，不懂交通规则的。很多藏族人，就是亲戚自己带一下，就开车上路了，根本不考驾照的。警察也拿他们没办法。

那你呢？有驾照吗？他说，我现在有了。以前也没有的，跑长途时，不需要驾照。现在跑出租了，我去考了个驾照。

勒巴沟的岩壁静默地环绕着我们。觉周说，到了这里一定要祈祷，一定要喝这里的山泉圣水。于是，我们双手合十，静对岩壁上的经文，默默祈祷。然后到沟里捧起那清澈的泉水喝了几口。

我说觉周，你相信前世来生吗？他很肯定地说，相信。我问他，有谁明确地知道前世或来世的事情吗？他有些迷茫了，说，大家都说有啊。我们生下来起，就这么听的。

他说，我从没想过相不相信的问题。从小跟着大人一起去寺庙点酥油灯，去玛尼堆转经，念六字真言，听活佛讲经。听不听得懂，没关系。我知道就是该这样去做的。这是我们活着的内容，是生活的本来的样子。是不需要去想信不信的。

十九 她。珠穆朗玛

汽车以每小时十几公里的速度在高原泥石流崩塌过后的土路上摇晃着前行。

去定日的路在修，一路全是沟沟坎坎，车子经常呈四十五度倾斜状。8点过后，高原的夜晚来临。当最后那抹光线消失在群山的那边时，黑暗迅速地吞没了一切。只留下一片模模糊糊的山影，向远方延伸。

她们的丰田越野车是早上4点从拉萨出发的。不到七百公里的路程，走了十多个小时了，前方依然渺茫，看不到希望。

山峦起伏，两辆丰田车在高原的群山之间，像两只小小的甲虫，那么渺小，在崎岖的山路上慢慢爬行。

车里很安静，没有人说话。疲惫和困倦在车厢里弥漫。

司机是个藏族人，叫欧珠。他表情严肃，几乎不说话。手上握一串佛珠，一边开车，一边嘴里念念有词。车子经过垭口，他抓起一把五彩的小纸片，抛向车窗外，然后拖长了声调喊“哦，索索索索……”

兰姐姐问，师傅，这是什么意思？师傅说，撒隆达。什么？撒隆达。

兰姐姐还是没听懂，她告诉兰姐姐说，就是向神灵致敬的意思吧。哦。兰姐姐若有所思地应了声。下一个垭口到来时，兰姐姐便和师傅一起喊“哦，索索索索……”

她说，礼多人不怪。

傍晚经过拉孜县，欧珠师傅说，不能再走了，天要黑了。而且，马上要下大雨，前面路不好，太危险。

一车的人都希望当天赶到白坝，第二天早上可以在加乌拉山口看日出。很坚决地要求继续走。欧珠师傅无奈地摇摇头，继续开车。

果然下起了大雨。雨大得看不清路面。车子只能慢慢爬行。坐在副驾驶座上的王子，看着前面的路，说，我们歇一会吧，等我抽完一支烟，雨就会小了。他有着丰富的行车经验。

几分钟后，雨真的小了。慢慢地，雨基本停了，我们继续前行。

刚开了没几步路，突然一声刺耳的长声，吱……，车子猛地刹住，惯性的冲力让全车的人都撞在了前面的座位上。

那么大一块石头！从山坡上滚下来，紧挨着车前滚过去，落在了公路边的悬崖下。若再快一秒，就被砸中了。

欧珠师傅停在那里好半天。他的手在颤抖。他说，还好，天还没有全黑。天黑透了，就看不见周围，也就避不开这石头了。

半夜 12 点多。嘉措拉山口。海拔五千多米。

师傅停了车，下车撒尿。大家也跟着下车活动活动。坐了将近二十个小时

放牧

的车了。

四周一片漆黑,车灯只能照亮前面一点点距离。大风呼啸着窜过垭口。

山是那么高。无所依傍,无所遮蔽。天空离得那么近,似伸手可触。站在那里,黑暗像流水一样汹涌地扑面而来,淹没了一切。

山下的峡谷里飘来一种声音。呜呜咽咽的,很凄凉。那一刻,一股寒气从脚底升起,直到心头。她裹紧了厚厚的冲锋衣,转身回到了车上。

车厢里是黑的,她打开了灯。欧珠师傅回过来说,快把灯关了。问他为什么?他说,会招来鬼的。他说,山下那些呜咽声,全是鬼在哭。他说,那些鬼很可怜,找不到投生的路。他说,他们有时候会来搭车。你让他搭,他坐一程就不见了。要是有空位置,而你又不让搭,到时候,车子的方向盘就不由你控制了,会向着一个你不想去的地方开去。

她说,你碰到过吗?

碰到过。他们不会伤害人的。我总是搭他们。反正搭一程他们自己会下车的。

她说,是真的吗?她感觉到自己身体开始发抖。

他说,真的。这段对话,欧珠师傅的汉话说得相当流畅。

她哆嗦着手去关灯,半天关不了。兰姐姐在旁边替她关了。她抓住兰姐姐的肩膀,对师傅说,快开车。

离白坝还有几十公里。离拉孜也是几十公里。途中没有任何村庄,没有一线灯光。层层叠叠的大山之间,无边无际的高原上,只有这两辆车在看不到尽头的公路上行驶。

二十 你。香格里拉

那座寺庙,在一片开阔的山坡上。

群山和草原连城了一片。没有一棵树。只有毛茸茸的草甸子,从山上往下铺展,如波浪般起起伏伏,看不到界线。

层层叠叠的僧舍和经堂、大殿,沿山势往上,一直到高处。这样的建筑群,当你身在内部,你会发现构建的随意性,见缝插针地放入一间间房子,完全没有规划。然而当它连成一片,当你从远处看过去的时候,它却是一个布局合理的整体,一座巍峨壮观的大寺庙。

金顶。红墙。白色的佛塔。它们是如此和谐,那么庄严、高大,俯视着世间众生。

离开理塘之前,你们来到这座寺庙,长青春科尔寺。晨起的阳光明媚而柔和,把你们的影子投射在路边的院墙上。寺庙前面的白塔挂满了五彩的经幡,迎风摇曳。

朝拜的人络绎不绝。一个接一个,不断涌来……转动经轮,以身匍地,磕长头,一遍又一遍。

大殿在最高处，寺庙正中，有千年古树掩映。面向草原的高台上，有一群鸟盘旋着。是喇嘛们在喂食吗？

前殿是僧众诵经的地方，阳光透过殿顶两侧的窗口斜照进来，投射下两道光柱，你能看到光柱里的尘埃在旋转腾飞。明亮的光柱，衬托出屋子深处的暗。酥油灯光变得无力而柔弱。

墙壁、立柱、横梁，到处绘着色彩斑斓的壁画，描述着佛经故事。

地下是一个个金黄色的坐垫和一件件红色的僧袍，在光影下静默着，让你想象着众僧端坐，口念经文的场面。

大殿的一角，有个喇嘛正在读经。高墙上的一束光，越过他的头顶，打在他捧读的经文上。红色僧衣，被阳光照得鲜亮。你说，师父，读什么经？师父抬起头，朝你笑笑，问，你知道一些什么经？

你说，藏传佛教我不太了解。汉传佛教我读过《心经》《金刚经》《楞严经》《华严经》。

喇嘛拿过一个坐垫放在旁边，让你坐下。他说，谁读了这些经？你犹疑着说，是我。我读过这些经。喇嘛又问，我又是谁？我在哪里？

你被问住了。怔怔地想着，突然感觉内心有一束光升腾而起，又慢慢地消散淡去。你似乎看见一面巨大无比的瀑布，轰响着从山顶落下。伸出手去，却无法卷起哪怕很小的一片水帘，并没有一整面的瀑布，它只是无数个水滴快速落下而组成的一个幻象。你又仿佛看见黑夜里一束火把在空中飞快地旋转，它变成了一个火圈，圆形的。而事实上，并没有火圈，一停止转动，就只是一束火把。那火把，它的火焰，也不是凝固不变的存在，是无数火星聚集在一起才形成那一束亮光。而“我”，又在哪里？此刻的我，还是刚才的那个我吗？我们从出生的那一刻起，每一分每一秒都在变化着，从未有过恒定不变的时刻，那么，哪一刻的我才是那个我？整个人，哪一部分是我？大脑是我？身体是我？手臂是我？内脏是我？

刹那间，“诸法无我”在你心里闪亮显现出来。你不知道这是开悟，还是记起了读过的《金刚经》。

没有我。我并不存在……

既然我不存在，那么谁在读经？是眼睛在读？还是大脑在读？还是别的什么在读？喇嘛继续问道。

是心在读。

心是什么？心在哪里？

心，无形无相。大而无边，小而无内。它涵盖天地万物，但又无一丝一毫的物化的存在。

心覆盖天地万物。那么，我手里这本书，也应该在你的心里了。

在没有见到师父和这本书之前，师父和书都不在这个心里，此刻，在这里见到了，有了交流了，这便是在我心里了。心像一面镜子，能映照万物，却不留不住。虽说，万法归心，心外无法。但心的世界，真空妙有。

我这本书，不是佛经。是一本藏医学的的医书。喇嘛突然转回了话题。他把手中的书递给你。你并不认得那些字。那是藏文的医书。他并没否定你的回答，你心里很高兴。

你翻了翻书，上面有些插图。有人体经络，还有药草的形状。你递还给喇嘛，又问他，师父，藏传佛教和汉传佛教有什么本质的区别？

没有区别。本质上都是一样的。它引导人们明心见性，能有一颗纯净的心。

您是活佛吗？

喇嘛笑了，说，凡所有相，皆是虚妄。不要被一切外在的东西所迷惑。活佛也好，上师也好，都不能给你什么，一切都在你心里。自性圆满，你就是佛，佛就是你。

你说，谢谢师父开示。站起来，给师父磕了一个头。内心澄明，又充满喜悦。

大殿，读经的喇嘛

喇嘛的开示

白玛一直陪着你。在这座世界最高的小城中，穿过一片片屋舍，走过一条条小街。漫无目的。你看到身材曼妙的藏族女子在门前打扫落叶。看到佝偻着背的老奶奶手举转经筒口念六字真言从对面走过。你还看见孩子们在嬉戏打闹，经过你们身边时，满脸羞涩的笑容。皮肤黝黑、脸上布满刀刻般皱纹的老汉坐在格萨尔王的雕像前，凝望着远处，如格萨尔王雕像那样纹丝不动。他在想些什么呢？是他年轻时曾经爱过的某个女人，还是曾经的勇猛孔武？抑或他在思考着生命的虚幻，时光的永恒？也可能，他什么也没有想，只是那样坐着。

这是你的旅行，你并不在乎到没到过什么景点，你只是想看看那些遥远的地方，只是希望和那些陌生的人群在某一个时刻有过这样的交会。

你说，白玛，一个地方对于我们来说，能留下最深刻记忆的，是人。比如理塘，它于我，因为有你，便有了意义。有了一种进入内心的亲近感。

临别时，你说，我会想念理塘的。

白玛失声痛哭。靠在你的肩上，无法控制。你拥抱着她，无语凝噎。

她泪眼婆娑地抬起头，说，姐姐，多保重。旅途平安。我会想念你的。

停顿片刻，又说，我也会永远想念拉姆姐姐。泪水又一次汹涌地滑落。

山高水长，路途迢迢。见面不容易。下一次的相聚，会在多少年以后？你不知道。

几年以后，你从317国道进藏，走318国道回家，特意在理塘停留一晚。你想给白玛一个惊喜，你去看她，不期而至。你拨她的手机号码，听筒里传来的是不带任何感情色彩的告知：你所拨打的手机已停机。你不知道她去了哪里，除了手机号码，你没有她别的任何联系方式。

在深秋夜晚的理塘街头，你举目无亲，寒冷沁入骨髓。你想起几年前白玛和你相拥而别的场景，千里万里，我们何时才能相见？如今，你来了，而白玛，又去了哪里呢？

二十一 她。珠穆朗玛

赶到加乌拉山口的时候，已经过了日出的时间。太阳刚刚升到雪山的顶上。阳光的颜色开始由金黄色转淡转亮，光线依然柔和。清晨，没有云，天空蓝得像水洗过一样清朗。对面，一排海拔八千米以上的雪峰清晰地呈现在眼前。马卡鲁峰、洛子峰、珠穆朗玛峰、卓奥友峰，错落有致地排列成一条由山峰组成的堤坝，那是喜马拉雅山脉。

她静静地站立着，看着前方。

如果有特写镜头，我们可以看到她，夺眶而出的眼泪，正沿着脸颊慢慢滑落。

对于她来说，喜马拉雅，珠穆朗玛，卓奥友峰，希夏邦马峰，这些名字是那么熟悉。小时候在地理课上就开始知道这是世界上最高的区域，最高的山峰。后来在各种书籍上又常常和这些山峰山脉相遇。她曾经无数次地想象过它们的样子，却始终是无法定格的形象，飘忽而又模糊。此刻，她终于站在这里，面对面地看着它们。没有云雾，没有一点遮挡，那么真实，那么明确，又那么安详地在她的面前。它们，亘古不变地立在这里几百万年了，任世事变幻，沧海桑田，它们一直就这样，静默地立在这里。一波一波的人来了，又去了。一个一个的时代交替着，几百年又几百年。战争。灾难。物种的出现，灭绝。相对于自然的存在，一切都不过是刹那之间。

而她，她知道自己的生命是那么微不足道，在无法计算的始和终之间，短暂得连刹那都没有。可是此刻，她和它们相遇。她在这个瞬间和亘古不变的这些山峰相对而立。在这一刻，她领悟到了永恒的意义。

笑笑过来找她，说，一起去拍个合影吧。大家都很感慨，要在这片世界上最高的山峰前拍个照片作留念。他们说，全世界千千万万的人，能够一起来到这里，看到这一排山峰的人，是有缘的，让我们珍惜这个缘分，做一辈子的好朋友吧。

她看见他们，眼眶湿润。定格的画面中，有沉甸甸的情绪。

离开加乌拉山口，继续向珠峰大本营进发。山路弯弯，从高处望下去，弯曲的道路在山坡上像绳索一样绕来绕去，全是一百八十度的弯。师傅技术好，竟然离开道路从山坡上笔直往下冲。车子颠得惊心动魄，车内一片尖叫声。师傅闷着声说，没事。别怕。我常这样开。

车子在搓板路上像踩着舞步一样扭动着向前，一百多公里的路程，开了三个多小时。转过一个山口，看到了珠峰。就在前方，那么近，似乎几步就能到达山下面。并没有高耸入云的压迫感，它宁静，平和，在路的前方，无声地凝望着你。

山的后面有云朵升起，缭绕在峰顶，像戴了一顶帽子。慢慢地，云越来越多，越来越厚。弥漫开来，整个山顶被遮住了，山腰也被遮住了。到达营地的时候，整个珠峰都隐没在了云雾后面。

海拔五千多米的营地，没有一点点绿色。四周的山坡全是嶙峋的岩石，裸露着土黄色的岩层。脚下是一片砾石滩,源自雪山的河流从砾石滩中间穿过,快速地向下流去。一条土路的两侧搭满了帐篷,黑色的白色的蓝色的黄色的,色彩斑斓。肤色黝黑的藏族男孩女孩们,向他们跑过来,招呼着,住我家吧住我家吧。他们跟着一个圆圆脸的女孩,选中了她家的黑色牦牛帐篷。那些男孩子们也不恼,嘻嘻哈哈帮着一起把行李搬进帐篷。

帐篷的中间是一个牛粪火炉,白铁皮烟筒从顶部伸出帐篷外面。四周一圈是床,首尾相连,一张挨着一张。女孩给他们每人倒了一杯酥油茶,喝了,暖暖的。小伙子们一直围在他们身边,看他们放行李,看他们拿出羽绒睡袋,看他们喝茶。兰姐姐说,有吃的吗,我饿了。那些黝黑的脸蛋全都展开了笑容,好像这话非常好笑。女孩说,绒布寺有面条,鸡蛋炒番茄。我家没有,只有糌粑。有男孩说,我家有方便面。好吧,去你家吃方便面。走喽,一群男孩女孩簇拥着他们,又一起向那个男孩家走去。然后又好奇地围着,看他们泡面吃面。就那么一直看着,视线相对的时候,腼腆地笑笑。

她问他们的名字。我叫顿珠,他叫扎西,他叫罗布,她叫央宗,她叫卓玛……七嘴八舌,抢着回答。十六岁,十三岁,十五岁……都是读书的年龄。

那个叫顿珠的男孩问她,姐姐,要去大本营吗?要过河吗?我背你过去吧,你给二十元就行。她朝他笑笑说,我想先去绒布寺看看。顿珠说,好嘞,待会去大本营我给你带路。

绒布寺,地球上海拔最高的寺庙。没有绿色,没有植物,甚至没有人烟,它就在这样一片荒芜之中静静地矗立着,为灰色的砾石滩涂上了一抹红色,让这片荒芜变得生动起来。

电影镜头中,老喇嘛站在峰顶的寺庙前,对着迎面而来的巨大洪峰,从容地敲响了最后的钟声。随着镜头的推移,滔滔巨浪顷刻间淹没了一叶小舟般漂浮的小庙。无边的蓝色海面上，那红色僧衣一闪而过，消失在大海的深处。

这是电影《2012》中虚构的世界末日的景象。绒布寺是这个星球上最后消失的建筑。

她来到绒布寺的时候，电影《2012》还没有拍，她没有看到过这些画面。她看到的是，有些颓败的绒布寺，遗世独立地存在于这世界最高的山峰之下。绒布河从门前流过。

非常安静。看不到一个人。院子里只有她和她的影子。墙上有壁画。二楼走廊是连通的一圈，有梯子通向屋顶，屋顶是看珠穆朗玛峰最好的视角。

走进正殿。酥油灯闪闪烁烁，眼睛一下子不适应那幽暗的光线。等她能看清的时候，发现屋子里有好几个人。却没有声音，连诵经的声音也没有。都是些尼姑，静静地坐在那里，也不知道是在做什么。她拿出巧克力递给身边的一个尼姑，尼姑笑得灿烂。手上捧着一个吃的东西，用勺子舀着，随即舀了一勺递过来，她几乎没有犹豫，张开了嘴，吃下那一勺不知道是什么的食物。尼姑很开心，抱抱她，和她说了几句什么。她听不懂，那是藏语。

走到二楼，有梯子从天窗伸向屋顶。

屋顶是个大平台，视线很开阔。对面是连绵的雪山。向上二十公里处，便是珠穆朗玛峰峰顶。寺庙前的那条小河，水流湍急，无声而急促地向下游奔去。她似乎听到了不远处，绒布冰川融水的“滴答”声，渐骤渐疾，汹涌地扑面而来。

雪线逐年爬升，附近冰川加速消融。珠峰北坡的三大冰川——东绒布冰川、中绒布冰川、西绒布冰川融水汇集成绒布河。曾经，绒布河清澈见底，无论到了哪个季节，河水或大或小，都有其规律性。而眼前的这条河，河水是浑浊的。水量无常，骤然而至的暴雨或者冰雹，都会让河水猛涨。她在杂志上看到，说绒布河是科学家证实冰川消退的活标本。

地球每天都在发生着变化。草场退化，冰川消融，雪山的积雪越来越稀薄，沙尘暴肆虐，气候异常。她知道，宇宙间的每一颗星球，都有它消亡的一天。而地球，是否正在快速地走向死亡？人类对这颗赖以生存的星球，并不爱惜，用近乎疯狂的方式消耗着资源。当能量耗尽，环境彻底恶化，我们的家园便不复存在。

有一天，地球将是一团死寂的漂浮物，在苍茫的宇宙间浮沉。富饶抑或贫瘠，城市或者乡村，壮美抑或丑陋，战争、和平、工业、科技、哲学、宗教，一切的一切，如同没有存在过一般，都了无痕迹。人类文明在这无边无际无始无终的宇宙间，它曾经存在的意义是什么？或许，存在本身便是存在的意义。当它不再存在，它的意义也随之消亡。

想到这些，她会有些伤感。在这样浩瀚的宇宙间，作为个体的生命，是多么多么渺小。

从绒布寺向上走，八公里，是珠峰大本营。有珠峰高度测量纪念碑，有几座登山遇难者的坟墓。涉过绒布河再向前，可以一直走到绒布冰川。珠峰在前面，时隐时现。当云雾飘开的时候，看到它的形状，像是张开双臂袒露着巨大胸怀的样子。她有一种冲动，一种想投入那怀抱强烈的冲动。河水冰凉，踩进水里的刹那，皮肤像被刀割一样疼。她依然执拗地一直向前，沉默地往前走。

看到绒布冰川横亘在前面，她觉得自己已经到了体力的极限。双腿软得抬不起来，呼吸急促，脑袋胀得好像要爆炸。抬起手看海拔表，这么简单的一个动作，竟然耗费了好几分钟。已经到达海拔五千七百米的高度，她再也没有力气往上走了。从口袋里摸到一粒洋参含片，放进嘴里，立刻有一股清凉甘甜的味道在口腔里弥漫开来。干渴得到缓解。甚至，似乎也补充了体力。

她说，我不知道为什么要来走这段路，没有风景，十几公里以外看到的画面

我？你？

和走那么多路以后看到的是一样的。我只是想走,想尽自己的全力走得远些再远些,高些再高些。我想站在这样的高度回望自己,我可以抖落一些什么,能够忘却一些什么吗?

每个人的一生中都会和很多人有过交集。有些人,只是交叉而过,相背而去,越走越远。像一片轻盈的羽毛,不知最终飘落何方,没有留下什么痕迹。有的人,与你有过浓墨重彩的一个片段,然后也离去了。你不知道,他会在哪个城市停留,不知道他是否一切安好。还有的人,与你走成了两条平行线,不即不离,永远相伴,又永远走不到一起。他们都是你生命的背景色,让我们的生命有了不同的层次,有了厚度。如果没有这些交集,这一生该是多么乏味。

我在海拔五千七百米的高度,珠峰的脚下。我已经走了这么远,站得这么高,为什么我的心中依然充满忧伤?——她发出一条短信。

很快就收到了回复。

你以为你走到海拔五千七百米就能逃离俗世的烦恼了?你以为走到世界上最高峰的脚下,就能摆脱情感的困惑了吗?你逃不脱的!万法唯心,只有你自己的内心不住不留,这些才不会困扰到你。如果你只是想用距离来甩掉烦恼,你的旅行就没有了意义。回来吧,我在这个城市里等着你!

这条回复,让她泪流满面。跪坐在地上,半天站不起来。

姐姐,你在哭吗?回头看见是顿珠,他骑着摩托车过来。

他说,我不放心你一个人走那么远,过来看看你。你是走不动了吗?我带你回去吧,别再往前走了。

他走过来,扶起她,让她坐上他的摩托车。她在后座,搂住顿珠的腰,顿珠回过头来看看她,用黑乎乎的衣袖,替她擦去脸颊上的泪痕。

二十二 我。唐蕃古道

我在小城无所事事地待着。

阳光温煦，拿本书在旅店的露台上闲散一个上午，这感觉真好。有时候，去街上逛逛。集市里什么都有，从吃的到穿的，到简朴的藏人必需的生活用品。也有精美的藏饰品，白银铸就的小刀，藏式皮袍和皮帽。来自乡村草原的藏民，他们走很多的路来赶集，地上铺一张塑料纸，上面放几根虫草，或一些藏药。黑亮的脸颊，关节粗大皮肤糙裂的双手，显示出他们生活的艰辛。

但往来于街市的人，并无任何愁苦和悲凉的神态。他们快活，健谈而轻松。他们来，不只为了买卖，还为了闲聊，跟朋友打打招呼。女人穿着色彩艳丽的民族服装，头发编成一支支小辫子，上面戴满了饰品。黄的蜜蜡，红的珊瑚，绿的松石，紫的水晶，还有玛瑙和藏银。长长垂下来，一直拖到腰间。

在广场上，看到一个盲人老者在拉琴。一身黑袍，一把藏族铁琴，坐在格萨尔王雕像的底座上，并无乞讨者用来放钱的盛器在身前。他似乎只是在拉琴，为自己。那是我无法进入的一个音乐世界。那样苍凉悠远的音符中,饱含着非常古老的意蕴。他并不是在表达,只是在自语,并在某种程度上触及心中深埋的期望或者绝望。

我没有听懂他的音乐。可为什么,忧伤,突然如潮水一样漫卷而来,把我淹没。

我看到我一个人,在茫茫无际的一个叫作命运的原野上寂寂而行。我不知道我从哪里来,又要到何处去。我是如此渺小,我抓不住任何东西。青春,爱情,财富,荣誉,这样湍急地从我眼前流过,一刻也不停。生生死死,生命如此无常。

可我们依然还是这样贪恋世间,这虚妄的一切。

结古寺在小城东面的一座山上。是青海藏区萨迦派名寺。坐出租车上山,在离寺庙几百米远的地方开始步行。海拔有四千米左右,就这几百米,走得气喘吁吁。

在结古寺门前的一片空地上,看见用藏、汉两种文字书写的“结古寺”三个金色大字的石碑,石碑上还有青海省级文物保护单位的字样。

石碑后面,就是依山势修建的具有典型萨迦派特征的结古寺僧房。

房屋和寺院的外墙由上向下,用黑白红三色涂成彩条状,是萨迦派的标志,分别象征着文殊菩萨、观音菩萨、金刚手菩萨。

由于这种美丽的彩条排列,萨迦派又常常被叫作“花教”。

我走进院子,院子里空荡荡的。大经堂的门关着。另一个经堂也关着门。一路寻去,看见有一扇虚掩着的门,便在门口问,有人吗?

有人吗……一串串的回声在风中飘荡。我不知道寺庙的僧人们都去了哪里。站在空旷的院子里,有一瞬间的恍惚,我是不是从某个岔道,走进了另一个时空？

不知道从哪儿蹿出来一条黄狗，在我的身边站了一会，然后向前走去。走了几步又停下来回头看我，似乎是在示意我跟着它走。我不自觉地跟在后面，沿着山坡上的小路，穿过层层叠叠的僧舍经堂，走到写有“结古寺佛学院”字样的一所建筑门口，终于听到有人声从里面传来。

一个红衣喇嘛走出来。我说，你们都在佛学院学习吗？他点点头。我又问，你们学什么呢？他说，因明学。怕我不懂，又补充了一句，也就是佛教哲学吧。说完，双手合十，告辞离去。那红色的背影缓步向山下走去，山风中，衣袂飘飘。

佛学院门前是一片开阔的平地，站在这里，巴塘河就在山下流过，边上是蜿蜒向东的唐蕃古道，前方有一排的雪山。

黄狗一直跟在我的身边。它带着我继续向上。快到山顶，我看见一片废墟。那些年久失修的房屋和断壁，在宁静的蓝天白云下，在秋天萋萋的芳草里显得格外清静。

我想起曾在资料上读到过，这应该是九世班禅大师圆寂的甲拉颇章宫的遗址。

九世班禅大师曲吉尼玛于 1923 年离开西藏扎什伦布寺，在内地生活多年。当终于又可以回到西藏时，却因积劳成疾，于玉树结古寺圆寂。

世事无常。我静立于这片废墟前。

那条黄狗也安静地趴在我的脚边，凝视着那片废墟。

沿着僧房，往回走下山坡。再次来到结古寺门前，无量佛殿下边的藏式碉楼，屋顶上的祥麟法轮和四个角上的经幢在秋天高原的阳光下，金光闪烁。

山崖边有一排白塔。视线没有任何阻挡，群山环抱的玉树小城尽在眼底。

玉树结古寺

僧人与狗

远处是积雪的山峰，群山在阳光下呈现出明亮的红褐色。

我在白塔边坐下。远处的小城宁静祥和。山坡上有经幡在飞舞。我拍下玉树的全景，五彩的经幡点缀在画面的一角。放下相机，发现黄狗还在我身边。和我一样，坐在白塔前，抬起头，静静地看着山下那座美丽的小城。我抚摸它的脊背，它转头看看我，轻轻地晃动着尾巴。

我们俩，一个人和一条狗，就这样坐着，直到太阳在西边的那片雪山下跌落。我站起身，摸摸黄狗的脑袋，我说，我该走了。再见，我的大黄。绕过白塔，往山下走去，回头看见黄狗依然站在白塔边的山崖上，看着我。我朝它挥挥手，它向我摇着尾巴。

在我坐在山崖上面对眼前那祥和的小城时，并未曾想到，一年之后，玉树会在一场大地震中成为一片废墟。山上的结古寺，也倒塌了好几座经堂。地震的消息传来，我想起了大黄，想起它对我摇着尾巴的样子。

二十三 你。香格里拉

高原。望不到头的公路。草原消逝。漫长的上坡。海子山就在前面。

满眼的石头。漫山遍野的花岗岩漂砾，堆叠，铺陈在公路两边的山坡上，向远处蔓延，直至溢出了视线的边际。没有树木，以及别的任何植被。连小草也很稀少。竟是如此蛮荒，让你怀疑是不是到了另一个星球。

停下车，向深处走去。除了遍地砾石，还有许多湖泊，散落在那些砾石之间。晶莹，透亮，湖水平静如镜，映射着蓝天白云。

那巨大的石头阵，像是古战场遗址，硝烟散去后，尸横遍野。满山满坡都是遗落的战车战马，在漫长的时光中凝固成永恒的姿态。如此宁静。连一声鸟鸣都没有。

你们被震撼。静静地站着，不说话。司机王师傅停好车过来，告诉你们，这是喜马拉雅山造山运动所留下的杰作，是青藏高原乃至全世界规模最大、最典型的古冰帽遗迹——“稻城古冰帽”。

这些石头，它们曾经在海洋的深处，被海水长久地打磨。光滑，圆润。在亿万年的时空中，从这片海底一点一点隆起，直至成为这个星球上最高的大陆。原本在海底的石头，裸露在海拔四千五百米的山坡上，直面天空，接受着高原强烈的阳光的抚摸。

亿万年的岁月，对于它们来说，也许并不漫长。寒暑交替，沧海桑田，只在瞬息之间。

你慢慢地向前走去，视线中的一切开始模糊。你似乎进入了时光之中，它以光速闪过，久远的历史如 3D 电影扑面而来。你被推送至前方，被推送至大地隆起之前的海洋。

你进入了海洋的深处，你感觉回到了故乡。你像一条鱼在海洋中游弋，自由自在。你不记得你的前尘往事，你那么轻灵，在巨大的石块和漂浮的海草之间穿梭。一群群的小鱼从你身边游过，你不需要寒暄，每条鱼都独立地存在。不需要交织的关系，不需要社会，不需要城市，不需要喧哗。

大风呼啸着，掠过山巅。把你从海洋的深处带了回来。

你伸出手去，抚摸那些石头。那些大到可以躺几个人的大石头，还有小到可以捧在手心的小鹅卵石。你似乎感受到了亿万年前地壳的运动，一直在绵延。你似乎还感觉到了海水从你的指尖漫过，滑落。

你触摸到了时光的那端。时光，是可以触摸的。亿万年的时光，只在这一方石头之上，静静地停留。

师傅叫你们上车。

你回头再看一眼，这一片如外星球般苍凉荒芜的空间。空间如此浩瀚，时光倏忽而过。在这样的星空下，在这一个银河系又接着一个银河系无限蔓延的华严世界中，在一个亿万年又一个亿万年的时光中，我，来过吗？我，存在过吗？

远处还是起伏的山峦，没有树木。光秃秃的山坡上，刷了巨大的六字真言。

唵嘛呢叭咪吽……

你问王师傅，为什么要在山上刷这些字？他说，藏族人有禁忌，刷上了六字真言，山坡就有了神性，他们就不敢随意破坏山体，开矿，采石。

公路的两边散落着一些小小的村落。车子经过时，便有孩子们围上来。停车，打开车窗，小手就伸进来，要糖果，要巧克力，要本子和铅笔。黝黑的皮肤，粗糙干裂。鼻涕、污泥在脸上涂抹开来，留下一道道痕迹。只有那双眼睛，是这样干净，没有一点杂质。无邪地看着你，看得你内心平静安宁。每次离开，孩子们都会跟着车子跑好远。

你不知道，这些孩子们将来长大了会怎么样。他们能够走出这片高原吗？他们会接受高等教育吗？很多人说，命运是不可知的，但有更多的人，其实从生下来就能看到一辈子的生活的尽头。

那片红草滩就在稻城郊外。经过这里的驴友都会被它惊艳。红得那么纯粹，浓烈。周围是大片的草原，背后，是一排高大的杨树，风过时，金色的落叶飘飘洒洒。几间藏式民居掩映其中，如一幅油画。

你们没有停留，径直向稻城县城开去。随处都是风景，高原任何一处的景色都可以让外来者沦陷。而你知道，你们只是过客。走过，足矣。

正是旅游旺季，稻城的街头随处可见背着超级大背包、脚踏登山鞋的观光客们，扛着大广角大长焦大呼小叫地在扫街。你看着晓汐笑，说，是不是背包越大，登山鞋底越厚，那驴便越老？晓汐指指自己的小拖杆包，淡然地说，我不是驴，我

海子山

枯树

稻城郊外的红草滩

藏式客栈

路边的孩子

是猪。我只是随心随性地来走走看看，没有抱负。胡子大哥说，很多时候，真正的摄影和器材无关。岚妹妹对一切都充满好奇，瞬间便能融入其中，关注着事物的本身而忘却了自己。这样的一个组合，真合你意。

住的旅馆是一间藏式客栈。在幽深狭窄的小巷深处。门廊上有着精美的雕刻，木头的床架上，描画着红红绿绿的图案，浓郁的藏族风格。干净的白棉布床单被褥，是你喜欢的风格。

已是傍晚，太阳依然明亮。有住客在院子里的水龙头下洗衣服，柱子上拉起来的细铁丝上，晾晒着被套床单和色彩缤纷的衣服。

院子里开满了各色的花朵，细碎的小花朵。

老板是个高大魁梧的康巴汉子，站在院子中间抽着烟，和司机师傅聊着天。晓汐跑过去问他，这是什么花。

格桑梅朵。也就是格桑花。

格桑花？这就是格桑花？

老板说，格桑，在我们藏语里的意思，是美好的时光，也有幸福的意思。梅朵，就是花。并不是特指某一种花，草原上所有叫不出名来的小野花都是格桑梅朵。它是给人们带来美好祝愿的花朵。

格桑梅朵。美好时光的幸福花朵。

晚上出去散步。

街道两边是高高的行道树。街灯一盏盏亮了。风很大，吹着有点儿冷。

西边有晚霞，东边是新月。夜色渐浓，远处房屋的灯也亮了。月如钩，灯如豆。

红衣的喇嘛骑着摩托，远远挥手。风扬起他红色的衣襟，疾驰而过。

想起路上那些骑摩托的藏民，摩托是他们的现代马吧？喇叭放着音乐，一路高歌，特别剽悍地冲过去。

二十四 她。珠穆朗玛

傍晚的营地。

摄影师们架起了脚架，长镜头如炮筒一样，威武地伸向前方。不拍照片的，也都站在帐篷外面，面向珠峰，看太阳慢慢向峰顶移动。

如此难得的珠峰日落，一辈子能看到几次？

她和笑笑并肩站着，看天空慢慢变成一片绯红色。太阳落下去的速度很快。

那些藏族孩子在他们周围打闹追逐着。

两个香港摄影师过来，给她和笑笑拍了合影。

很冷。风吹的脸颊生痛，皮肤变得麻木。她在羽绒衣外面加了一件冲锋衣外套，把帽耳朵放下。笑笑开始不停地跺脚，跑动。

终于等到那一刻，所有的光线都消退了，只剩下一束，直射在珠峰顶上。山顶变成了明晃晃的一片金色。营地里发出了一片欢呼声，相机发出一阵阵的咔嚓声。

那片金黄色，停留的时间很短暂。非常迅疾地黯淡下去，黑暗撒开大网，很快就遮盖了一切。珠峰在前方,只是一片影影绰绰的剪影。摄影师们打开头灯,扛起脚架回帐篷。

黑夜来临,海拔五千二百米的营地,空气更加稀薄。围着火炉,吃了一团糌粑,喝了一碗酥油茶,最简单的洗漱,刷个牙,用冷水擦擦脸,便准备睡觉。昏暗的灯光下,各自铺开了羽绒睡袋。没有无线网络,没有电,无法给手机充电,无法使用电子设备。缺氧,语速快了都会气喘吁吁。大家安静地坐到自己的床上。生活被精简到了最基本的需求。习惯了明亮的灯光下舒适生活的人们,这一刻,突然有点怅然,内心有无所依傍的空落。

她和笑笑一起去上厕所。厕所在远处,离帐篷几百米外的地方。白雪覆盖的珠峰非常清晰地映入眼帘。抬起头,竟有些眩晕。

如此璀璨的夜空。

黑蓝色的天宇,密密麻麻布满了闪亮的星星。一颗颗,一团团,一条条,天空如画布,星星们在上面涂满了各种图案。中间是银河,银河的深处透出橙红色的光,由深到浅,如绽放的烟花,那么绚烂。

她们傻傻地站在那里,看着星空,忘了要去干什么。

她想起那年。

那个跨年之夜,她和他。他们开车来到海边的山上,等日出,看星空。

冬日的夜空如此清亮,星星并不密集,却晶莹剔透,向无限远的海平面延伸。海风凛冽,他搂紧她,在她耳边轻轻地说,多美的星空啊。我想陪你看一辈子。我们要一起,去看遍世界各地最美的星空。她那么感动,那么幸福。她相信他们会去看遍世界各地最美的星空。至少,在任何地方,看星空的时候,他们会在一起。爱和被爱,是那么美好。

广袤的高原

远眺珠峰

而今，当她站在这如此震撼的星空下，他已经不知所踪。那温暖的希冀，在那个清晨，在东边渐渐升起的绯红色朝霞中，随着海风飘散开去，消失得无影无踪了。

这一刻，寂静的夜空下，那个在记忆中消失了很久的他，突然很清晰地浮现。笑容那么温和，眯起来的双眼里，满满的爱意。

半夜开始发烧。她知道自己感冒了。

傍晚，在寒风中长时间地等待落日，晚上又在夜空下站了很久，加上疲劳，缺氧，抵抗力下降，病毒便乘虚而入。

呼吸急促，无法进入睡眠。迷迷糊糊中刚想睡过去，便觉得胸口像压了一块大石头一样，喘不过气来。

非常困。闭上眼睛意识就开始模糊。只几分钟就觉得胸闷，无法呼吸。如溺水者，想浮出水面，然后，就憋醒过来，如此反复。她只能坐起来，靠在被子上，深呼吸，努力吸进更多的氧气。依然是觉得闷，透不过气来，像是在海洋的深处，无法呼吸。又像是在坍塌的山洞里，空气越来越少，没有供你呼吸的氧气来源。她实在太困了，又一次进入睡眠。真累，她不想再挣扎着醒来。就这样，睡过去吧，睡过去吧，这样很舒服很舒服……

朦胧中，她听到了师傅叫她的名字。睁开眼睛，师傅站在面前，端着一碗酥油茶，说，你不能睡过去，睡过去就真的醒不过来了。喝点酥油茶。同伴们也都惊醒了，Tony 拿出了备用的氧气袋，说，你吸点氧吧。

吸了氧，吃了退烧药，感冒药。凌晨时出了一身大汗，呼吸终于畅快一点。依然不敢躺下，就那么靠着，坐在黑暗里，每隔十分钟就喝一次热水，每个小时喝一支葡萄糖注射液。

高海拔地区感冒是非常危险的事情，随时会引发肺气肿。黑暗中，她想到了死亡。她知道，死神并不遥远，随时可以来把她带走。刚才，如果师傅不把她叫醒，那么，她也许就这样睡到了地老天荒。她在想，如果她的生命永远留在了这世界最高峰的脚下，那么，和她关联的那个世界，会崩塌么？

她的亲人们一定会很伤心，她的好友们也会很难过。伤心也好，难过也好，都很快会过去，生活还会继续。不需要太久，他们的话题中，便不太会提到曾经的她。她远去了，离开了他们的生活，现实中该关注的东西太多，没有人会心心念念地想着她。死亡，是这个世界上最正常不过的东西。即使她那未成年的儿子，也不会因为她的离去而影响生长，初中、高中、大学，毕业、工作、结婚、生子，一切都还是会按照这个轨迹去继续。

她想，其实死亡，只和每个死去的人自己有关。

对于她来说，她和这个世界是疏离的，没有太过深入的关系。既没有放不下的事业，也没有可留给后人的财富。她知道离开她，她的亲人和朋友们都会活得好好的，这就够了。唯有她自己，如果，可能，她还是愿意留下来，在这颗蓝色的星球上兜兜转转，看星空，看雪山，看大海，看极光，看草原深处田园牧歌的生活。

不知道什么时候睡着了。居然梦见了父亲，醒来，脸上还残留着泪痕。父亲离世很多年了，原来一直都在她心里。

天已大亮。笑笑说，他们看她睡着了，便没有打搅她，出去看了日出，碰到昨天的那两个香港摄影师，听说她发烧了，给了一些药，让她立刻吃下去。师傅担心她的身体，催促大家赶紧下山，到海拔低一点的地方，应该就会好一点。

她坚持着起来，昏昏沉沉地上了车，一路颠簸着下山。

一路向南，往西夏邦马自然保护区前进。雪山相伴，都是海拔八千米左右的高峰。那些不知年代的废墟，颓败在荒原上。道路在阳光的照射下，视线变得晃晃悠悠，如有水波在荡漾。远处山坡上，牧民在蓝天下放羊。一只兔子忽然从车窗前窜过，它奔跑的速度实在太快，汽车和相机的快门都追不上它。

西夏邦马的主峰，是唯一一座完全在中国境内的，海拔八千米以上的山峰。空中出现了一朵雪云，天气突然变得糟糕起来，风带着冰粒，横向吹过马路，这一刻公路就像蒙了一层面粉，白茫茫的一片。而就在公路的另一边，却依旧是蓝天白云，白云下面，就是著名的佩枯错。这一边，风雪下面，几只野驴出现在远处山脚下。

继续行驶，车子就开出了那朵雪云，西夏邦马峰也清晰起来。佩枯错也越来越近。浩渺的湖面，那么蓝，像深蓝色的绸缎，看上去光滑柔软，令人想去亲近它。只是，她实在没有力气，只能在车上，远远地看着。

原计划里，看过了西夏邦马、佩枯错，就去萨嘎。师傅建议，去吉隆沟看看。他说吉隆沟海拔在三千米之下，对感冒的康复有好处。如果直接去了萨嘎，海拔四千多米，担心她会扛不过去。

他们没想到的是，这个边境小镇给了他们意外的惊喜。

翻过一座雪山，就往吉隆沟方向了。

行程最高的垭口是海拔五千米以上的孔唐拉姆山口，山上正在飘着雪。盘山公路蜿蜒曲折，从山顶往下盘旋。落差很大，惊心动魄的路途。

终于下山了。视线中又开始出现类似林芝地区的田园，山上的植被也开始增多。一只岩羊藏在半山腰的灌木丛里。道路顺着河谷一路下行，河谷边出现大量牦牛。和山谷一路下行相反，视野前方赫然出现一座雪山。山谷里的树越来越多，和雪山一起构成奇妙的景象。峡谷和瀑布，恍然就像来到了另一个世界。

打开车窗，清新的空气涌入车厢，她突然觉得神清气爽，她知道将会有一个舒适的夜晚。

在到达这里之前，她从来没有听说过吉隆沟这个地名。这是她在进入日喀则地区和阿里地区后，在无边的荒凉之间，如梦幻般闯入的一片茂密的绿色。

傍晚，在吉隆镇边，找了一家小小的客栈，有电热水器，还有电视。和前一晚那漫漫长夜相比，两千八百米的海拔，充满氧气的森林，真如天堂般舒适了。吃了香港摄影师给的药，冲了个热水澡，早早上床。在这个边陲小镇，她沉沉睡去。

二十五　我。唐蕃古道

石渠是我想去的。

几年前，看过一个朋友拍的纪录片。讲述了这个高原小城气象站的一群普通气象工作者的故事，他们的生活，他们的坚守，他们的困惑。由此记住了这个世界上海拔最高的气象站所在地的地名——石渠。

从玉树到石渠路不远，不到二百公里。

我在小城待得太久了，好天气都被我浪费在无所事事的闲逛中。一出结古镇，天就下起了雨。不久，又开始飘起了雪花。到了歇武镇，已经是白茫茫的一片。歇武镇，是从玉树到西宁和到四川的三岔口。往右石渠，往左玛多。

往石渠方向去有个检查站，要下车登记。我进屋子，那个武警战士问我，去石渠干吗？我说去玩。他瞪大了眼睛，下着大雪呢，你还一个人开车去玩？路滑，不安全，别去了吧，还不如在这里烤烤火算了。我朝他笑笑，告诉他，我是四驱车，防滑。

都是山路。一个弯连着一个弯。大雪覆盖了沟沟壑壑的，看上去倒显得不那么险峻了。我以四十码左右的速度慢慢地行驶。远处的雪地上有很多小动物，好像是羚羊。还有一些野鹿。停下来拍几张照片，小动物在镜头中只是白色底板上一个个小黑点。

在走完一个长长的上坡后，公路突然下行，眼前只是一片空灵——除了灰白色的飘飞着雪片的天空，视线中什么也没有。路边上有一个蓝底白字的路牌，写着海拔四千四百米的字样。

一路上有好几座海拔四千多米的垭口，锁定了四驱，路并不难开。车很少，有少量的大卡车交会，都很小心地让着道。雪越来越大。密密的雪帘挡住了视线，十来步以外就看不清了。海拔四千七百米的安巴拉山垭口，是玉树和石渠的分界。翻过垭口，下行数里后，出现了一片平坦宽阔的被白雪覆盖着的原野。然后就看到了那座玛尼石经墙。像一条黑色的长龙，突兀地盘桓在雪原上。有褪了色的经幡围绕着玛尼石经墙，在风雪中飞舞。

那应该是石渠著名的巴格玛尼石经墙。这座石经墙总长约一千七百米，宽二至三米，高三米。资料上说，这是世界上最长的石经墙。而且这个长度还在日益增长，因为总是有藏族信众不断到此奉上新刻的石经板和佛像。

我把车停在路边，想走到石经墙跟前。这片原野上的积雪已经很厚，一脚踩下去，雪到小腿。放眼望去，一片白茫茫。白雪的下面是什么，我完全不知道。走得小心翼翼，怕踩到哪个坑里去。

在雪水的浸润下，那些玛尼石全都是沉重的黑褐色。这成千上万片的玛尼石，没有统一的形状，也不同颜色。都是由不同的人在不同的时间里一块一块地叠放上去，几百年的日积月累，形成了如今这样壮观的景象。我看到过图片，夏天的原野上开满鲜花，玛尼石经墙横卧在一片随风摇曳的格桑花中，映衬着蓝天、白云，非常美的画面。

沿着石经墙走了一圈。雪地里只有我一行孤单的脚印。没有任何人见证我到过这里，也许有一天连我自己都会疑惑，我是否真的到过石渠，看到过这座著名的玛尼石经墙，真切地触摸过那些湿漉漉的玛尼石。

我拍下了自己深陷在雪地里的双脚和雪原上绵长的石经墙。若干年以后，我若再来，看到的触摸到的一定不会是今天的这座巴格玛尼石经墙。

回到马路上，对面过来一辆车，经过我的时候慢下来了。摇下车窗，问我要去哪里？我说去石渠。他告诉我，别去了，石渠今晚有暴雪，你过去了，可能就会被困石渠好多天也不一定能出来。站在雪地里犹豫了一会，决定还是掉头。

石渠，留着下次吧。下次要去走川藏北线，要专程去看看石渠。而且，应该在夏天去，那季节的高原牧场，很美。

掉了个头，往来路走。经过歇武镇那个检查站，值班的武警战士说，回来了，大雪不好走吧？我朝他们笑笑，小战士很热情地邀请我进屋子烤烤火。我没停留，直接回结古镇去。

过了歇武，雪就停了。

下着小雨。空气中湿漉漉的，有点像江南的雨季。路边的金黄色的白杨树在雨中更加娇艳。我不知道经历过大地震的玉树，而今是否美丽依旧。这些白杨树是否还矗立在通天河畔那条静谧的公路边。

第一眼看见那孩子时，他正在河边上玩水。圆头圆脑的样子很可爱，穿一件红色僧衣。

大雪，翻越高海拔垭口

雪原上的玛尼石经墙

在玉树城外几公里处的通天河边，有很多的帐篷，红衣喇嘛们正在帐篷间穿梭。他一个人，坐在河滩上。拣起身边的小石子，一颗一颗地往河心扔着。

我停下车，走到他身边，问，你们为什么住在帐篷里啊？

他转过头看我，朝我笑笑。说，山上塌方了，寺庙被压塌了好些地方，不安全，就搬下山来，搭帐篷。

顺着他手指的方向，看见高高山坡上的寺庙。小喇嘛告诉我，寺庙正在修，可是，塌方还在继续，不知道什么时候才会好。

一口标准的京腔。我有些意外。这个小喇嘛，竟然能说那样标准的普通话。

我说，你，是藏族的吗？我家在北京。我在北京长大。那，怎么跑这里来了？还当了小喇嘛？他没回答我。

他说，阿姨，河心里有个旋涡，你能把小石头扔到那个旋涡里面去吗？我说，你能吗？他说，小石头掉进去，一点声音都没有，一下子就没有了。如果我掉进去，是不是也这样？无声无息地就没有了？

我说，是的，人的生命很脆弱的，一眨眼便可以消失。离水远一点吧，不要掉下去，你父母会伤心的。

我爸爸出家了。当和尚了。

也在这个寺庙吗？

不是的。他在北京那边吧。我也不知道。

我看见这孩子，眼睛里有一层薄雾。

我拿出口袋里的巧克力给他，他说谢谢阿姨。真好吃，我都很久没吃巧克力了。

心里突然有点酸涩。

他告诉我，他八岁，在这寺庙出家两年了。是父亲带他来这里玩的时候，把他留下的。因为寺庙的大和尚说他很像以前的活佛，问他愿不愿意留下，他说，我喜欢这里。

他父亲以前是个歌手，和妈妈离婚了。

问他想不想爸爸，他说，师父说，出家人不可以想家，不可以想爸爸。我说，那，如果可以，你想不想啊？他没说话，只是，眼眶开始泛红。使劲眨眼，努力地把眼泪压回去。

看着他的样子，有点心疼。忍不住搂住他，摸摸他的脑袋。

坐在河边的草地上，他突然地问我，师父说，人的灵魂是可以升天的，我为什么还没有升天呢？

我不知道该怎么回答他，只是说，你该回北京去，你该上学去。

他看着远方，说，我不知道，爸爸会不会把我接回去。又说，我是出家人，在寺庙也学习的，师父会教我的。

天色暗下来了，我该走了。他有些不舍，拉着我的手一直不放。我说你回帐篷去吧，我得走了。他点点头，往回走，走几步，就停下来，一直看我。我说，回去吧，明天阿姨有空，再来看你啊。他朝我招手，我发动车子，慢慢离去。

玉树的新寨玛尼石城很壮观。据说有二十五亿块玛尼石，是世界上最大的玛尼石堆。

从明代开始，当地藏民一块一块地叠加，慢慢累积成了今天的规模。

回程的时候经过，看见很多人在围着玛尼石城转经。停下车，跟着那些藏族同胞一起,沿着顺时针方向,转经。

我不是佛教徒,也不相信有今生来世。什么也不为,没有任何目的,沿着这玛尼石堆走一圈。在这样的心无杂念的过程中,让自己的内心变得透明纯净,回归本我。

藏族朋友说,灵魂如风。

他们相信,人的灵魂可以像风一样,在空中飞舞,可以轻盈地飞向远处。

藏族朋友相信来世,他们一生都在为来世修行。一遍遍地转经,一步一步地磕长头,为了那个遥远的来世,他们可以付出所有的一切。

有时候想,他们要是知道了那个关于来世的期许,其实并不那么确定,他们还会这样地生活吗?当他们能够有足够丰富的物质,当他们不要等到来世,也能够过上心中的来世才能够有的好日子时,他们会怎样?

这个玛尼石堆可真大,我足足走了半个多小时。

二十六 你。香格里拉

客栈里的小酒吧，装饰得简单随意。

进门一个火炉，上面坐着一个大水壶，“噗噗”地冒着热气。火炉四周围着一圈布沙发。后边是一张原木大桌子。桌上有花瓶，插着几根狗尾巴草，夹着几朵格桑花。还有一套功夫茶茶具和一盘水果，几本杂志散乱地摊开在桌上。再后面，是吧台了，也是原木打造的。各种酒，陈列在后面的柜子里。玻璃酒杯明晃晃地挂在木架子上。靠墙的桌子上，还有两台台式电脑，兀自闪着蓝光，没有人注意到它。

人并不多，围坐在火炉前。喝酒。聊天。打探包车行情。计划下一站的行程。

喝空的啤酒瓶乱七八糟地倒在地上。有人经过的时候，就用脚把它们踢开，乒乓作响。

你静悄悄地穿过人群，到角落的电脑桌前坐下。出发时在成都刚认识的朋友，发短信给你，告诉你，他写了一些文字，是写给你的，在他的博客上。他是一个电视人，做一些有自己立场的纪录片。你并不了解他，但你愿意读读他的文字。

洋洋洒洒好几千字。他用文字解读着你，甚至还翻阅了你几年来所有的博客文章。你知道你们并不相互了解，他解读的只是他感觉中的你，而不是真正的你。但你还是很感动。这个浮躁喧嚣的时代，有几个人愿意认真地去了解一个人，又有几个人会花时间写下那么多文字来表达自己内心的感受和情绪。仅仅是为了一个刚刚认识的也不会有太多俗世交往的人。

你在他的文章后面留言，谢谢你用心的文字。

酒吧里的人陆陆续续走了。突然的寂静，惊动了屋子里仅剩的你和他。

那是个高大清瘦的男子，坐在火炉边的沙发上。他有一头微微卷曲的头发，理得很短。视觉上很干净，是好看的男子。格子衬衣，牛仔裤，外面套一件皮夹克。握着一瓶啤酒，一口一口地喝着。

他转过头看你。说，你们这些人呐，整天喊着要回归自然，逃离都市。出来了，人在旅途，却依然离不开电脑。一有机会就趴那上面不动了。

你笑笑，走过去在他对面坐下。告诉他，我在看朋友写给我的文字。

他拿起啤酒瓶问你，喝吗？

你点点头。他给你开了一瓶。你接过来喝了一大口。

准备去哪儿呢？他问。

我想去寻找我心中的香格里拉。

既然是心中的，又怎么可能在外面找到呢？不管是亚丁，还是中甸，抑或梅里雪山下的雨崩村，怒江峡谷深处的丙中洛，都不会是你心中那个完美的香格里拉。你会失望的。

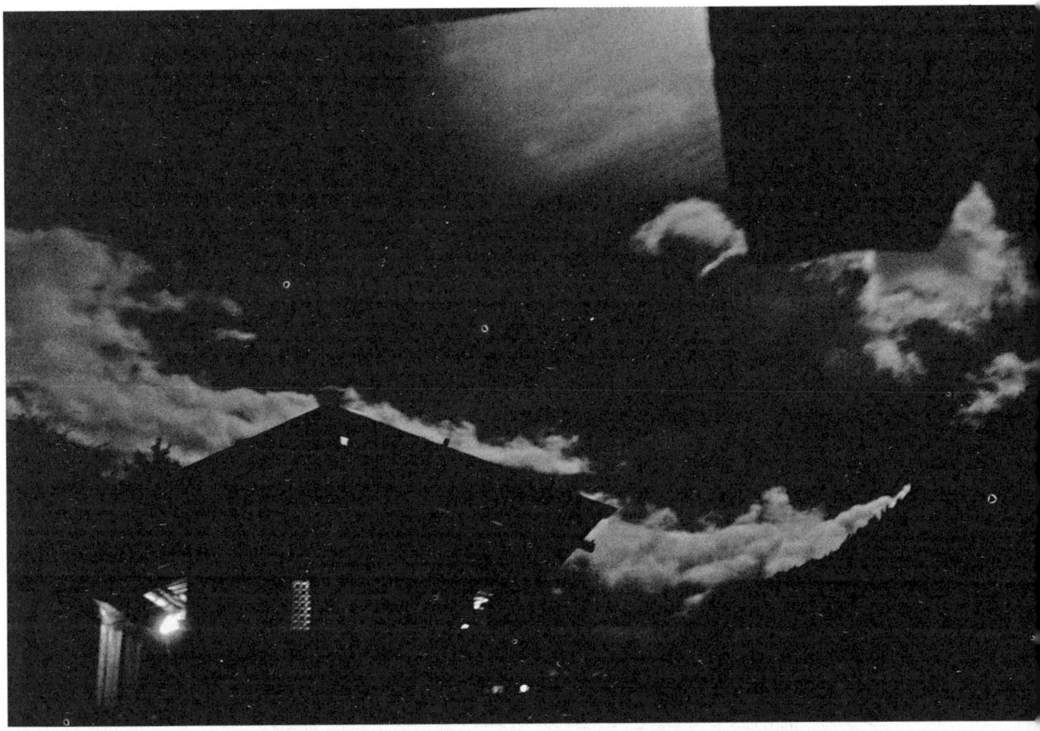

亚丁村的夜晚

你都去过？

我整天在这些被称作香格里拉的地方跑，太了解了。

是……职业旅行吗？你问他。不，是专职司机，带客人旅行。门外的那辆白色吉普，就是我的生活方式。

康巴汉子？你又问。

像吗？他反问你。像！你说。

我是北京人。

你突然反应过来，他的普通话那么标准。

为什么会在这儿当司机？

不为什么，就是想到别处看看。前几年辞了职，开始旅行。川滇藏甘青，宁夏陕西内蒙古，湖南湖北广西贵州，跑了大半个中国。有时候会停下来，在某个青年旅社打打工，赚点生活费又继续走。没有目标，就是随意地走到哪儿算哪儿。

我喜欢不确定性，喜欢远方，不想要那种一眼可以看到尽头的生活。他说。后来，发现自己的积蓄要用完了，没钱就不能自由自在地游荡了。尽管我对生活的要求很低，但总还是得有钱吃饭睡觉吧。我会开车，就选择了当司机。这样，还可以继续在路上游荡。先是帮别人开车，后来凑钱买了辆二手的北京吉普，就这样，一直在川滇藏这一带跑。吃在路上，睡在路上，生活在路上。没有归宿。

那以后呢？将来呢？

想那么多干吗？将来，太遥远了。谁知道明天会怎样？下一刻会发生什么？也许哪一天我厌倦了这种生活，会回到北京，又去哪个格子间工作了呢。不去想它。生命就是用来挥霍的，用来浪费在自己喜欢的事情上的。

你沉默了。你羡慕他的潇洒，可你无法这样去生活。你有很多顾忌。家庭，孩子，将来。你害怕老无所养，你接受不了居无定所。你只能偷得浮生半日闲，在有限的假期里做一些自己想做的事情。

除了亚丁,你们还会去哪里?他问你。

你告诉他,你们还想去梅里、飞来寺、雨崩村。他沉吟了一会,说,留个电话给你。飞来寺在长假期间,住宿会比较紧张,我明天就过去了,提前帮你们订下房间吧。

谢谢你。你掏出手机,存下他的号码,并拨通了他的手机,把你的号码留给他。他从口袋里掏出一个最简单的陈旧的小手机,说,除了这个,我没有其他任何联系方式。如果不是因为我的工作需要和人联系,我连手机也不要。这个时代,人们大多被现代文明绑架了,失去了生命最本源的自由。

喝完最后一口酒,他站起来,伸手给你,好吧。明天还有长途要跑,睡觉去了。祝你找到你的香格里拉。旅途顺利!晚安。

你和他握手,你说,我还不知道你叫什么呢。叫我阿龙吧。在这条线上跑的人都这样叫我。

阿龙,再见。

二十七 她。玛旁雍错

她说，我从未见过大自然如此浓郁的色彩。

到达玛旁雍错的时候，夕阳似乎把金黄色颜料泼洒在了湖边的山坡和草地上。对，就是那样的，浓郁的，金黄色的。山峦，草地，泛着金光，湖边还有一片片红色的狼毒花正在盛开。色彩丰盈得像要满溢出来。

湖水蓝得发黑，涌起的波浪反射出一片片闪烁的光斑，然后随风扑向岸边，跌碎在长着许多不知名小草的沙滩上。夕阳把他们的身影拉成长长的细条，留在草地上。它们不断地变幻着形状，越来越细，越来越淡。

而那浓浓的蓝，不像大海，更像夜空，深邃，没有边际。

抬头远望，能看见冈仁波齐那覆盖着白雪的圆形山峰。神山和圣湖，亿万年来，就这样静默地互相注视，相依相伴。

她说，这一定是世界上最美的湖。那一抹令人心醉的蓝色，惊艳到极致。站在那里，却觉得词穷，不知道该如何言说。

藏区有很多圣湖，而玛旁雍错是“圣湖之王”。藏族民歌里叫它西海，景仰它的人们称它圣湖，唐朝高僧玄奘说它是西天瑶池……各种称呼，都是在形容它的好。可不管哪种说法，都无法真正表达出它的魅力。语言在你需要的时候，总是那么贫乏。唯一能感受到这美好的，只有你站在它面前，静静体会。

在佛教传说中，圣湖的水来自神山的融雪，是圣水，用它来洗浴能清除人们心灵上的五毒，肌肤上的污秽。而印度教的故事则说，湿婆神与他的妻子乌玛女神居于神山，乌玛女神每天在圣湖里沐浴，所以湖水成了圣水。

她从背包里拿出帆布折叠水桶，装了满满一桶圣湖水，用那样清澈甘洌的雪山圣水，洗脸洗手，洗净一路的尘土。

湖边，几间简陋的土屋，叫作圣湖招待所。没有粉刷的泥墙，泥土里面有干草凌乱地裸露在泥墙表面。墙上贴着一些过气明星的广告招贴画。每个房间挤挤挨挨地放了十张床，床上有铺盖，是那种最差的化纤面料和弹力絮内胆，色彩斑斓。她铺开了自己蓝色的羽绒睡袋。睡袋是木乃伊式的，拉上拉链，套好头套，可以把自己裹得严严实实，只露出一双眼睛。

没有东西吃。湖边就这几间破屋，其中一间算是前台，屋子里的牛粪炉上开水正呼呼冒着热气，周边几张乱七八糟的凳子，几个藏族人正在喝酥油茶。唯一能够供应的就是方便面和酥油茶。在海拔如此高的地方，方便面也泡不开，僵硬的面条，就着汤料，勉强塞进肚子。

湖边，晚霞之中，一张搭好的折叠长桌，围坐着十来个白发老头老太。风吹过，带来咖啡的浓香。

不远处，有两辆大卡车。两个司机正在从车上搬东西下来。蔬菜，水果，煤气灶，面粉，火腿肠。有个戴着星级酒店高顶白色帽子的厨师，开始做西餐。

他们走过去和老人们打招呼。老人友好地微笑,问候,还邀请他们一起喝咖啡。原来都是德国的退休老人,大多是六七十岁了。组团出来旅行,从尼泊尔一路过来。司机是藏族人,大厨是尼泊尔人。三辆吉普车,十二个人,有两辆大卡车专门提供后勤保障。

她真是欣赏他们。这样的年龄,每个人看上去都精神矍铄,优雅淡然。几千公里几万公里地跑到那么遥远荒凉、氧气如此稀薄的阿里大草原来,看看玛旁雍错的落日,在傍晚的高原湖泊边上悠然地喝杯咖啡。

一位老太太站起来,拿出羊毛披肩披在肩上。走到湖边,伫立,看着远方。白发,在落日晚霞的逆光中迎风飞扬。

她被这画面感动。生命原来可以这样美好。即使你已经白发苍苍,即使你已经进入生命的暮年,所有的美好并不曾改变。改变的只是人们看世界的眼光和对待生活的态度。

她想起了她生活着的城市,那些老人,每天关注的是如何养生健体。早晨在公园里开着高音喇叭跳早舞,用手掌对着大树噼里啪啦甩打,练着如此奇怪的养生功夫,还有各种稀奇古怪的形体动作。他们仔细地分析着每天该吃几克盐几克糖,几种保健品。除此之外,他们对世界不感兴趣,内心坚硬如石头,漠视生活中的一切。

她想,如果一个人,不能再被美好感动,不会再对未知的事物好奇,内心没有柔软温暖的情绪,那样的生命,再长久,又有什么意义呢?

湖水浩瀚,一波一波地翻涌着冲向岸边。月光清冷。远处有狗吠声传来。似乎还有寺庙隐隐约约的钟磬声。但没有人,也看不到灯光。辽阔的原野上,只有如水的月色，在暗夜中流动。圣湖的夜晚，是那样寂寥。

土屋里此起彼伏的鼾声、磨牙声以及梦中的呓语都没有影响到她。深沉的睡眠。高原反应和感冒消失不见。她开始真正地融入这片土地。

醒来已是清晨。去湖边看日出。

几条凶猛的大狗，无声无息地扑过来，Tony被扑倒在地。她在远处看见，大声地呼救。旁边帐篷里的狗主人冲出来喝住了正在围攻Tony的狗们。从地上爬起来的Tony，狼狈不堪，冲锋衣被磨破，相机镜头上UV镜也摔破了。还好，人没有大碍，只是脸颊上磕破了点皮。

同伴们都出来了，大家不敢再分开行动。在这样苍凉辽阔的地方，一个人，是那么无助。只有团体，才可能相互取暖。

日出依然是壮美的。太阳像一团红色的火球，把湖面照得色彩艳丽，如跳动的绚烂的绸缎。德国的老人团队也都早早地在湖边，拍照，抑或静静地欣赏。没有喧哗，只有在自然的大美面前的肃然，或者感动。

吃过简单的早餐，车子绕圣湖一圈后，他们去拉昂错。

被称作鬼湖的拉昂错紧邻着玛旁雍错。玛旁雍错是淡水湖，拉昂错却是咸水湖。湖水很蓝，阳光下反射着天空的颜色。风浪却很大，波涛翻涌，哗啦啦地扑向湖岸。湖边是一片看不到边际的卵石滩，没有植物，如死寂的外星球。偌大的湖区见不到一人一畜，空旷得像是站在了宇宙边缘。而不远处暗红色的小山，色彩古怪迷离。冷风迎面扑来，天空云卷云舒。阳光强烈，云团遮住的湖面，有大块阴影。

它们中间有一道水渠相连，另有一座狭长的山丘把它们分开。分明是同一条水脉形成的湖泊，为什么一个是淡水，另一个却是咸水呢？为什么紧邻着圣湖，拉昂错却成了鬼湖？

草原上有不息的传说。他们说，两湖水底之间有宇宙之门，将两湖之水暗中相连。正邪本是两个对立面，而在这里却相安无事，和平共处。鬼湖和圣湖在同一座雪山下生存，没有仇恨没有战争，只有相互厮守着亿万年的苍凉岁月。

在吉乌村能看到连接玛旁雍错与拉昂错之间的那条河水，河道细长而曲折，在阳光下透出几分妩媚。周围是一片高原牧场。沿着公路向前，进入孔雀河谷。

巴嘎草原一望无际，枯黄的草在阳光下熠熠发光。风吹过，掠过一阵浮光，漫向远方。雪山连绵，纳木那尼雪峰和阿比峰一路相伴左右。来自孟加拉湾的湿润空气被高山挡在了这里，得以形成气候温和、降水丰沛的高原垂直气候带，使这片土地成为阿里难得的丰饶的农牧区。

正是收获的季节。人们在忙碌着收割田地里金黄色的青稞，公路旁是红色的芦苇环绕着一块小小的滩涂牧场。孔雀河在夕阳照射下泛着银光，穿透被冲毁多年的河坝，奔向远处的峡谷之中。红色的科加寺矗立在村落白色房屋的最前沿，人们很容易就可以看到它。

放牧的女子站在远处，瘦长的背影挺拔健硕。草地上四散着羊群和牛群，慵懒地啃着牧草，或者，在温暖的阳光下打盹。前方是雪山，一整排的雪山，连绵起伏。

似乎听见有歌声传来，那样高亢悠远的歌声。是牧羊女在歌唱？还是她记忆中的，央金的歌声？这片土地是央金的家乡，她是在这样的牧场中长大。她的歌声来源于这片辽阔厚重的土地。

她给央金发短信。

经幡和湖

劳动祭祀

我在普兰，在阿里。我看见荒凉广博的大地。看见雪山连绵起伏。我看见湖水澄澈透蓝。我看见信仰、慈悲和坚韧。我还看见牧羊女和她的牛羊们在蓝天下像云朵一样漂浮在望不到边际的原野上。我终于明白，你的歌声为什么那么独特，那么有魅力。只有在这样的土地上，才能孕育那样高亢的充满生命激情的具有穿透力的歌声。我喜欢这里，喜欢你的家乡。

央金回复说，我知道，你一定会喜欢那片土地的。它给予我们艺术的滋养，不仅仅音乐。绘画、摄影、写作，都能从中汲取到属于自己的养分。亲爱的，相信阿里之行，你会有收获的。

二十八 你。香格里拉

龙龙坝。进入亚丁的门户。

很多的背包客。随处可见色彩鲜亮的冲锋衣。

这原本是个隐没在雪山和草原深处的小村落，只有十来户人家。简单的藏式小楼。没有自来水，电源只够点燃几盏昏暗的白炽灯。家家户户都开起了客栈。

选一户门前开阔的藏家民居入住。二层小楼，房间在二楼。陡而窄的梯子通向一个四方的开口，上去，竟是一天台。天台一边是房间。另一边，没有遮挡。你看到了仙乃日峰，三怙主神山最高的一座。积雪的山峰倏然出现在眼前，猝不及防。

雪山如屏风般展开，顶部波浪般起伏，没有尖顶。柔和圆润。前方有树木挡住视线，看不到全部，只是雪山靠近顶部的一部分，依然被震撼。

你说，晓汐，快来看，仙乃日。

大家都跑过来，静静地站着，无声地望着前方。

房间很暗。门对面墙上一扇很小的窗，看见一角蓝天，些许山峰。房间里有三张床。大胡子被安排在隔壁一间堆满被褥杂物的仓库里。

你放下大背包，掀开被褥，赫然看见一条铅笔那么粗，三四厘米长的软体虫子在床上蠕动着。吸一口气，平静一下，抽出几张纸巾，捏住那软绵绵的小东西，扔到了天台外面。

在漫长的旅途中，你几乎忘记了自己的性别。带了睡袋，只要有一个挡风避雨的角落，就能入睡。那个每天早晚都必须洗澡，四星以下酒店不住的女子，留在了时光的深处。与你渐行渐远。

她不再是你。

一条简易的泥土小路，伸向峡谷的深处。

两旁是树林和山坡。雪山的白色尖顶时隐时现。你们步行去冲古寺。小路上滚落着马粪和其他动物的粪便，你小心地寻找着干净的地方落脚。有骑马的游客经过，马蹄踏碎了那些一团团的粪便，便在地上散落开，满地都是。你索性不再看，大步地向前。踩到什么就什么。好在你的登山鞋性能良好，高帮，厚底，不透水。

林子开始变得稀疏。小路的前方，像一个喇叭口一样，突然开阔起来。大片金色的草地涌入眼帘。

草地的中央，是一条弯弯曲曲的小河，形成一串大大的S形状。河水清澈，能看到小鱼在水底游动。水流快速无声，如轻柔的丝绸，飘逸地滑向远方。

视线的尽头是那座叫央迈勇的雪峰。尖尖峰顶，直刺苍穹。雪白的山峰，映衬着高原的蓝天，耀眼夺目。转过头，又看见了夏诺多吉峰。然后，在右边，是你们刚刚在龙龙坝看见的仙乃日峰。

山叠着山，山倚着山。雪山威严静默，以亘古不变的姿态屹立着。那么近，却又是那么远，只能远远地仰视。草地的边缘是舒缓的山坡，视线往上，能看见高处的海子。碧绿碧绿，白色的云朵漂浮在海面上。经幡飞舞。

你看见牛羊低垂着头，散淡地嚼着青草。牧羊人躺在草地上晒太阳。他把帽子遮在脸上，悠闲地吹着口哨。一个古铜色皮肤满脸皱纹的老太太，背着背篓，寻寻觅觅，在捡拾牛粪。

小路上络绎不绝进来的游客，被这突然的空旷淹没，成了远处稀疏微小的人影。听不见声音，只有越来越小的身影。

鸟儿在空中飞过，留下一声短促而清亮的鸣叫。偶尔，会传来羊儿绵长慵懒的哞声。不知从何处飘来的诵经声和法鼓、法号声，如清风拂过，似有若无，稍纵即逝。

如此静谧，安详。

就是这里，香格里拉。你脱口而出。

旁边的一个藏族小伙子笑着告诉你，这是洛绒牛场，冲古寺。

你看见一座有些衰败的小庙在右侧山坡上。寺庙的边上，有几间简易的棚子，住了一些人。你知道，之前，冲古寺是背包客的营地，而今营地被取消，冲古寺的简易棚子也马上不能再收留住客了。这一片正在景区化，你不知道几年以后它会变成怎样。

当游客蜂拥而至的时候，香格里拉便不再存在。

你向冲古寺走去。藏族小伙子一直跟在你身边。小伙子非常英俊，像哪个电视里的偶像明星。只是他健康黝黑的皮肤，配一身藏族服饰，比偶像明星更多了一些自然的男性的力量感。

他说,你要导游吗?你问他,导什么呢?他说,给你带路呀。你说你不去远处,就在周围转转。

那我带你去参观寺庙吧。

这座寺庙有多少年的历史了?属于藏传佛教哪一派?供奉着哪位菩萨?你有一连串的问题。

他有些不好意思地挠挠头皮,这个,我不知道……

你大笑。这都不知道,还当导游?你长那么帅,还是去当明星吧。他突然停住脚步,很认真地问你,你知道怎么才能当上明星吗?

你被问住了。也停下脚步,很认真地想了想,对他说,我不是太清楚。或许,考电影学院是个途径,或者,参加选秀也是个途径。考电影学院,你得参加专业考试和文化课的高考。选秀,大概需要花好多钱吧。他眼睛里的光泽暗淡下去了,咬了咬嘴唇,嘟哝着说,电影学院我考不进的,参加选秀也没那么多钱。

你上过学吗?你问他。他说,我读完了初中。

那现在干吗呢?现在,在这里当导游啊?请你的人多吗?还好啦,旺季会多一点,带他们去爬山,去牛奶海珍珠海,远的还翻过山那边去。

你突然很想给他一个机会。

已近傍晚。去牛奶海珍珠海是来不及了。附近,实在没什么可导的。你犹豫着,不知该怎么办。他问你,怎么了?

你说,真的来不及去牛奶海珍珠海了。他笑得阳光灿烂。说,姐姐,我没事,陪你在附近走走,不要你钱。

寺庙很小,一座两层楼房。大殿,经堂,僧舍,都在一起。后面有一片残垣颓

稻城亚丁央迈勇

雪山下的河流

冲古寺

藏族小伙

壁。你喜欢这样的废墟。似一段被凝固的历史。你在断墙边徘徊穿梭。你在坍塌的土堆石块上坐下。你在废墟之中,却又在历史之外。那是另一个维度。那个维度里,那些僧人们,是否也在触摸今天,探究站在历史之外的你和身边的这个英俊男孩?或许,在平行的世界,你们正擦肩而过。

小河上的桥,是用几根木条搭起来的。经幡插满小桥的两边,五彩缤纷,迎风飞舞。你站在桥上,看远处的雪山,看脚下的流水。极目四望,你一直没有找到你的同伴们。这块看上去并不大的草地,散布其间的所有的人都那么小,小得分辨不出谁是谁。你们过了桥,往山坡上走去,在高处,找一块干净的地方坐下。也不说话,只是静静地听阳光流动,看风儿掠过。

陪着你的一直是这个藏族小哥。他不再问怎么才能当上明星,只是当你的目光停留在哪里时,他会告诉你,那座山峰叫什么,这条河流叫什么。

不说话的时候,他会唱歌。看着远方,自言自语般地唱。他唱庞龙的《两只蝴蝶》,唱齐秦的《外面的世界》。也唱郑钧的《灰姑娘》,还有许巍的《蓝莲花》。

你说,唱得真好。他说,真的?你喜欢听吗?

你说,喜欢。但我更想听你唱藏族歌。

他略微思索了一下,轻轻地唱了起来。歌声缓缓响起,渐渐进入高亢清亮的音阶。

……

骑着马我本想走天涯,却发现这里就是我的家

草原上绽放着七彩花,悠悠传来馨香土泥巴

哦,香格里拉,美丽的香格里拉

……

你圣洁地遥望着神秘的拉萨
倾听我，埋在心底的情话
你是我见过最洁白的哈达
哦，香格里拉，我心中永远的家
……

一遍又一遍，他重复地唱着。深情。悠扬。你在歌声里听到了这个年轻人对家乡的热爱和自豪。

你被这歌声感动，双眼湿润。转过头去，看着远方，山峦间升腾着一片雾气。

太阳在一点一点偏西，颜色转成了橙红色。雪山的顶上，呈现出迷人的金色。气温下降，你说，该回龙龙坝了。他说，我也该回去了。

他和你一起走完这四公里的山路。分别时，你取下了挂在脖子上的 iPod，递给他。你说，送给你。

他摇摇头，这个不好的。我说过不要你钱的。你说，不是给你的报酬。是，留个纪念吧。谢谢你陪了我一个下午。你把 iPod 放在他的手上。说，寂寞的时候，用它听歌。

他把挂绳套进脖子，塞好耳机，满脸欢喜。你们挥手告别。走了几步，他又回身说，晚上来跳舞吧。他指指不远处的一块平地，那儿搭建了很多帐篷。各种灯光。节奏欢快的音乐声。还有很多人。

黄昏降临，黑天鹅绒一样的暮色浸透了山峦。暮色中的山脉呈现出新的光辉，藏蓝色的天空尽头，朗月孤悬，柔和的光洒遍了所有的雪峰。

吃过晚饭，你和你的同伴们站在天台上，感受着这一刻的宁静和美好。

远处的谷地里，传来隐隐的音乐声。大胡子说，他刚刚去看过了，那一片临时帐篷是因为国庆长假客人多，村里不够住宿而搭建的营地。那些背包客和村里的年轻人一起在跳锅庄。晓汐问你，去吗？你摇摇头。你说，好不容易逃离了喧嚣，我不想往人堆里凑。岚妹妹说，明天我要去爬山，我得早点休息了。

没有洗漱的水。房东指指门口的一口大缸，说那个水你们可以用来洗脸。你过去一看，头灯照射下的水缸里，密密的浮游生物在水中游动。谁都没敢用这个水来洗脸刷牙。用了一瓶矿泉水刷牙，用湿纸巾擦擦脸，便钻了睡袋。

月光透过那扇小小的窗子，流淌进来。你睡不着，想起了拉姆。你不知道她是否已经抵达墨脱。漫长而艰辛的徒步，途中充满的危险，在抵达之前，你永远不知道她是否能够最终完成这样的旅途。

你想象着她背着大背包翻越雪山，穿越蚂蟥肆虐的丛林。你又似乎看到她正在雅鲁藏布江湍急水流边的悬崖上攀爬。岩石，湿滑的泥路，咆哮的江水。你的心莫名地抽紧，浓重的不安情绪袭来，辗转反侧。

不知道什么时候迷迷糊糊睡去。梦中看见拉姆笑眯眯地向你走来，你想拥抱她，伸出手去，却够不到。她远远地站住，向你挥挥手。然后像电影镜头那样，快速地向后退去，身影越来越远越来越小，倏忽消失。你大声地喊，拉姆……

惊醒过来，天已微亮。

你起来，走到天台，拿出手机拨打拉姆的电话。

听筒里传来不带一丝情感色彩的声音，你所拨打的电话不在服务区……你知道，去墨脱的途中没有信号。

二十九 我。唐蕃古道

第二天早上 9 点左右，离开玉树回西宁。一共八百多公里，觉得不算太远。慢悠悠地开车出了门，边看风景边走。不过，我没想到，居然跑了整整十一个小时，到西宁时天早已黑透黑透。人也筋疲力尽，四肢僵硬。

路过那些喇嘛们的帐篷，我停下车，想去看看小喇嘛。看过去却是一片寂静。没有人在帐篷外走动，更看不到小喇嘛的身影。我不知道他在哪一顶帐篷里。也许这个时候，正是他们做功课的时候，也许，师父正在给他讲经。即使见到他，我又能做什么呢？

静静地在这一片帐篷外站了一会，还是无声无息地走了。

竟有放不下的牵挂，不时回头看一眼那些帐篷。我上车发动引擎，汽车起步，一切都在远去。车窗外飘进来的雨丝，模糊了我的双眼。伤感像无形的手，攥紧了我的心。心疼得想哭。

一路过去，天依然是下着雨。经过通天河、晒经台，过三江源纪念碑，是歇武镇。再过去就是清水河镇。远处是巴颜喀拉山。一路顺利。

阳光一点一点地露出来了，天气开始好转。在上巴颜喀拉山之前，我去加油。从这里过去，一百多公里没有加油站。

站里的小伙子在给车加油，我顺便去上洗手间。洗手间门锁着。小伙子说，坏了，不能用。我说，那我去哪里上呢？他指指屋后面，说外面。

屋后面是一片庄稼地。沿着墙的有一条浅浅沟，看来很多人都是这样解决问题的，屎尿狼藉。屏住呼吸找个能下脚的地方蹲下去，风刮过来，皮肤生疼。是零下的气温啊。

跑回加油站处，小伙子已经加完油在等我了。他说，你的车好像气不足呢。我仔细看看，好像是的，前轮，驾驶座这边的前轮，有点气不足。

我站在那里看了半天，想，是不是那天在玛多，放气放多了。因为出来前，听说轮胎在高原气压不要太足，要放掉一点的。所以那天 Simon 帮我放了一些。若是放多了，应该问题不大，那么多天都跑下来了。我拿出电动充气泵，想充点气进去，捣鼓了半天，一点反应也没有。让小伙子帮我，他也充不进去。怎么办？问他，哪里有修汽车的地方，他说返回去五公里处，也就是回到清水河镇上，才有修补轮胎的店。

我犹豫着，回头还是继续前进？

还是小伙子提醒我，说前面一百多公里没有加油站没有人烟，你最好不要冒险。好吧，回去吧，让修理工看看，让自己放心。

掉头回去。开了一段路，看见路边有个小小的修补轮胎的铺子，在给一辆自行车打气，疑惑着，不知道能不能修汽车的轮胎呢。

停下来，老板出来问，怎么了？我说，你会看这个轮胎有没有坏吗？他笑起来了,说这怎么不会,过路的车有问题都在我这里补胎的。

那好吧,你帮我好好看看,这轮胎是不是有问题,另外,几个胎都帮我看看,我一个人,要开到西宁,我不会换胎,路上万一出了问题,我可是一点辙都没有的。

旁边几个小店的人都围过来了,说,你怎么胆子那么大啊?一个人,还是个女的,敢跑那么远?老板说,我一定给你好好检查。

查看后发现轮胎里有一根钉子。也不知道什么时候戳进去的。

补好胎,老板又帮我把另几个胎都认真检查了一遍,充好气,然后说,这下你放心吧,开回浙江都没问题了。问他要多少钱,他说十五块。

其实,刚才心里一直在忐忑,怕他敲竹杠。突然觉得自己真的很小人。离开时,那轮胎铺老板,还有隔壁几家小店的男人都围在车旁,你一句我一句地交代,小心点啊,巴颜喀拉山可不好过呢,你一个女人,千万当心呢。

谢过他们,安心地继续出发了。

不知道什么时候开始,也许是刚才轮胎问题让我紧张了一下,开始头痛。痛得很厉害。我翻出止痛片,吞了一颗,继续上山。开到山顶,头痛得更加厉害了,不能空腹吃太多止痛药,停下车吃零食。饼干,杏仁,蛋糕,乱七八糟吃了一大堆,然后继续吃止痛药。靠在车上休息了一会,就停在巴颜喀拉山的垭口,看看四周,和那天过的时候不一样了,今天没有下雪。能看到远处。远处还是彤云密布。玉树那边在下雪了吧?往前就是玛多了。很亲切的感觉。那里留下过美好的记忆。

几分钟后,再继续赶路。

不知道为什么,很困,很困。前一天晚上睡得还好的,为什么还是那么困呢?音响坏了,不能听歌。此时,我很需要有点声音来为自己解困。

于是，自己唱歌。唱所有能想得起来的歌，大声地唱。有歌词没歌词的都唱，想不起歌词，就哼调调。到后来，哼也哼不出来了，就开始背诗词。唐诗宋词海子的诗食指的诗，一首一首地背过来。终于背累了。连声音都不愿意发出来了。

还好，玛多到了。

进加油站加油。懒懒地靠在椅背上。看见一个小男孩，在车窗外，羞涩地朝我笑，怯怯地想说话又没敢说的样子。那一刻真的很累，只是淡漠地看了他一眼，也没说话。加满了油，我下车去付钱。

回来时，听见那个加油的女工在对小男孩说，你没和阿姨讲啊？你说呀，要不然阿姨就开走了。我转过头，问，有什么事情吗？小男孩说，阿姨，能搭我一段吗？我家在前面花石峡那里，我今天学校放假，想回去，没车。

我说，那你就上车吧。副驾驶座上放满了食物和药品，让男孩坐后座上。拿了一些零食、火腿肠、巧克力糖果给他。很懂礼貌的孩子，连声说谢谢阿姨。

小男孩看上去只有十来岁。路上和我聊天，说他有十四岁了，在县城玛多上初一。9月份开学开始住校的，还没回家过呢。

玛多到花石峡九十公里左右。

他说，老师生病了，放他们几天假，所以，想回家去。他说，我身上没钱，只好搭车。刚才一辆大卡车经过，跟他们说，他们让我给钱，给钱就带我。我有钱就去坐长途客车了，也不用等那么久了。

我说，你一个人在这里读书吗？他说还有一个花石峡的男孩，刚才另一辆车有个位置，把那同学带走了，只剩下他一个人在加油站等车。

我问他，读书成绩好不好，喜欢读书吗？他从怀里掏出一本书给我看，说，我带了书回家呢，在家里也要看书的。那是一本汉语课本。

男孩告诉我，家里有爸爸妈妈还有一个姐姐。他们在家里放牧，供他上学。

说，他家有一百头牛，一百五十头羊。我说真不错啊，条件很好啊。他笑了，说，是的，挺好的。至今记得小男孩笑起来憨憨的样子，眼睛很亮。

我问他，读完初中，还接着读吗？他说，嗯，要读的。高中就要到果洛州去读了。在大武，路很远。我说，读完高中呢？上不上大学？他在后座上看着后视镜里的我，想了一会，说，读大学太远了，要到西宁呢。不读了吧。那你准备干什么呢？我想……他很认真地思考着，告诉我，我要把我们家的牛从一百头变成一百五十头，羊群从一百五十只变成二百只。然后嘛，嗯，……再娶个媳妇……呵呵……快乐地憧憬着美好的未来。

后座上有我的一本书，他拿起来看了看，看见我的照片，就问，阿姨，这书是你写的吗？我说，是啊。他又很认真地翻了好几页，说，我能看懂呢。我说好，读书就是好，能看懂那么厚的书了。突然，他问我，阿姨，你回去还写书吗？我说写啊。他说，会写到我吗？我想了想，认真地告诉他，会的。我会写到你。他就说那我把名字告诉你吧。好。我拿了随身记录的笔记本给他，看见他工工整整地在上面一笔一画，写了自己的名字——洛桑嘉措。

路不平。像波浪一样起起伏伏。我开车很快。

突然一道看不清的波浪让我的车飞了起来，飞出去后又重重地落下来。我吓得手脚都发软了。停在那里，半天没动。小男孩站在后座，轻轻地拍着我的肩，一边拍一边说，阿姨，慢点慢点，安全要紧啊。

我在路边停了好一会，直到心跳慢慢安稳下来，才敢继续往前开。

花石峡到了。洛桑嘉措指指远处路边的一幢房子，说，阿姨，那就是我家。你去我家玩吧。我停在路边，说，我不去玩了，今天还要赶到西宁，你回去吧，以后有机会来玩。他下车后看着我，说，你真的还会有机会再来吗？

我不知道。我没说话。他说，阿姨，没关系，我会去找你写的书。我会看到

巴颜喀拉山垭口

路上的藏族男孩

我的名字的，对吗？我点点头。

我把车上的巧克力拿了很多给他。装满了衣服的两个口袋。说，去吧，回去吧。妈妈在等你了。

他跑了几步，回头，朝我招手。我挥挥手，他又跑了几步，然后又回头，再招手。我知道，我不离开，他不会安心地跑回去的，便发动了车子，慢慢地起步，向他挥挥手，离开了花石峡。

在花石峡附近，有一条小路可以去大武，经过那里时，很是犹豫了一下，果洛州，我真的很向往，想要去看看阿尼玛卿。我都到这附近了。可是，气象预报说那边暴雪，还是放弃吧。最终还是往西宁走了。

一路上是茫茫无际的草原。路的尽头是翻滚的浓厚的乌云。两边的景色和那天来的时候差很多。没有阳光的草原，是灰色的。

形单影只的 SUV，在天地之间移动。我想象着，从空中往下看，一定很小很小，爬行在那条无尽的草原公路上。时常会有幻觉，因为困。开着开着便闭上了眼睛。模糊地觉得自己是在床上，我想放平身体，让自己的姿势更舒服些。脑子里最后的一根弦并未松掉，在这样的时候，就会突然惊醒。我揉揉眼睛，喝点水，吃点东西，努力地保持着清醒。

孤独。一直感觉很孤独。村庄在草原的深处。笔直的公路通向天的尽头。看不见一个人，甚至一辆车。我想起了鲁滨逊的荒岛，想起了他努力教会“星期五”人类文明的一切。

但这样的孤独，它和都市中的孤独不一样。在都市中是身处喧嚣之中却无法走进任何一处心灵的孤独，是一种冰凉而绝望的感觉。

如果要选择，我会选择在这样的一望无际的大草原上，经历这近千公里无人陪伴的旅途。在这种孤独中，我们的内心会变得敏感，丰富而充盈。

三十 她。古格遗址

翻过那个垭口，车子就开始一直下行。山的下面，是象泉河谷地。

从海拔四千五百多米一直到三千多米，几乎成垂直状下降。

欧珠师傅把车子开得异常凶猛。弯太多太急，头有些眩晕。她闭上了眼睛，紧紧地抓住车窗上方的拉手，以维持身体的平衡。

吹进来的风渐渐变得温暖柔软。

然后，一抬头，便看见了那些土林。像阅兵式的方阵，一排排一列列，层层叠叠整整齐齐。如身着盔甲的古战场上的将士，在某个瞬间被定格了。不不，没有被定格，是动态的，是变幻的，是在前行的。望不到边际的原野上，烟尘滚滚。似乎能听见空中有隐约的战鼓声，连绵不绝地延伸开去。

天那么蓝。大团的云朵，静止地悬在空中。

干涸的河床上有一小片一小片的绿色。看不见流水，汽车的鸣笛声惊起一群飞鸟，四散离去。

远处，土黄色的原野上，隐约现出红色的寺院建筑和泛着白光的佛塔。

那是阿里的扎达县城。

要去的地方是古格遗址。离扎达县城还有十九公里。从早晨天还没亮出发，已经在藏北没有人烟的草原上，跑了五六个小时了。

她说，她不知道为什么要来这里。这个叫古格的地方，有什么在吸引着你？

关于古格，它起源于公元九世纪中叶，正是大唐帝国的末期。吐蕃王朝覆灭后，落难王孙吉德尼玛衮一路向西，投奔了阿里的土王。土王因其高贵血统奉他为王。吉德尼玛衮的三个儿子长大后，被分封到三个地方：普兰、古格、玛隅，建立了普兰王朝、古格王朝和拉达克王朝。其中，那个岩石环绕的地方，就是古格。

一千多年前的象泉河一带，应该是水草繁茂，牛羊遍地，非常适合人类居住的地方吧？阿里地区海拔最低的地方，有水，有绿洲。如果在那个时候你来到这里，你应该能听到孩子们欢笑或者哭闹，你能看到牧羊犬护卫着牛羊，看到农民在地里耕种。有炊烟袅袅，有牧草青青。还会有歌声从原野上传来，那是青年男女们在传情。

这样的情景维持了有七百多年。然后，到了三百多年前，突然有一天，几乎是一夜之间，它从历史上消失了。留给我们的只有一座被毁了的空空的王城遗址。

变故来得太突然，废墟如定格般地停留在那个瞬间。在漫长的时间里，它悄无声息地遗落在这片荒原上，无人知道它的存在。没有人类踏足这块地方，破坏它的建筑和街道，修正它的文字和宗教，篡改它的壁画和艺术风格，于是，它得以完好地保存。甚至留存了遭到毁灭的现场。

如今的古格故地，十多户人家守着这座空荡荡的城市废墟，而这十多户人家并不是古格后裔。那么当日十万之众的古格人如何消失得无影无踪了呢？这里发生了什么样的天灾或者人祸使得灿烂辉煌的文明突然间完全彻底消失？

其实，她对这个曾经辉煌的王国那些逝去的历史并没有多大的兴趣。她知道，她不是历史学家，更不是考古专家。她只是对遗址、废墟有一种近乎偏执的

扎达土林

古格，坍塌的城堡

喜欢。它们给她带来的审美震撼,远远超过了其他美景。

她记得她的敦煌。她一个人,在一个个洞窟里驻足,停留,看那些穿越时光的壁画。那些人物,是活的,他们会和她交流。他们告诉她,苍茫的时空里,曾经有一个时段,有一些画匠,在这些岩壁上画画。那么虔诚,那么宁静。他们把生命留在了这些壁画之中。在敕勒河边,那座只剩下四壁土墙的玉门关前,在那个高高土堆上的古阳关废墟旁,都留下过她的身影。她靠在阳关废墟的土墙上,看大漠的日落。土堆被夕阳拉成一个细长的影子,留在背后。眼前,是无边无际的大漠。那么宽广。有风呼啸着掠过。她似乎看到,时空的那一端,她和友人告别,在河水潺潺柳色青青的古阳关前。

喝完最后一杯酒,在阳关三叠的旋律中,她一直目送着那个孤独而苍凉的背影,直至消失在旷野的地平线。

她当然还记得她的石头城,她的古龟兹。还有龙门石窟以及一个人的丝绸之路。甚至,暹粒的吴哥窟。她总是这样,安安静静,去看那些遗址。她相信,时空的那端大概会有一些信息留下来,给我们启迪。让我们更好地去理解生命和自然。

过扎不让村,在一片天高地远的尽头,看到了一座高高的山坡,山坡上有一些红白相间的建筑,她知道,那便是古格遗址。四周是森严壁垒而又如波浪般一浪又一浪向远处涌动的土林。古城堡和小山融为一体,和整个土林融为一体,并不容易分辨出来。土林和古格遗址之间,是那条著名的象泉河。

有水的地方,才适合人类生存。当年选址,一定和这条河流有关。只是,如今的象泉河,水流时断时续,她不知道它还能流多久?那些曾经养育过人类的湖泊河流一条条地在枯竭,如同人类的生命,曾经的润泽鲜活在慢慢消失,只留下那些苍白冷漠的面容。

三十一 你。香格里拉

旅行的人都愿意起早,清晨的大自然诗意而美好。你拎着洗漱包,向洛绒牛场走去时,那条泥土小路上,驴子和马清脆的铃铛声也早已在山谷里飘散。

泥土小路,生气勃勃充满弹性。你喜欢这种感觉。驴粪马粪已经不再能干扰到你。城市让人类与土地越来越远。在混凝土上行走,离大地很远。芬芳的土地被混凝土和管线覆盖。直接踩在泥土上的感觉,柔软又坚实。土地生生不息的力量,通过脚底传递到你的身体里。那样的生动,让人迷恋。

你来到小河边。用河水洗脸。水很冰,冰得你直龇牙。你把毛巾浸在水里,让水流冲刷它,再提起来绞干。然后仰起头,把毛巾铺展在脸上。来自雪山的冰凉气息,沁人心脾。用冰水洗过的手和脸,一会便开始热起来,由内而外。你享受着自然带给你的感觉。

大胡子和岚妹妹去看山上的那些海子。你哪儿也不想去,你只想在这样美好安静的地方散淡地待着。晓汐陪着你。你们静坐在草原上,看初升的太阳在这片山谷间洒下温柔的光芒，再慢慢地变得浓烈明亮起来。

那个男孩，出现在远处的草坪上。长长的头发，遮住了半边的眼睛。他不时地甩一下那挂下来的长发。你向他招招手。他看见你，飞快地跑过来。手上抱着一个牦牛角。他说，我找你好久了。昨晚你没来跳舞，我想把这个给你。

他把牦牛角递过来。你有些意外，愣在那里。他直接把牦牛角塞到你怀里，我还要带客人去爬山，今天不能陪你了。这个，留给你作个纪念。说完，又飞快地跑回去。那边有几个游客在等着他。

打磨过的精致的牦牛角，很美。你捧着它，有一份感动在无边蔓延。男孩回身冲你挥挥手，走远了，很快便消失在你的视野中。你甚至不知道他的名字。

就这样安静地坐着。看雪山，看草地，看经幡飞舞，看流水淙淙。看游客来了，又去了。

你看到夏诺多吉峰的巨大的山峦。此时云已散去，山峰如一座削去了尖顶的金字塔，它的两翼伸展着宽阔的山脊，像是一只巨型蝙蝠的翅膀。旁边的仙乃日峰则如一个巨大宝座，像是供活佛坐在上面沉思用的。它真像藏族神话中天神的椅子。

正对面的是央迈勇峰。排在三怙主雪山之首。是藏语文殊菩萨的意思。雪峰像文殊师利手中的智慧之剑直指苍穹。在晴朗的天空衬托下，冰清玉洁。

你说，它是我见过的最美的雪山。

·

时光的水流淹没了一切。你忘记了过去，也忘记了思考未来。你只看见雪山、蓝天和清澈的流水。都市那么遥远，远在了时光之外。你在你的香格里拉。

你说，晓汐，香格里拉在哪里？

晓汐说，香格里拉是一个玄奥难测的迷，是梦，是传说，是幻象，是人类理想

飞舞的经幡

驻足的彼岸世界。

你说，它在城市之外。在人类文明之外。它有着人类诞生初期的那种浩茫、神圣和庄严。它只在我们心里。

我渴望知道抵达心中的香格里拉的途径。

……

在重复中旋转，在孤独中变幻；
这个世界就像一张没有表情的脸。
单调的老习惯，繁多的新观念，
走在一起，分不清伟大和平凡。
越来越多的单行线，增长了时间；
越来越少的知心话，压缩了情感。
高楼紧相连，挡住我们的视线，
所以多了近视眼，
我们创造的世界正无情地与我们，
争夺同一个空间。
沉默太冷淡
高谈太疲倦
连梦幻都失去安然
岁月一年年 时光一天天
世界正把我们改变
……

路上接到朋友的电话，问有没有拉姆的消息。她说，拉姆入藏后在一个叫竹卡的地方，失踪了。

你想起昨晚的梦。你依然觉得，她应该是在去墨脱的途中。

你拨打拉姆的电话。一次又一次。每次都是一样的回答，“你所拨打的电话不在服务区内”。

对着手机发呆。你想起白玛的欲言又止。拨通白玛的电话。你问她，拉姆到底怎么回事？白玛说，姐姐，我怕影响你的旅途心情，没敢和你说实话。

你的手机跌落在地上……

回杭州以后，你找到拉姆的同伴，询问当时的情景。

她告诉你，他们在竹卡子停留，休整。准备两天后搭军车去派乡开始徒步。住的客栈，在澜沧江边，隔着一条不太宽的马路，就是陡峭的江岸。那天拉姆洗了很多衣服，去江岸边的铁丝上晾晒。厨房的窗口正对着江岸。厨房师傅说，看见她哼着歌端着盆子走过去的。师傅在炒菜，一低头的瞬间，再抬起头来，江岸上便没有了身影。铁丝上的衣服还在晃动着，没来得及拉平。

江岸陡峭，离江面有近百米。江水汹涌，咆哮着翻滚着向前流去。浑浊的江面上没有任何痕迹。她说，当地军民曾沿江搜寻打捞了好几天，什么也没有发现。

拉姆是背朝着澜沧江往铁丝上挂衣服的，为了拉平衣服，不知不觉中，一只脚后退了半步，路沿的一块石头松动了，她就这样落下去了。没来得及发出一声呼喊，静静地落下陡峭的江岸。几乎没有溅起一小朵浪花，就被咆哮翻滚的江水吞噬了。

一切发生得那么突然，只是在刹那之间。

几年后，你走318线，专程去了竹卡子。你在这个小镇停留。你来到江边，江水汹涌湍急。你在江边坐了很久,直到暮色四起。

生与死,只间隔着一个刹那。活在当下,也就是活在这个刹那,一个又一个的刹那。你想了许多许多。

记起拉姆曾对你说过,生命如果真的有轮回,我想我的前世一定是西藏人。我是那么热爱这片土地。

三十二 她。古格遗址

高原。正午。

阳光热辣辣的，如同一把细碎的针，扎在脸上，灼热疼痛。

白色的墙体，泛着透亮的光。如此安静，安静得似乎能听到高天白云的流淌声。

沿着窄而陡的台阶慢慢往上走，有些气喘吁吁。寂静之中，喘息声被无限放大。

整个遗址外围建有城墙，四角设有碉楼。建筑分上、中、下三层，依次为王宫、寺庙和民居。其中红庙、白庙及轮回庙，有很多雕像和壁画。

工作人员拿着钥匙带她们去看了几个向游人开放的殿。墙上大幅大幅的壁画，已经被时光磨损得暗淡发黑，斑驳陆离。但看得出久远时光中留下的华丽色彩，精美绝伦。她伸出手，想要去抚摸，又在半空中停留住。她似乎触摸到了时光的那一端，那些匠人。不，或许是某个也曾在这壁画前驻足观看的人，她和他，或她，在时空之外，相遇。

……

如果沧海枯了，还有一滴泪
那也是为你空等的 一千个轮回
蓦然回首中 斩不断的牵牵绊绊
你所有的骄傲 只能在画里飞
大漠的落日下 那吹箫的人是谁
任岁月剥去红装 无奈伤痕累累
荒凉的古堡中 谁在反弹着琵琶
只等我来去匆匆 今生的相会
烟花 烟花 满天飞 你为谁妩媚
不过是醉眼看花 花也醉
流沙 流沙 漫天飞 谁为你憔悴
不过是缘来缘散 缘如水……

好像听见了歌声，也好像看见了那样的画面。大漠的落日下，那歌唱的人是谁？

往山上走，喘得越来越厉害。双腿像绑了沙袋，每一步都走得那么沉重。但她还是一直往上，山顶上会有更好的视野。她和同伴们走散了，不知道他们都去了哪里。整个古格遗址，那么几个游人，一散开，便消失了。

视线越来越开阔。看到远处的雪山，看到大海一样的土林，无边无际。天空离得那么近。大团大团的白云，在混沌的土黄色的大地上投放出一片片的阴影。

回望连绵的雪山。她有些不相信那些巍峨沉默的山都是她们所经过的地方。视线中没有一个人影,只有亘古不变的雪山和生生灭灭的草木。她不清楚她为什么此刻会出现在这里,又好像,生来就是在这里的。

西藏。阿里。古格。它们与她生活着的城市那么不同。她喜欢这样的空旷,这样广袤的原野。就如此刻,她在这里,古格王朝的遗址上,她的生命她的历史和这个地方一点交集都没有,可是,她并不觉得陌生。在氧气如此稀薄的地方,呼吸舒畅,内心安详。

那座小小的国王的宫殿,房子保留完好。门上着锁,窗关着。似乎,这里面还有人在居住,只是暂时外出了。或许我们在门口坐着,一会就能等到归来的主人。几百年来,它一直都这样吗?

据说,古格最后消亡于战争。外族的入侵,内奸的出卖。战争打得异常惨烈,血流成河。国王不忍再看到他的子民一批批地死去,他下令他的战士,全部放下武器,停止抵抗。入侵者顺利地进入城堡。但那是一座空城,国王带着他所有能走的百姓都从暗道撤离了。匆忙逃离的国王和王后,流离失所,他们后来在哪儿呢?古格的后人又在哪儿呢?没人知道。

雪域高原上的一轮鲜红的太阳陨灭了。但并非失去光明。就在那个瞬间,天地雪山和已空无一人的城堡,显现出从未有过的光明,似乎就在那个瞬间,七百年积淀的光明全部迸发出来,全部留给了雪域高原。

曾经的古格王朝,这一支,这一族群,在这个星球上,就这样悄无声息地消逝了。

一切都在消亡之中。这个世界上,有什么是可以恒久不变的呢?所有缘起,皆有缘灭。几百年怎么样?几千年又怎么样?与无限的时间空间相比,永恒只不过是一个刹那,而刹那便也就成了永恒。

古格，废墟的王朝

在山顶上，她遇见了他。留着一头长发的高大的摄影师。

他正摆弄着一台哈苏相机，专注而安静。

她站在一边看他。

光线并不适合拍片。太过明亮的散射光，让古城堡变得一览无余。没有遮掩，没有明暗，没有对比。摄影师似乎通过取景框在观察远处。

他抬起头，朝她笑笑。说，是你啊。她很奇怪，我们认识吗？他笑了，说前几天，在江孜的小店里，你的同伴们还帮我挑过头巾呢。我记得你，一个人在门外发呆。

她想起来，那小店在宗山城堡的山脚下。

你在拍什么呢？她问他。

他说，我在等。等着拍夕阳下的古格遗址。他说，一会，太阳移到那边，斜斜地照过来，投射下去，在那些坍塌的房屋上打上一线一线的光，我在想象，那会是什么效果。我要等到它。

他说，我给你拍张照片吧。

她从肩上取下相机交给他，用我自己的相机吧，这样可以留下。

他很意外，她背着一个硕大的专业相机，居然不会用。除了自动挡，最多也就是P档拍拍。

她说，我想学摄影，刚买的相机，还不会用。

他开始教她使用相机的最基本知识。告诉她什么是光圈、快门，什么是曝光补偿，什么是白平衡，还有ISO怎么调。

有一束光打过来，照在了那些残留的土墙上。只有细细的一线，给那些断墙残垣镶了一圈亮闪闪的边。废墟，立刻就生动了起来。

巨大的石头，突兀的洞穴，深不可测的山谷，在夕阳的包围中有一种魔幻的色彩。

他跳起来跑去相机前，咔嚓咔嚓，开始按快门。她站在那里，欣赏着那一刻变幻着的光线，和变幻着的景色。摄影师在一边叫道，快拍呀，愣着干什么？这样的光线，转瞬即逝，你以为会为你停留吗？

时间不会为任何人停留。就像现在我们谁也看不到七百年前的王朝。

他顾自忙着，完全忘记了她的存在。

她还是没有拍。她知道自己拍不好。她也知道，真正的美景，如同我们的感受一样，无法记录亦无法传递。我们眼睛看到的真实，是不能够被表达出来的。镜头记录下来的，和我们文字表述出来的，都一样，经过了作者的筛选，它是每一个拍摄者和每一个描述者内心的东西，它已经不是眼前的这个景色。

你是对的。他说。摄影无法传递此时此刻的场景。因为这场景，是立体的，除了画面，还有流动的空气，天空飞过的小鸟留下的短促的鸣叫声，有历史凝聚的沧桑沉重。这些的传递是很困难的。所以，我们摄影讲究一个舍，减掉所有冗杂的内容，只选取其中一点最打动我的东西。表达的是——我，我的内心。而不仅仅是记录场景。

他们聊天。谈艺术，谈摄影。她知道了他是来自北京的专业摄影师。他说，他不喜欢商业摄影，他喜欢不停地走，在这样荒凉的地方，静静地等待日出和日落。他说，很多时候，手机没有信号，家人也不知道我在哪里。或许有一天我会在某个没有人烟的地方倒下，再起不来。我的大背包里，有我旅途中所拍的全部片子，它们都无法得见天日，跟着我一起湮灭。如同这里，这个消失了的古格王朝。

突然，莫名的情绪蔓延开来。说不清是什么，只是有点伤感。她说，你要保重。

停了一会，她又对他说，如果真的就那样消失，应该也是很有审美价值的，不过，这只对于生命的存在形式而言。

高原的夜晚来得非常迅疾。夕阳收起了最后一线的光芒，黑暗拥抱了大地。当他们意识到天马上就要黑了，赶紧从山顶撤离的时候，已经有点迟了。还没有下到山底，就已经看不清路。打开头灯，照亮眼前的小路。

夜，莽莽苍苍。气温急速下降。山下的停车场上，空无一人。更没有车。她的脑袋一片空白，这，怎么办？人呢？他们都去了哪儿？掏出手机想打电话，发现一格信号也没有，如同一个死寂的废墟。

她问他，你是怎么进来的。他说，我搭当地人的拖拉机过来的，没说好要等我。她说，我的同伴们走了，我出不去了。那一刻，很绝望。只是茫然地站在那儿，看着无边的黑夜。

他沉默地在那里站了很久。说，是我不好，忘了时间。别怕，前面三公里处就是扎不让村，那里可以吃住，也有信号，可以联系上你的同伴。即使到了扎达，回来接你也不远，十九公里路程。我们走吧。走到扎不让村就没事了。

除了走出去，别无选择。

他背着巨大的背包，还有脚架。又把她的大相机拿过去挂在了自己的脖子上。披挂了一身。茫茫的原野上，看不见一点灯光，只有大风，凄厉地呼啸着，在土林里穿来穿去。头灯的灯光在一片漫无边际的黑暗中孤独而微弱。他们沉默着大步地快速行走。她想起了那个深夜的嘉措拉山口。

她说，你一个人常常在外面跑，碰到意外的状况，多吗？

不少。他回答。

怕吗？

怕什么呢？这样的旷野，就怕碰不到人，有人，有灯光，就有希望了。

你相信鬼神吗？

他沉吟了一会，说，我敬畏生命和自然。但我是无神论者，我不相信转世来生那些说法。所以也就不相信有什么鬼神。

一股寒意袭来，她打了个寒战。

沉默良久。他说每一个在路上的人，都是在寻找着自己的出路。很多人不停地行走，可他们自己也不明确，为什么要走。比如你，那么远，跑到西藏，来高原，是为什么？

有时候我觉得自己和这个世界一点关联都没有，总是一个人，在旅途上，在不同的地方停留。会有很多意外，甚至危险。很长时间不说话，没有人可以交流。可是，如果回到城市，我们和这个世界就有关联了吗？都市是一个让人疏离的地方。挤挤挨挨的人群，有看不见的距离。似乎有一层透明的玻璃，横亘在人与人之间。看得见却无法触摸。人群如流水一样，在都市的河流里流动，却没有温度，城市是空旷而冷漠的。比我们现在所处的环境更为空旷。你去过鄂尔多斯吗？那儿有一个新城，造了很多房子，很多，但没有人居住。一到夜晚，那就是一座死城，没有灯光，没有人声，甚至连空气都是凝固的。我曾经在黑夜来临后的街道上逗留，我看到那一扇扇窗户，就像是一个个黑洞。后面隐藏着什么，你可以有很多想象，非常恐怖的想象。这样的场景，远比我们此刻所在的如此广袤的但又充满生气的原野来得令人恐怖。此时此刻，我们能够感受天空的悠远，我们呼吸着自远古而来的清凉的空气。

是他在说。低沉的声音，伴随着两个人的脚步。嚓、嚓、嚓、嚓，大步地走着。可她，分明又觉得是自己在说，是她在自言自语。

三十三 你。香格里拉

奔波寺。水边的寺庙。穿过一座系满经幡的小木桥就是。

经过的时候，正在做法事。喇嘛们排成两排在寺庙的大门口，吹奏着长长的法号。法号声低沉、雄浑、粗犷，伴有法鼓阵阵。在水边的山峦间回旋。

一个六七岁的小喇嘛，站在对面。绛红色的袈裟，双手合十，表情肃穆地站在大喇嘛的身边。你举起相机，对准他，在按下快门的那一刻，他的目光转向你，粲然一笑。

那样的一双眼睛，充满了灵气。单纯，清澈。你一下子喜欢上了这个孩子。

法事结束，你向他走去，蹲下来，给他看你拍的照片。他用手指抚着显示屏上自己的形象，转头又朝你笑。那么明亮的笑容。你给他巧克力、大白兔奶糖。他说，突其其。

这是一座历史悠久的白教寺庙，供奉着一世噶玛巴大师的自塑佛像。你走进大殿，在佛像前，点了一盏酥油灯。

从大殿出来，你去转经。沿寺庙一圈，一只一只，你转动所有的经筒。你在

古老的小寺庙

小喇嘛

为拉姆祈祷。你说,拉姆,愿你安息。愿你找到自己灵魂的故乡。

小喇嘛不知从哪儿钻出来。似乎一直都跟在你身边。你转完最后一个经筒,他过来,拉你的手。拉着你,一直往前走。你不知道他要带你去哪儿,只是跟着他,向一个小巷走去。是两幢房子之间一条窄窄的弄堂。拐进去,有一扇门。半掩着,他推开另半扇,吱呀一声,在这样的寂静之中,突兀地响起。

他拉你进去。你那么信任他,任由他带你进入这间黑乎乎看不清任何物件的房间。

向前走几步,是一条很窄很陡的木楼梯。年代久远,油漆斑驳。踩上去吱吱呀呀地响。上到二楼,有个天窗,能看清楚一些。楼梯旁边有个挂着门帘的房间。

你不知道里面是什么。小喇嘛依然拉着你的手,掀开门帘,往里走。

你看见,正对着门的,是个大大的坐塌。上面铺着黄色的丝绸坐垫。一个年老的喇嘛手持一串佛珠,正闭目诵经。

小喇嘛在一边站下,对你说了几句什么,你没听懂。他想了想,发出"ren-bo-qie"(仁波切)这几个音。你突然明白过来,是上师。大德高僧。他带你来见上师。你在上师坐塌前的蒲团上跪下,给上师行礼。你说,"扎西德勒"。你只会说这个。

上师从边上拿过一个金刚结,对着它念念有词,又在空中转几圈,然后递给你。你双手接过。你依然是说扎西德勒,给上师磕头,然后倒退着离开。

出了门,小喇嘛从你手上拿过那金刚结,给你系在手腕上。对你说,"ping-an"(平安)。你明白,他是在告诉你,这个保平安的。

你说,谢谢你!你蹲下来,拥抱这个小小的孩子。你把脸贴在他的脸上。那小脸上的皮肤在高原的日晒风吹下,有些皲裂,黝黑粗糙。

离开的时候,小喇嘛跑在你们前面,在小木桥上等着。你们走近,他又跑,跑到桥的那头,忽闪着眼睛,看你们。直到你们上车,他又迎着风,一直跑。边跑边挥手……

三十四　她。古格遗址

遥远的地平线上，忽隐忽现地有光亮在闪动。她说，快，关了头灯，看看，前面是不是灯光。关了头灯，那光线更明确了，不止一点，是一片。是一个村落。你忍不住拥抱他，几乎哽咽起来，太好了，终于看到灯光了。他没说话，只是温和地摸摸你的头发。

村头有个小饭店，有面条，还有酥油茶。一大碗酥油茶喝下去，顿时觉得恢复了元气。她一直认为在高原上，酥油茶有很多功效。甚至是抗高原反应最好的药。

要了西红柿鸡蛋面。等待的时候，电话响了，是同伴们打来的。他们正着急地到处找她。他们说，天快黑的时候，山上山下找了两圈也没找到她，还在停车场上大声地呼喊，一直没有回音，他们以为她跟着一起进来的另一辆车提前走了。他们去看干尸洞，又跑到山下的河谷地带玩了一会，所以，回到停车场就迟了，以为，她等不到就先走了。她说，我还在扎不让村。是走过来的。刚到。同伴说，还好还好总算没事。同伴还说，扎达县城找不到一个铺位，正好赶上国庆长假,都是人。他们也正准备回扎不让村来住呢。好吧,我找好住宿等你们。

路边有一户藏民家的大门敞开着,他们进去。看见宽敞的院子,种满了各色鲜花。漂亮的藏式建筑,还有明亮干净的玻璃窗。一个老奶奶出来冲着她笑。她说,奶奶,你家可以住宿吗?老奶奶叽里咕噜说着什么,听不懂,但感受得到友好。一会,一个女孩子跑出来,她说扎西德勒。她也说扎西德勒。然后女孩子说,你们是要住宿吗?会汉语。太好了。

是的是的。有地方住吗?有。跟我来。她带他们到一间很大的房间,有好几根柱子的房间。很漂亮。墙上,柱子上,屋顶上,画满了颜色鲜艳的画。屋子的一角,有一个佛龛,供奉着佛像。有一整面墙的玻璃窗。中间有个大大的牛粪炉,一根烟道伸向屋顶,通出屋外。四周沿墙,一圈的藏式的那种可坐可躺的窄窄的床,铺着卡垫。整个屋子可睡十个人。

是新造的房子。干干净净。她那么喜欢。

老奶奶拿了一盘青稞粉和一壶酥油茶过来,放在桌子上,比画着让他们吃。不会藏语,只能双手合十,和她一声声地说扎西德勒。孙女过来,笑着解释说,奶奶怕你们没吃过饭,饿了,一定要送食物过来。吃吧。吃不了,明天早上当早餐也行。

东边院墙旁有一间小屋,楼梯直通向屋顶,屋顶上是个平台。她想上屋顶去看看,有一轮月亮正在升起,像个硕大的土豆。几片云彩,长长细细的,像飘逸的绸带,缠绕在月亮的周围。她想起来,快到中秋了。

大个子摄影师来找她。站在旁边看着远处。星星点点的灯光,小小的村落那么安静。偶尔有几声狗吠传来。她回头看看他,说,我发现,你长得很像一个歌手,以前的腾格尔。他笑了,说,嗯,很多人这么说。那我就叫你腾格尔大哥

天空的云朵离我如此之近

壮观的土林

吧。好啊,哈哈,多了一个名字,挺好的。

他像是想起了什么,说你等我。下楼回屋子里去了,一会儿,又上来。手里拿着一个月饼,掰了半个给她,说,祝大哥生日快乐吧。大哥今天生日,没有蛋糕,月饼当蛋糕了。

生日快乐!她给他一个拥抱。

月色朦胧。夜空很高,很深远。并没有太多的星星。云朵在慢慢地移动,她很想扯一朵下来送给旁边的朋友。她轻轻地哼起了《生日歌》。她从未为谁单独唱过《生日歌》。这个夜晚,如此特别。

有车灯远远地照射过来,两辆丰田车轰轰隆隆疾驰而来。一进门,笑笑就抱住她,说,上帝呀,把我们给急死了。真怕就这样再也找不到你了。欧珠师傅站在后面,憨憨地,不知道该说什么,憋半天,说我给你带了好吃的。然后,从包里掏出来一包牦牛干巴,一定要给她。

土林围绕的扎不让村。静悄悄的夜晚。一整面墙的玻璃窗,没有窗帘。半夜醒来,看见月光洒落了一地。所有人都睡得很安静。于是,她也继续沉沉地睡去。

那个早晨,腾格尔大哥要早起,再去古格遗址拍日出。而她们将在天亮后离开扎不让去塔钦。各自有自己的目标。

她起来送他。

深秋高原的清晨,异常寒冷。他不让她送出门,在院子里站住。

她说,腾格尔大哥,我们还有机会再见吗?他说,大北线还有好些天的时间呢,或许,我们在下一个站点又碰头了。一路上注意安全,保重!

他从口袋里掏出一个小笔记本,撕下一张,写上自己的手机号码,递给她说,有事给我电话。

走出院门，他的身影很快就隐没在黑暗里。孤独的背影在晨曦未启的原野上消失得无影无踪。

她是那样伤感。她一直都害怕离别。而离别一直都伴随着我们，从不曾离开。

生命的成长，是在不断地告别中完成的。她知道，一段时间后，他们会彼此消失。有很多的想念会随着彼此的消失，渐渐变成空白。缘起。缘灭。一切事物都在这样的规律中循环，没有可以脱离循环的方法。我们都只是凡人。

之后，她回想起在古格王朝遗址的经历，有些如梦如幻的感觉，这一切都是真实的吗？

除了相机里有一张她在古格山顶上的照片外，没有任何别的关于腾格尔大哥的信息。她甚至都记不起，他是否告诉过她，他的姓名。她没有任何印象。她只记得他给过一个电话号码。但她后来在整理东西的时候，却怎么也找不到那张纸片了。

她只是清晰地记得，那个晚上，天空的云朵，离她如此之近。

三十五　你。香格里拉

飞来寺，梅里。

首先映入眼帘的是一整排的白塔，在风中飘飞的五彩经幡。

卡瓦格博峰隐没在云层中。

马路的一边，面向梅里太子十三峰的，有一些建筑。顺着山坡向上延伸。客栈。酒吧。咖啡屋。像一个小小的集镇。另一边，是山崖。是远处层峦起伏的群山。路边儿上，竖着几根水泥柱子，拉着铁丝，上面晾晒着游客洗干净的衣服。

节日的飞来寺有不少人。但不会像那些城市里的景点那么拥挤。你能够找到安静的角落享受属于自己的情绪。在“梅里往事”酒吧里，你可以要一杯咖啡或者来瓶啤酒，静静地坐着，看着窗外的卡瓦格博想心思或者发呆。

天依然是很蓝。卡瓦格博时隐时现。那个下午，你沉默地坐在“梅里往事”。酒吧里的人进进出出，喝杯饮料，咨询些问题。也有人坐在沙发上看碟片。老板在放关于梅里雪山1991年中日联合登山队遭遇山难的片子。只有你，你们，安静地坐着。同伴们在一旁,不说话,陪着你。晓汐轻轻地揽住你的肩。很多时候,语言没有沉默更能交流内心。

大风呼啸着掠过。在观景台上看雪山的人纷纷地背向着风,低下头。前一刻还是风和日丽,瞬间,就变了天。一如我们无法把握的生命。生命如此之脆弱。我们谁也不知道下一刻会发生什么。

赴梅里的途中,阿龙给你电话,他帮你在飞来寺预订了三间房。他说,等你到的时候,估计连个床位都找不到了。

客栈叫扎西德吉,正面对着太子十三峰。你说,谢谢阿龙。

旅途中经常会有一些擦肩而过的相遇,一回眸的微笑。就此,不会再继续。都是生命中美丽的记忆。

傍晚,在酒店的露台上看到日落,白塔,经幡。太子十三峰清晰地呈现。一排金色的雪峰。你被这样的壮观所感动。

你说,晓汐,大自然是那么美好。

雪山下的峡谷里,有一个叫雨崩的小村庄。在梅里雪山的群峰环绕之中。不通公路,进出只有一条人马驿道。需要徒步十七公里。从海拔三千二百米开始,翻越海拔近三千九百米的南宗垭口,最终抵达那个只有二十几户人家的村庄。

雨崩村因充沛的降雨量及特殊的地理环境和气候条件,植物的生长茂密而又奇异。在一些老树的主干上可以看到寄生着许多其他植物,这种奇特现象被人们称为“五树同根”。

雨崩人维持着几百年来的农耕畜牧的传统生活方式。木质结构的平房,用山石搭建庭院的围栏，悠然行走于土石路上的牛羊与骡马，显示着这个村落的与世隔绝和宁静安详。

从西当温泉开始徒步。山路盘旋而上，两边是高大苍翠的松树，枝干上挂满了松萝。像帘子一样从高处垂落。当地人叫它树胡子。

树胡子是一种很洁净的植物，稍有污染就不能存活。它是金丝猴的食物。生长在人迹罕至的森林里。空气越好，胡子越长。

空气清冽。阳光被高大的树木挡住，透过缝隙洒下斑斑驳驳的光影。山路不平。不时有奇异的凸起的石块横亘在中间，有时是凹陷塌落的沟隙。坑坑洼洼，一路向上。十二公里的路，海拔上升达七百米，行程艰难而痛苦。你体力不支，走着走着，眼前直冒金星。胸腔像风扇一样一抽一合，"呼哧呼哧"地大口喘气。你原地停下，拄着登山杖歇息。抬头，看见山路没有尽头地向上延伸。大胡子和岚妹妹跟着向导已经走远，晓汐在前面几百米处，回头看你。她始终不急不缓在你前面。你知道她是在等你。你脱下抓绒外套系在腰上，喝两口水，继续向前。

随着高度的增加，树木渐渐稀疏。高大的松树林被低矮的灌木丛所代替。阳光直射，满身是汗。但你不能停，一停下来，马上就觉得冷，你只有不停地走。在走过了一个极限之后，不再如拉风箱那样喘气了。你只是觉得累，双腿机械地挪动着。你终于看见一个挂满经幡的山头，你知道那是垭口。

翻过垭口，下行五公里，便是雨崩村。

垭口有个简易木棚子，供过往行人歇息，提供方便面和酥油茶。大胡子和岚妹妹已经等很久了。岚妹妹帮你们叫好了方便面，你又要了一碗酥油茶。坐定后，你看见过往行人吃掉的方便面碗，被摞起来，排成了一整面墙。竟有那么

飞来寺梅里雪山前

卡瓦格博

多。还在继续增加着,你想象着有一天,这个屋子会变成全部是方便面碗摞起来的墙组成。

几年以后,你在网上看到图片,果然是。方便面碗已经铺到了屋顶和另外三面墙。进入这个隐秘的小山村的人数,每年都在增加。依然没有公路,进入村子却是要收门票了。村里的百姓,几乎家家都开了客栈,接待游客。河边村口随处可见不可降解的垃圾。

山谷里开始出现白墙黑瓦的屋宇。一间一间,散落在一片绿色之中。浓郁的绿。雾气氤氲。山腰上有云带缠绕。一条小河分割了小村,上雨崩和下雨崩。老农牵着牛,在地头漫不经心地走着。村里传来母鸡下了蛋后“咯咯哒……咯咯哒……”的叫声。还有小羊绵软悠长的低鸣。已是傍晚,阳光从西边斜斜地照过来,光线柔和而明亮。

进村的路非常泥泞,夹杂着各种动物粪便。一脚踩下去,污水“吱吱”地冒上来,覆盖了鞋面。路边的屋子门口,你看见两个外国女子,明媚地笑着。刚洗完头,只穿了一件黑色的背心,长长的卷发像瀑布一样披在肩上。夕阳照在她们身上,裸露的皮肤上有一层婴儿般的绒毛。你跟她们招招手,她们用生硬的汉语和你们打招呼,你好。

几个小孩从你们身边穿过,回头问,去哪家?你们说,神瀑客栈。跟我来。蹦蹦跳跳地在前面带路。

客栈早已没有了床位。连露台上搭帐篷的地方都已经有人了。没有预订,客栈主人阿青布完全不搭理你们。你只想找到个地方安顿下来。大胡子和岚妹妹体力好,让你和晓汐在原地等,他们去找住处。

你疲惫极了,站住喘息。倾听哗哗的水声。水流声竟是那么美妙,像一曲欢快的音乐。你从未如此专注地聆听过流水的声音。你忘记了焦躁和疲惫，你突然觉得，其实，什么也不干，就这样，在宁静的山村里，聆听一条小溪的流水声，竟也是非常美好的事情。生命其实就是可以用来浪费在这样的似乎完全无意义的事情上。我们都习惯于追求生命的所谓价值和意义，太过于在乎个人的社会认同感。什么时候我们能够不在意别人的认同，而只专注于自己的内心，为自己内心的欢愉而消耗时间。

找到的是村民家新造的小屋。窗外，是一片绿色的草地，和不远处那条清清的溪流。云雾缭绕的小村落，在落日余晖的照耀下，炊烟袅袅。在房东家幽暗的厨房里自己动手做饭，炒菜，抓了一只老母鸡，用高压锅炖了，浓香四溢。

晚上邻居们过来串门。在一边看你们吃饭。不知何时，便喝到了一起，你一杯我一杯，喝不了就唱歌。藏民族天生能歌善舞，你们这些汉人，平时压抑惯了，在这样的时刻，捉襟见肘。没几个回合，就没词了，没歌了。藏族朋友一首接一首，边唱边跳，完全忘了是要喝酒输了才唱歌的。最后，大家围着火塘，开始跳锅庄。你们学着跳，跳得忘情。忘了喝酒，也忘了长距离徒步的疲惫，直到月上中天，小村沐浴在银色的光辉下。

当清晨的第一缕曙光点亮梅里雪山主峰卡瓦格博的最高点时，金字塔状的主峰开始自上而下被慢慢染红。卡瓦格博俊俏挺拔，如同一个英俊的男子，充满着阳刚的力量。南侧的缅茨姆峰是传说中主峰卡瓦格博的妻子，她的形状形似主峰，却又多了一些俊俏婀娜，此时也被轻轻点亮。你们在雨崩河边，看到了梅里雪山最清晰壮观的日出。

去了神瀑。走一个半小时的上坡路。依然是艰难，每一步都让人想放弃。

看到前面在等你的同伴，便咬牙坚持。中途有一片没有植物生长的灰色坡地，大胡子说，我们从这里走上去，可能会近一点。你怕走错方向，万一折返，多耗体力。你已经没有多余的力气了。于是你们分开，大胡子走陡坡抄近路，你们走正常的那条小道。

半个小时后，走走停停的你们，已经看见悬崖上倾泻而下的瀑布。很多人在那里，他们脱了衣服，冲到神瀑下面，转个圈，再冲出来。冻得瑟瑟发抖，却开心地大笑。藏族人以到雨崩神瀑下沐浴作为一种洁净心灵的修炼。

雨崩神瀑景色随季节变化而变化。春夏冰雪消融，瀑布水流增大，落入地面，溅沫飞扬，雨季瀑布较为壮观，平时只是山上垂下如哈达般千丝万缕的水线。

据说雨崩瀑布是卡瓦格博尊神从上天取回的圣水，能占卜人的命运，还能消灾免难，赐恩众生。藏传佛教信徒朝拜梅里雪山，必定沐浴雨崩圣瀑。

阳光斜射升腾，游人穿瀑而过能见彩虹绕身。秋冬时节，水流变小，山风过处，有时凌空掷地，有时贴壁泻下，变幻万千，远观如素帛飘飞，近看似明珠垂落。朝圣者视瀑布为圣水，争相沐浴、饮用，还盛入瓶中带回家中供奉。

一直不见大胡子的身影。你们开始担心。一趟趟地下去，站在路口向远处眺望。他始终没有出现。你的心中出现各种惊恐不安的想象。你刚刚失去了一个朋友，无法承受再一次的意外发生。你要下去寻找大胡子。往下走了没几步，你看见大胡子，在迟了近半个小时后，风尘仆仆地出现在路口。

看见他的那一刻，你哭了。他走过来，一把搂住你们三个。他说，又见到你们了，真好！

你说，胡子大哥，我真担心你。他说，我差点就葬身冰川了。

那片山坡，其实是被灰土覆盖了的冰川。他一直向上走，一阵阵寒气穿透厚底登山鞋袭来，还不时听到脚下传来“咔、咔”的冰块碎裂声。他这才仔细看地上，发现自己站在一片偌大的冰川之上。向上还有不少路，退后，有更多路。他只好硬着头皮往上走。走着走着，开始看见一条条的大冰缝，浅的有一米多，深的，看不见底。冰缝越来越密集，他发现自己快没地方落脚了。一点一点地往冰川的边沿挪，好不容易看到了坚实的泥土，他想快点跳出去。他已经胆战心惊很久了。没想到过于乐观地估计了距离，那一脚，正好踏进了一条冰缝。好在当过兵的他，身手敏捷，个子又高，双手死死地抓住了冰缝的边沿，趴在上边，努力地从冰缝里爬出来。冰块打滑，一次次爬上来又掉下去，爬上来又掉下去。他说，那一刻，我真是担心，我想不会就这样和你们永别了吧。你们甚至不知道我去了哪里。真要掉下去，连尸体都找不到。

在他快坚持不住的时候，终于有行人看见了，跑过来帮他。他们把他从冰缝中拉出来。你吓得脸色发白。你搂紧了大家，你说，我们都要好好的，安全地回到家。

大胡子惊魂甫定，坐在地上的大石头上。几步之遥的神瀑，他都没有力气走过去了。

三十六 我。拉卜楞寺

在米拉日巴佛阁前，我看到了他，沽酒。

蓝色的冲锋衣，硕大的背包，伫立在红色佛阁的白色院墙外。如此鲜明的色彩对比，衬托得他越发高大帅气。只是，一年多的高原生活，在他的脸上多了两团高原红。

他是我以前在一个旅游论坛上结识的朋友。那个旅游论坛，如今早已面目全非，网络已经从论坛发展到了微博、朋友圈的时代了。我们这些以文字结缘的人却都从线上转到了线下，成为现实中的朋友。我和他在杭州见过一面。我们有一些共同的朋友，都是属于疏离于都市的喧闹之外钟情自然山水，喜欢行走，热爱文字和阅读的人。人以群分。

沽酒其实是我的浙江老乡。一年前他被公司派往甘南做一个项目。单位的人都害怕任务派到自己头上，沽酒却快乐地在草原深处的一个小山沟里，展开了生命中一段新的旅途。

看见我的车，他快步走来，我说，你这样子，像是要去远行。他把背囊往后备箱一扔，说，这些天，陪你走甘南，不回沟里去了。他让我换到副驾驶座，说，我来开吧，我们去夏河。

夏河是个小小的县城。

大夏河穿城而过。小城因此便叫了夏河。

小城只有一条大街，连接着拉卜楞寺和城里的商业区、居民区。从东边一直走到西边，总共也不过几百米长。沿街商铺卖的大都是宗教器物、首饰古董和藏药、牛羊肉。街上三三两两走着披着红色袈裟的喇嘛、转着摩尼轮的藏民，还有的就是一些游客。

夏河城被偌大的拉卜楞寺占据了一半。整座寺庙，远看像个巨大而严密的整体，可置身其中，却又是无数迷宫一样的局部，正像某种分散的心灵。没有对称、布局、透视，完全是堆叠，僧舍、经堂、佛殿、金顶、法轮、宝幢随意铺陈，又处处连通。

人不多。阳光也不是很好。没拍什么照片。我也不知道该去看什么。

对于看景点，我一直很迟钝。往往不知道看什么。很多时候，我只是到达一个地方，我会在某条小巷里坐着发傻，看人来人往。我会在某个山头上静坐，看山下炊烟袅袅。还会在河边听流水潺潺。

若是有法会，我大概会感兴趣的。可现在不是正月，也不是 7 月。只有一些藏民在围着寺庙转经。我喜欢跟在他们身后，推动巨大的经筒，沿着那长长的通道心无杂念地转圈。

很多时候，仪式，是让我们进入一种状态的通道。藏传佛教尤其注重仪式。

每日里当大大小小的寺院燃起凌晨第一拨香火，晨昏之中最早来朝拜的信徒就开始转动起寺庙外一排排巨大的转经筒。他们默念六字经文，脚下如踏风轮转得飞快。磕长头的信徒也开始了周而复始的匍匐磕拜，用自己的身体丈量着黑色的大地，把石板铺就的转经道磨得光滑锃亮。而当落日余晖把高高低低的寺院金顶照亮时，金顶上面的铜质法幢像火焰一样燃烧，像火炬直插天穹。于是，象征着天、地、水、火、云的五色经幡旗飞舞起来了，这些印上经文或图案的布块被缝在长绳上，披挂在寺院高墙上、旗杆上，仿佛被赋予了生命，在风中自由地扇动。

凝望着在暮色中渐渐成为剪影的寺庙群，聆听着拍打经幡的阵阵风声，你会由衷地惊叹：这些松赞干布的子孙们竟然把宗教的仪式演绎得如此自然而华美。而当延续了上千年的宗教仪式成为他们不可分割的生活方式时，实际上就成为一种潜移默化的护卫，护卫着的是自己的精神家园，护卫着的是心灵中的一块净土。

沽酒说，大夏河对面的山坡上，看落日余晖中的拉卜楞寺是最好的。

那就走吧。

山坡上有游客架着三脚架在拍片。还有一些游客正慢慢地朝上走。

看见山顶草地上坐着几个喇嘛和一个中年女居士。坐下来和他们聊天。

女居士给我介绍说，中年喇嘛是堪布。还有几个是他徒弟。她是山东人，在拉卜楞寺皈依了。每年都会来住一段时间的。

我坐下来，向堪布问好。

堪布笑着点点头，没说话。女居士告诉我，堪布的汉语表达不是太流利。

风吹过，喇嘛的红色僧衣衣袂飘飘。拉卜楞寺的金顶在晚霞中金光闪闪，有

拉卜楞寺

寺庙，门的那头

寺庙，喇嘛

大夏河的流水声伴着风声掠过耳边。

我说，真是座漂亮的寺庙啊。

女居士纠正我说，是一片净土，一个佛世界。

我说，无分别心，不执着于有也不执着于无。不执着于佛也不执着于非佛，才是佛学的真谛啊。《金刚经》说，因无所住而生其心。

女居士很意外，说你还知道《金刚经》啊！她开始跟我谈佛。语速有点急切，像是要说服什么。

她说，皈依“佛、法、僧”三宝，潜心向佛，努力修行，心无杂念，佛祖会保佑我们往生西方净土的。否则，就会堕落地狱，流入三恶道。所以我们要学佛，要修行，让自己脱离六道轮回，进入极乐世界。

我笑了。我说，我不懂佛。也没有皈依。我只是偶尔读一些佛教经典，也不知道我理解的对不对。我说，天堂地狱全在心里。当我们不执着于有和无、不执着于“我”和“你”，远离颠倒梦想，那么，我就是佛，佛就是我了。魔由心生。当诸多的欲望填满了我们原本应该清净无染的内心时，我们就在地狱了。欲望是魔鬼。通过学习修行，达到内心空明澄澈，明心见性，那么我们就已经进入了天堂。不用来世。当下即是。

住有住无都不对。我们的心应该像一面镜子一样，世间万物都能在里面显现，却不留不住，来就来了去就去了，长空不碍白云飞。

堪布一直在听我们说。我朝他看看，他和善地笑着。停了一会，他用不太熟练的汉语，对我说，你说得对。

谢谢堪布。我双手合十，施礼告辞。

三十七　她。冈仁波齐

拉姆，万水千山，终于抵达塔钦。我看到了那座山，孤傲地立于阿里大草原中间，被信徒们视为世界中心的冈仁波齐。它像一个巨大的圆顶城堡，山上的积雪在阳光下熠熠闪光。那光芒，刺得我眼泪直流。

其实我知道，不仅仅是那光芒刺眼，而是，我在看见冈仁波齐的时候，对你的思念是那么强烈。我不知道你是否一切安好。那个世界也有雪山吗？有雅鲁藏布江吗？你是那么喜欢西藏，喜欢雪山草地和这奔涌不息的大江。我们曾经约定，要一起来阿里，来转山。冈仁波齐如今就在我的眼前，而你，在哪里？

一路上感冒，身体变得虚弱。朋友们都劝我，不要去转山。我还是依然想去。我要去完成这个愿望，这是我们俩共同的愿望。我带上了你的书，到时候，我会把它放在卓玛拉山口的经幡阵下面。我把你留在这里，留在这离天空最近的地方。我知道，你会喜欢。

祝福我吧，亲爱的拉姆。保佑我转山顺利。希望我的体力能够支持我走完全程。

……

塔钦，这个安静地坐落在阿里高原上的小小村落，因为冈仁波齐而闻名于世。

一条黄泥土路，车子开过，扬起的尘土弥漫了半个村子。土路的两边，挤挤挨挨地造满了各种简陋的房子。完全没有规划，乱七八糟地挤在一起，灰蒙蒙的一片。

路边，一大群流浪狗，在垃圾堆里寻找食物。有人经过，抬起头，懒懒地看一眼，然后，继续刨食。

来自世界各地的游客、信徒、户外爱好者，络绎不绝。小村因此而变得热闹。这些远方来的客人，带来了喧闹，也同时带来了遥远的信息，打开了通向外面的世界的窗子。村里人穿着游客留下的冲锋衣，用蓝牙耳机听着音乐。在村头的咖啡馆里，能喝到味道正宗的意大利特浓咖啡。街上有浴室对外开放，提供淋浴，每人二十元。

还有各种餐厅。东北饺子馆，陕西臊子面，四川菜馆。

街上的几家客栈，都叫作宾馆。冈底斯宾馆。塔钦宾馆。圣湖宾馆。驴友宾馆。扶贫宾馆。他们走进了看起来比较干净的扶贫宾馆，有个大大的院子，院子中央有个自来水龙头，可以在那里洗漱。进门的时候，看见有人在洗衣服，不时地停下来搓搓手。雪山下的塔钦，那自来水，该是多么冰凉刺骨啊。

挑了最好的房间，四人间。房间里除了四张床，以及床上黑乎乎的被褥，没有任何家具。背包只能放在地上。每个房间领到了一壶热水，温温的，不知道有没有完全烧开。

找好转山的背夫和向导，去四川餐馆简单吃了晚餐，早早地便回到了旅馆房间休息。心里都有点忐忑，五十九公里路程，最低海拔是四千六百米，最高要翻越海拔五千七百米的卓玛拉垭口。是一段艰苦的旅程。

她拿出笔记本电脑，想写点笔记，没电了。房间里没有插座，电压也不稳。是旅馆自己用柴油发电机发的电，灯光忽明忽暗。她放弃了。拿出一本笔记簿，在昏暗的灯光下，一笔一画地记录下内心的感受。在合上笔记簿之前，看到了自己摘录的一段话。她忘了是从哪儿摘录的，关于冈仁波齐。

在普兰众多的雪山之中，"冈仁波齐"是最为人们所熟知的名字。然而，尽管它被称为"阿里之巅"，事实上它并不是这里的最高峰。冈仁波齐的海拔只有六千六百五十六米，但这并不影响它在人们心中的地位。在人们心中，冈仁波齐是神山，它在哪里，神就在哪里。

与周围的山峰迥然不同，冈仁波齐形如一枚直插云霄的橄榄，整座雪山如同水晶砌成的一般，辉煌而且庄严神圣。它的主峰更是酷似金字塔，四壁非常对称，因此又被藏民们称为"石磨的把手"。

雪为冈仁波齐山带来了美，也带来了温润。据说，冈仁波齐雪山总共孕育了二百五十多条冰川，为这片土地带来了大量水源，是恒河、印度河和雅鲁藏布江等大江大河的发源地。更奇妙的是，人们坚信：冈仁波齐雪山是造物主对人们的暗示，是神留在人间的印迹；从山的南面望去，可以看到它著名的标志——由峰顶垂直而下的巨大冰槽与一横向岩层构成的佛教万字格。而且不知为何，冈仁波齐山的向阳面，白雪皑皑，终年积雪不化；而神山的背面，却一反自然规律地长年无雪……

种种神奇之处，使冈仁波齐成为藏民心中的神山，因此每年都有许多来自内

冈仁波齐转山起点

冈仁波齐朝圣之路

地、印度和尼泊尔的信徒前来朝拜转山。人们坚信：朝圣能尽涤前世今生的罪孽，增添无穷的功德，并最终脱出轮回，荣登极乐。所以，在这里总能遇见数不清的藏族人，以独有的磕长头方式俯仰于天地之间，向着冈仁波齐的方向跋涉而来。

她和她的伙伴们，都不是信徒。很多来这里的驴友们也不是信徒。他们来转山，当然不是为了洗清前世今生的罪孽，也不是为了祈求功德。

笑笑说，我不知道转山能给我什么，只是想来走一趟，在这个过程中，我能感受到什么就是什么。Tony说，是好奇，更是体验，试着走走看，或许能超越自己体能的极限。吉它和山泉是蜜月旅行。吉它说，别人蜜月都是去海边，乘邮轮什么的，选个浪漫舒适的地方。我们俩的蜜月旅行，选了西藏，阿里，还要转山。那么艰苦的旅程，或许会更加刻骨铭心吧。如果转山真的有功德，那么就让这功德给予我们的婚姻吧。希望二十年后，带着我们的孩子再来转一次。兰姐姐和王子，都说不知道为什么要转山，只是觉得神奇，冈仁波齐有一种奇妙的吸引力，让他们想来。

她说，我是为拉姆。

拉姆是她的好朋友。因为热爱西藏，给自己起了个藏族名字：次仁拉姆。她一次次地来到这片雪域高原，沉醉在蓝天白云雪山草原的辽阔壮美之中。她说，生命如果真的有轮回，那我的前世一定是西藏人。她说，如果可以，我真想留在西藏。我觉得这片土地是我精神的故乡。

西藏的所有地区中，拉姆只有阿里没有到过，她想到达阿里，想去冈仁波齐转山。拉姆说，你和我一起去吧。她说，好的。

这是一个无法实现的约定。拉姆死了。她去墨脱，还未及到达林芝，在途中，一个叫作竹卡子的地方，失足掉进了澜沧江。那条汹涌的大江，瞬间就吞没了她。当地村民和部队一起，尝试着打捞，哪怕只是遗体。却是无影无踪。

就这样，拉姆从澜沧江里漂走了。她不知道拉姆去了哪里。她一直觉得拉姆还活着。只是以这样的方式和世界告别，去了一个她想去的地方。或者说，她是真的回乡了。回到了藏地，她喜欢的这块土地。

她一直给拉姆写邮件。那个邮箱还在，她想，如果拉姆愿意，应该能够看到这些邮件。

发生过一些奇怪的事情。她在这个邮箱里，收到过拉姆发出的邮件，两封邮件。第一次说，你还好吗？第二次，内容依然很简单，说，我在这里很好，我们一些朋友常常相聚。

当她读到这两句简单的问候时，顷刻就流下泪来。她回复说，拉姆，你在哪里？我很想你。这以后，再也没有收到过这个邮箱的邮件了。

她无法解释邮箱的事情。她希望是真的。拉姆还活着。她只是按照自己的方式在活着。

而她，来转山，只是为了完成拉姆的愿望。她们有过约定。

三十八　你。香格里拉

上雨崩村的徒步者之家客栈。

没有标间，多人间也没有了，只有大统铺。床垫直接铺在地上，一个大房间三十几张垫子，两张垫子上挤三个人，满满一屋子。

你们要沿着雨崩河澜沧江出山，起点便是徒步者之家。

很多游客。走了大本营、冰湖回来，浑身泥泞不堪，艰辛可想而知。有一队人，租用了村民的马匹骡子，村民却在徒步过程中并没有完全按照约定的要求做，游客因而与村民起了争执。游客认为村民不守信用，村民害怕游客不付钱。争执越来越厉害，到了快要动手的程度。最后叫来了村里的马队队长。

你一直在旁边听。你知道游客并没有不想付钱。他们只是有点气愤，想把道理讲清楚。他们按照城市人的规则，认为既然有约定，就必须按照约定去做。村民很简单，既然回来了，你就得马上给钱，没给钱，说那么多，就是想赖账。思维是两条完全没有交集的轨道。越争越乱。

马队长也不知道说什么，只是一个劲地问，你们给不给钱？游客要求村民道歉。马队长又说，道歉了就说明我们是错了，你们就不给钱了。那几个游客哭笑不得，最终还是先给了钱，然后马队长让村民说对不起，就这样而告终。

中国社会自古以来就是人情社会，讲的是人情面子，靠的是自我道德约束。没有契约精神。即便是今天，依然如此。

不重视契约的人际关系，有着太多的不确定性。当一个人的教养和品德不足以约束自己时，便无法确定事件的走向。而契约精神，是为这个社会制定了规则，划出了底线。在遵守契约的基础上，我们再来讲教养和品德，讲人情和面子，才有意义和价值。

拿到了钱的村民，向游客鞠躬，说了声对不起，高高兴兴地走了。你看着他们的背影，内心很复杂。你不知道，长期与世隔绝带来的淳朴和善良，在外来文明的冲击下，在赤裸裸的金钱交易面前，能保留多久？

入夜，你们在客栈的露台上，看苍茫的群山，看月光下的山村。雨崩，这个雪山下的小村庄，是那么宁静安详。只是，谁也不知道，这样的宁静安详，还能保留多久。

你说，香格里拉真的存在吗？

没有人回答你。

从雨崩村出来，沿着澜沧江边的那条原始小路，走过尼农村、扎朗村，然后翻过一座山头，走到有公路的西当，三十多公里。

路很难走。要穿越原始森林，沿着激流奔涌的雨崩河边的羊肠小道，一不小心，便会掉下去。大家很少说话，只是不停地走。在无人的山路上，寂静而快速地行走。

看到深深的河谷下，可以吞没一切的激流。你捡起一块大石头，扔进汹涌的江水。听不到落水的声音。大自然就这样，用永恒的沉着，无声地收容着人类的遗落的一切。

你的四十升的大背包，在走了三分之一的路程之后，变成了沉重的负担。你开始不停地放下背包歇息。两根宽宽的背带，竟然也能将肩膀勒得疼痛。

你想找个背夫，临时又无处可找。

迎面走过来两个当地女子。黝黑，瘦小，却步履轻快。交会时，你看到明净的笑脸，毫无戒备地朝你们展开。你说，你们是当地人吗？能不能帮忙找个背夫？其中一个梳着两条大辫子的女子，她说，她刚把一批客人送到西当回来。你们若需要，我再跑一趟吧。你有些犹豫。你说，你刚回来，那么累，再让你来回跑，恐怕天黑都不能回到家了吧。她说，没事。这点路对你们来说很累，我们习惯了。每天来回，根本不算什么。她从你的肩上接过背包，又把你的小腰包也解了，你说这个我自己拿。她说，你放心，我不离开你左右。

你脸红了。她明白这是你放重要物品的随身包。她和同伴告别，就回头往来路走。走几步，又把晓汐的包、岚妹妹的包全接了过去。大胡子连声说，我自己背，我没问题。你不好意思地又拉住她问，到西当，多少钱？她说，二十元。你要是觉得多了，就随便给吧。你有些无地自容。二十元，对你们来说，在城里这路程打个车也不够，她却要给你们背那么重的行李。你和她说，二十元不多，一点也不多。

路上你和她聊天。她告诉你，她叫茨里茨姆，家就在澜沧江边的村子里。她三十一岁，女儿已经十岁了。她说，真羡慕你们，懂得那么多，走得那么远。你问她最远到过哪里。她说，最远到过中甸。小时候，最向往的是去北京，看看首都。可是至今也没有去过，连省会昆明都未能去过。她有些伤感，叹了一口气。她

世外桃源雨崩村

在村民家

漫漫长路

说，曾经，我读书也不错。高中毕业考上了一所专科学校。当时觉得有希望走出祖祖辈辈生活的大山和小村庄了。

可是，母亲根本没想过还要让她继续读书。家里让她嫁人。她哭着求母亲，说，你们让我去读书，读完了，我报答你们。母亲摇摇头，说，你不要再做梦了。

她说，这是我的命。我无法抵抗。终究还是在这里，结婚，生子。守着这大山一天又一天。

你无法安慰她。只是默默地听她述说。

她说，我现在努力挣钱，我想让女儿不要再重复我的生活。希望她能够考上大学，远走高飞。你说，会的。祝福你！

走累了，你们原地坐下歇息。她去旁边的树上摘了很多梨，又到小溪边洗干净，分给大家吃。清甜可口的山梨，是如此美味。你说，谢谢你，茨姆！

终于到达西当。茨姆说，很多人从雨崩开始，一般走十小时到西当。

而你们只用了八小时。

旅途很艰辛。我们依然坚定地去行走。我们的旅途是一条通往自己内心的通道。当有一天在不停地行走中，与自己的内心越来越近，直至彻底回归，我们是否抵达了佛说的彼岸？

告别的时候，你给了茨姆五十元。你说，这是你应该得的。不要客气。

你们拥抱。

茨里茨姆，我会想你的。

回到飞来寺，是中秋之夜。月色如水。你想起拉姆。你不知道她的那个世界，是否也能看到如此清亮的月光。

三十九 她。冈仁波齐

清晨5点，高原上还是漆黑一片。在一群狗的狂吠中，他们出门。抬头，看见寒星闪烁。清冷的路上看不见一个人。有两只流浪狗，不紧不慢地一路跟随着。

气温很低，寒风刺骨。裹紧了羽绒衣，依然是冷。深呼吸，却总觉得呼吸不畅快，高原缺氧。谁也不说话，只是默默地行走。他们要在这一天走完二十九公里，翻越海拔五千七百米的卓玛拉垭口。前路茫茫。不敢耗费太多的精力和体力。

两个背夫背着他们所有人两天的饮用水、干粮和睡袋。他们步履稳健，匀速向前。她紧紧跟着他们的脚步，不敢有所懈怠。

天空开始发白，星光渐渐隐去。然后，东方有绯红色的云霞浮起。前方，冈仁波齐拔地而起，突然间出现在视野里。那么近，如此巨大。她看见那个卍字符，清晰地印在山壁上。流浪狗在跟随了几公里后，顾自跑开了。

走完一段相对平缓的路后，开始上坡。立刻就觉得呼吸急促起来。她的速度慢慢下降，和背夫们的距离越来越远。登山杖成了依靠，走一段，便拄着登山杖歇息一会。笑笑一直在一边陪着她走，她说，姐姐，不要着急，慢慢走。

路，越来越长。似乎长在了脚下，走出几米，前面便延伸了几米。坡也越来越陡。山坡上全是乱石头。路边的风景，只是荒芜的山丘，和一片片的卵石滩。神山时有时无。转个弯，便看不见了，再转个弯，又出来了。

走得很热，内衣被汗水沾在身上。脱了外套。出了汗被风一吹，又觉得很冷，再穿上。最后，索性像藏族人一样，穿半件，一个袖子脱出，系在身上。

她们不再看前方，低头，只是盯着地上的石头，挑选能够下脚的地方，一步一步地向前。这样专注，心无杂念。如果拍电影，看到的画面是荒凉的峡谷，一条长得看不到尽头的土路。蓝天下，是无边的土灰色。几个小小的人影，在空旷的天地之间，孤寂地行走着。

远处有白色的帐篷出现，小小的一个白点。一步一步地接近，是休息点。在一片荒芜之中孤独地守候在雪山脚下，给转山的人提供热水、酥油茶和方便面。

她们进去，喝了一杯酥油茶，吃了半碗方便面。她说，笑笑，我想休息一会，很困。也许是因为缺氧，也许是因为昨晚上没有睡好，她已经睁不开眼睛，完全没有力量继续走。她找到角落里的一张长条椅子，往上一靠，蜷缩成一团。很快，帐篷里的对话声开始远去，渐渐的她觉得自己躺在一张很舒服的床上，非常非常放松，身体那么轻，开始漂浮，晃晃悠悠，不知所踪。

惊醒时，笑笑坐在一边，还在喝茶。她问，我睡了有多久？笑笑看看表，说大约有二十分钟吧。摇摇脑袋，感觉好多了，不再那么沉重。她说，笑笑，可以了。我能继续走了。

下午开始攀登卓玛拉垭口。是急上坡。登上一座山头接着又是一座山头，没有终点的攀登。她把每一个经幡飘飞的山头都当成了卓玛拉。一次又一次的失望后，不再询问。只是低头，不说话，一心一意地走路。

膝盖开始疼痛，小腿也开始肿胀。她的护膝不知道什么时候丢了。没有护膝保护，膝盖容易在这样的长途行走中受伤。她从包里拿出毛巾，紧紧地绑在膝盖上。腿在不停地颤抖着。很多次，她都想在路边的石头上坐下来，不想再走。但她知道，不能坐，坐下后便站不起来了。实在太累，便拄着登山杖，在路边站一会。喘过气来，马上继续。

笑笑体力比她好，走在前面一点。每走一段，就站下来等一会。其他同伴已经走得没有踪影了，两个背夫一直跟随左右。

长时间的跋涉，她似乎渐渐地从俗世中脱离出来，专注，安宁。开始遗忘生活中大部分的人和事。只是注意着脚下的路，努力让颤抖着的双腿迈出下一步，再下一步。

她甚至不再想什么时候到达卓玛拉山口，就这样，走到地老天荒吧。

远处传来笑笑的声音，加油！马上到了！

她抬头，看见笑笑在山上，高高的经幡堆前，向她招手。那一刻，突然鼻子一酸想哭。那种憋了很久，终于可以松一口气的状态。这是转山过程中，最高的垭口了。

卓玛拉垭口的经幡阵很大，在风中呼啦啦地响着。艰难地走到笑笑身边，她说，我实在是走不动了。

虔诚

寺庙,光影

垭口四散着各种被丢弃的衣服和物品。是人们特意放在这里的，传说，可以超度，可以祈福，也可以把自己的罪孽扔掉。她找了个背风避雨的石堆，把拉姆的书放下。找半天，却发现自己没有什么东西可以留下的，最后，把手上的手套留下了一只。愿神山护佑，平安顺利地走完大北线。

过了垭口，便是下行。下行的路并不轻松。全是石块，每一步都要用虚劲，在石块上跳着走。没多久，她的膝盖就开始钻心地痛。额头上冒出了虚汗。她咬着牙，不敢有所懈怠，天已经黑下来，宿营地还有一段路。她们必须坚持到宿营地才能休息。

夜幕降临。天空中的星星被一盏一盏点亮了，成了星光的海洋。两边的山峰，则变幻成了一片黑色的剪影。打开头灯，只能照亮眼前的一段路，远处的世界一片混沌。

一盏灯光蓦然出现在远处。

笑笑，那是宿营地吧？

应该是的。

在寒冷的黑夜里，在走得精疲力竭的旅人眼中，那灯光，是多么温暖。她们加快了脚步。近了，看见两个黑影在帐篷前，向这边张望。是同伴，不放心她们俩，站在寒风里等她们。竟有一种久别重逢的感慨，他们互相拥抱着。

帐篷并不大，有一批上海的徒步者占据了一大半位置。还有藏族老板一家四口，剩下的就只有一个丢弃着方便面盒子易拉罐罐头以及乱七八糟食物袋外加一摊摊积水的角落。他们问老板，我们睡在哪里？老板拿把扫帚把地上垃圾扫扫开，拿起两张卡垫往地上一铺，说，这里吧。她说，地上有水。老板又找个塑料袋撕开，往积水上一铺，再把卡垫铺在塑料袋上，说，可以了。

确实没别的地方了，在这样的时候，能有个地方挡风避雨就很不错了，不能再要求什么。她打开睡袋，铺在卡垫上，身子一挨到垫子便再不想动弹了。角落里有一条缝，风呼呼地往里灌，她让老板拿个硬纸板往那缝隙里一塞，便躺下睡觉了。没有胃口吃。完全不饿。

躺平了，觉得前所未有的舒坦。身子很轻，晃晃悠悠地向天空飘浮而去。

离她生活中原有的一切很远很远了。她的都市，她的那些衣着光鲜靓丽的社交圈子，那些挤挤挨挨的高楼，五彩的霓虹，那万家灯火的城市的夜，一切都从她生命中隐去。在高原，如此空旷的天地之间，她觉得自己的生命朴素而又生动鲜活。

在黑暗里，她似乎又回到了途中。看不到终点的旅途。阳光那么明亮，四处流动。并不能抵御低温，寒冷依然。天空飘浮着大团大团的云朵，在洒满阳光的大地上投射出一片片的阴影。

她看见自己在高原缺氧的道路上行走。漫长的峡谷，无尽的山坡。长时间的走路，身体变得无比沉重，且不听指挥，脚步歪斜踉跄。到后来是一种机械运动，不停地重复，不能停，一停，便再也迈不开步子了。她几乎已经没有了意识，或者说，她的大脑进入放空的状态，什么都不想，却有很多画面，像电影一样地闪过。

四十　你。香格里拉

在中甸,你和朋友们告别。

大胡子要前往西藏,展开他新的一段旅程。晓汐和岚妹妹将转道昆明飞回杭州。

很多年前,你到过中甸。

你记忆中的中甸,安静朴素。像很多普通的藏区小县城,只有一条主街道,两边是两三层楼的藏式建筑。各式店铺,卖的是生活用品和藏族人需要的实用品。没有什么游客。你和你的朋友们走在大街上,很突兀。

路边有很多小饭店。很普通的餐厅,很多当地藏民在用餐。你和朋友们进去,要了牦牛干巴,还有白酒。你一直记得,那酒,名字叫狼翻锅。度数很高。你们几个人,喝了一瓶,又一瓶。边上的藏族朋友,冲你们竖大拇指。一个个过来碰杯,说,汉人,酒量也那么好。

你的记忆中没有独克宗古城。当你再次来到中甸,发现居然有了一个新造的“古城”。完全是丽江的翻版。青石板街道上全是冲锋衣的背影。商店里放着小众歌手的音乐，卖着从义乌小商品市场贩来的藏式装饰品，还有好多咖啡馆茶楼餐厅，装饰得很有情调，坐着清一色的游客。没有当地人。

站在古城灯红酒绿的街道上，你有些恍惚，你不知道这是哪里。你觉得这只是个古城的模型，放在哪里都合适。

曾经是中甸的这座小城，自从被叫了香格里拉之后，便一天天地喧闹起来。一天天面目全非。

你还记得你当年去过的松赞林寺，那是你第一次看到藏传佛教的寺庙。一整面山坡的建筑，庄严高大。你走进去，如迷宫般的小巷，四通八达。你在小巷里见不到人，只有阳光直直地照射下来。天空有小鸟飞过。你看见大殿里的僧人，安静地读着佛经。即使有人经过，也不能打扰到他们。

而今天的松赞林寺，游客很多。僧人们在路边巷口，勾肩搭背地聊天。你在寺庙的书店买了一本书，介绍松赞林寺历史的。递给喇嘛一百元，喇嘛不动声色地放进了功德箱。你等他找零，他双手合十，说，施主，这是你的功德。

中甸，已不是以前的中甸。你更愿意去纳帕海转转，看看水，看看山。在海子边的栈道上，慢慢地走走。纳帕海的空气清新通透，很多大树上都挂着树胡子。

那晚，你们在古城喝酒。离别的气氛，让大家都有些伤感。喝了很多酒。叫了流浪歌手来唱歌，一首又一首。第一次看到岚妹妹流泪，趴在桌子上，不肯抬起头来。晓汐只是静默无言，看着窗外的一片黑色。大胡子说，我从未有过这样的旅行，让人满心惆怅。

送走了大胡子。送走了晓汐和岚妹妹。你的旅途还将继续。

松赞林寺

寺庙的老喇嘛

四十一 她。冈仁波齐

半夜被一阵喧闹声惊醒。

是那一边。来自上海的那些徒步者，他们的一个同伴出现昏迷状态。他们拍他的脸颊，大声地叫他的名字，拿了氧气给他吸。终于清醒过来。但他极度虚弱，随时可能再度陷入昏迷。

背夫们愿意帮忙连夜背他下山。可他一趴到背夫的背上，肺部就痛得不行，无法呼吸。打电话下山，叫了马来驮。从山下的村庄里上来，得等到天亮。

藏族老板说，不能让他睡过去，一定要保持清醒。于是，开始做算术题。7 + 8 等于多少？9 + 4 是多少？6 + 3……？15 + 6……？

时间缓慢得如同凝固了一般。一个小时。又一个小时。再次陷入昏迷。喂他地塞米松，再输氧。所有带的应急用的氧气袋，全部贡献出来了。一番折腾，终于醒来。同伴们又给他做数学题，他摇摇头，说，不要做题了，我怕撑不到天亮。你们有谁带了纸笔？我想留几句话给我老婆。

她说，我有纸笔。

笔从他手中掉落。他已经握不住那支笔了。她捡起来，说，我帮你记吧，你讲。

在这样寒冷的夜里，海拔五千七百米的高山之巅，旅行者虚弱的声音，在寂静的山峦之间断断续续地飘散开去。在头灯的微弱光线下，她帮他记下了这样一份遗书：

……

当你读到这封信的时候，我应该已经不在了。此刻的我，正在努力地和死神抗争着。

对不起，不能陪着你一起走到老。这是我最大的遗憾。

以后生活中的一切都要你自己去面对，你要坚强，要好好地活着！

我留恋生命的美好，不想死。但我并不后悔。我来过了。我爱过了。

床头柜抽屉里，有我留下的一个信封，上面写着所有我要交代的事情。

我知道你也很想到西藏到阿里来看看。阿里值得来，有假期的时候，你可以找几个伴过来看看。但不要转山。你的身体状况，怕是在高海拔地区走不了那么多路。旅行并不是让我们去做力所不能及的事情。至于我，这是个意外。没想到在山上支气管炎发作了。

最后，再抱抱你吧。

你还年轻，生活的路还很漫长。一定要好好爱自己。只有你活得好，我才能心安。

祝福你，我亲爱的妻子！爱你！

山风呼啸着，穿过山峦间的峡谷。在写完遗书后，谁也没有说话，只是焦灼

永远的冈仁波齐

地等待着天亮，等待着救援的人早点到达。他们队伍里的两个女孩子，已经忍不住开始抽泣。

在天边刚刚冒出一点点白色的时候，马终于到了。把病人扶上马背。再坐上一个人在后面托着他，村民牵着马开始下山。他的同伴们也跟着一起往山下走。

风停了。山谷一片沉寂。当太阳把雪山顶染成一片金黄，月亮还静静地挂在蔚蓝色的天边。

下山途中，膝盖疼得厉害。而且，因为用虚劲，小腿肌肉绷得紧紧的。时间长了，便开始发抖，发软，随时都有可能站不住。长距离的行走，靠的就只能是意志了。只有一个信念，坚持走到底，塔钦就在前面，那是我们的目的地。

她想起上海的那位驴友，不知道情况怎么样，是否已经送到医院。如果抢救不过来，他年轻的生命便在这片雪域高原上，戛然而止。

她知道，他不后悔。是的，生命中会有很多种选择，不管选择了哪一条路哪一个方向，你都失去了另外几种可能性。无法后退，不能返航。但每一条路，都有着属于自己的无可替代的魅力。只要你是按照自己内心去选择的路，一定是你自己最想走的方向。它带给我们丰盛多姿的生命体验。没有什么可以后悔的。

她想到自己。如果不来西藏，会在干什么呢？

也许是和好友一起，在西湖边的咖啡馆里，喝一杯纯正的 Espresso。望着起伏的湖水，蕴藉着无可名状的忧伤。或许是在湖边的亲水平台上，跟瑜伽老师一起，正在做着日光瑜伽。又或许，是在梅家坞的农家茶室，喝一杯上好的龙井，品味那甘甜清冽。

还能做些什么呢？逛银泰商厦，还是在办公室的电脑前起草公文？在那个城市里，她的生活状态，和大多数人一样，可以一眼看到老死。每一年，每一月，每一天地重复着。

她更喜欢旅途中的自己，喜欢这样素面朝天，衣着朴素，沉默，坚韧，生命力高涨，神清气爽的自己。喜欢这样的不确定状态，无法预知下一刻会发生什么，但永远让她充满了期待。

她的膝盖疼得越来越厉害，无法迈步。她在路边的石头上坐下，轻轻地揉搓着。她知道，这样的揉搓根本没有用，膝盖是软组织受损，在内部不在外部，但她能做的，只有这个。休息一会后，努力地站起来，想再继续往前。在迈开步子的瞬间，一阵刺痛，痛得她眼泪直流。再次跌坐在石头上。她低下头，埋在双膝之间。实在不希望有人看到她在哭。剧烈的疼痛，让她有点绝望，不知道如何能够走出这大山这峡谷。

我的膝盖就这样废了吗？以后，我还能继续徒步，继续这样的旅行吗？她很茫然。

山谷里一片寂静。同伴们都走远了。在这样的海拔高度，如此长距离的徒步，每个人都是在身体的极限中挣扎，没有力量来帮助他人，只能努力让自己不成为别人的负累。

她抬头，看见满地的砾石，无边无际地向远方延伸。没有路，每一步都得在这样的又圆又滑的碎石头上跳跃腾挪，中间还间隔着大石头。踩不稳，就会摔倒，会磕碰在这坚硬的石头上。她的登山杖没有平整的地方可以作为支点，一直在碎石头上打滑。

一只手伸向她。抬头，看见是他们的背夫。

背夫们一早就出发了，说好在前面一站等他们。

他居然回来了。来接她。

她抓住他的手，那手上传来一股力量，把她拉起来。她说，谢谢你！

背夫回头朝她笑笑。他不会说汉语。只是抓紧她的手，扶着她，用他的身体当支撑，一步一步地向前走去。

视野越来越宽，路越来越平整，他们终于走出了峡谷。能看见远处塔钦的影子。

她无限感慨。拉姆，我终于走完了，我们的冈仁波齐。

去街上的圣水浴室洗澡。水流小得像婴儿的尿。头发已经结成块状，抹了一遍又一遍的洗发水，在细小的水流中，不停地冲洗。从浴室出来，身上散发着沐浴露和洗发水的清香。刚换上的洁净的衣服，干爽舒适。回到客栈，搬一把椅子在走廊上独坐。泡上一杯热茶，静静地看着天边不停变幻的晚霞，看草原的尽头升腾起氤氲的雾气。

这样的时刻，是如此美好。

晚上，到东北饺子馆吃饺子。在街上，又碰到上海驴友。问他们情况，那位队友被抢救过来了，已经在恢复中。太好了！他们互相拥抱，为高原的奇迹，为他挺过了生命的难关。

从未吃到过如此美味的饺子。几乎每个人都吃了二十只以上。Tony吃了一倍，四十只。他实在是饿坏了。走出饺子馆，抬头看见满天星光。地球在转，银河像3D电影中的河流，流动着扑面而来。不一会，月亮跳上山顶，整个小村亮如白昼。

不知道谁想起来的，说，今天是中秋呢。

她想起了腾格尔大哥，此刻，他会在哪里呢？

四十二 我。甘南草原

草原的景色总是相似的。但你又能觉察到它们的不同。深秋甘南的桑科草原,也是一片梦幻般的金黄色。远处是村落,小小的木屋,白色的墙面衬着那金色的草地,不时,有牦牛群和羊群慢悠悠地走过,弥漫着温馨的生活气息。

不赶时间,我们走走停停。路上碰到的放牧的藏民,友好地朝我们笑。我对着牦牛群拍照,那牛群却一点停留的意思都没有,径直朝我走来。我边退边按下快门,然后转身就跑,狂奔一段,逃离牦牛群的攻击范围。

又碰到一队羊群,我被它们那纯净的眼神打动,对着羊群拍眼部特写。骑在马上的藏族小伙子喊道:狗来了。我身手敏捷地跳进驾驶舱,探头探脑地朝外看,发现那藏族小伙子在马上笑得东倒西歪。

原来是吓我的。

又走了一段,又看见一队放牧的。那个藏族小伙子,帅得像偶像明星,却完全没有都市里的年轻人那种迷茫、浮躁的神态。淡定而悠闲。

是草原养育了他们的大气和沉稳吗?

透蓝的天空，清澈的阳光，和煦的微风，悠然的牛羊。原野赏心悦目，空旷明媚。如油画般浓郁。

在这样的旅行中，时间是完整的。不像我们城市生活中，时间是诸多不连贯的跳跃的片段，那个片段本身并无意义，我们记住的只是在那个片段里，我们在干的事情。我们结束某一事件，并不是时间自然的终结。在旅行途中，我们看着时光，从黎明到黄昏庄严地展开，一点一点地铺陈。每天都像一朵花，含苞，盛放，然后凋零。从日出到日落，我们度过了一个个完整的自然的日子。

过桑科草原。过科才乡。突然，一片湖面在前方铺展开来。倒映着蓝天白云，湖边水草萋萋，湖中水鸟翩翩。尕海，就这样毫无预兆地展现在眼前。

那么安静。停好车，我们在湖边站着，很久不说话，真的怕惊动了湖面上的那些水鸟。天鹅、大雁、鸬鹚，还有各种野鸭，这面湖水是它们的天堂。远处不知名的雪山，静静地陪伴着这座高原淡水湖。

看不到人。尕海几乎没有任何人工的痕迹，那样原汁原味地留在这里。地球上一汪深情的泪水。

……有人说，高山上的湖水，是落在地球表面上的一滴泪水……

齐豫的歌声突然在脑海里响起。

……

那么说

我枕畔的眼泪

就是落在你心间的一面湖水……

草原上的羊群

玛曲黄河大桥

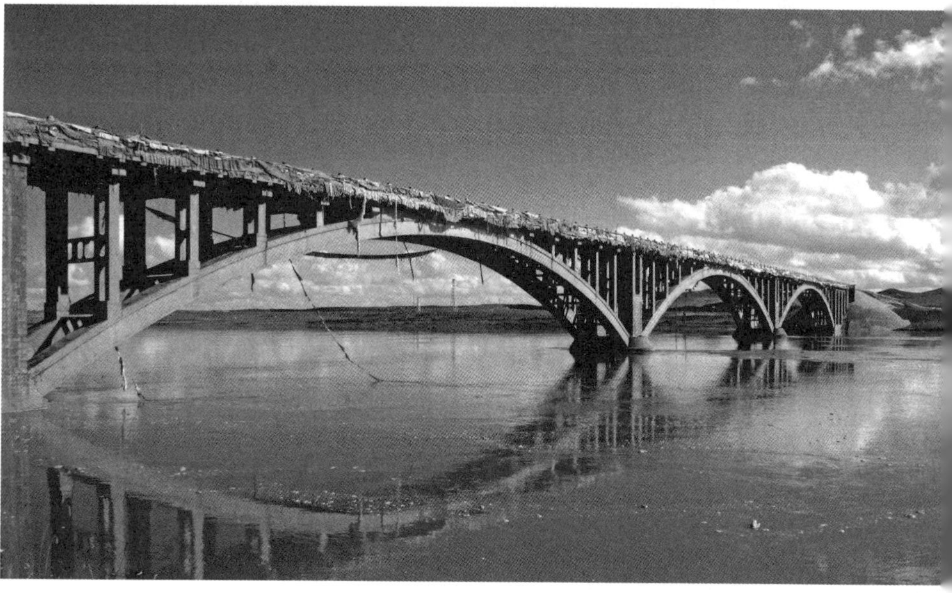

我枕畔的眼泪又是挂在谁心田的一面湖水呢?

往玛曲去的路上要翻过一座大山。上到垭口,看见高高的山顶上,有人在撒隆达。是一个喇嘛。一箱子的隆达,五彩缤纷地在山顶上飞舞,飘落。远远地对着他,拍照。他看见后,微笑着点点头。

过了这个垭口,再过去,就是玛曲了。

在藏语中,玛曲的意思就是黄河。这是一个以黄河命名的小城。在整个黄河流域它是唯一。玛曲在甘肃和青海交界的地方,黄河流经玛曲,因受山势阻挡,在玛曲一万多平方公里的大草原上,自西南入境,复从西北出境,形成了一个180度的弯曲部,被称为黄河首曲。

这个弯太大了,大得我们在玛曲城里是无法看清全貌的。我们只能看到,黄河在这里很宽阔,水流清澈,水量丰沛。黄河大桥横跨在河面上,两边的栏杆上挂满了经幡,随风飘舞。五色经幡已经被风吹日晒得有点旧了。河边有老太太在提水,年轻妇女在洗衣服。

桥头有一块"黄河第一弯"的石碑,被围栏围起来。几个小男孩在石碑上爬来爬去。

沽酒说,到玛曲,我就只是想看看黄河。想在河边坐坐,听听风,看太阳一点一点地移到西边,看河水缓缓地流淌。我从车上拿了两盒酸奶,在草地上坐下,喝酸奶,看流水,晒太阳。

这样的一条河流,那么奇特。它从巴颜喀拉山北麓的冰峰雪山中发源,向东流去时经过一片黄土高原以后,就变成了黄色的泥河。这条黄河孕育了一个黄皮肤的民族,这个民族又把他们最早的祖先叫作黄帝。黄水、黄土、黄种人,这是一种多么神秘自然的联系。它似乎让人觉得,这个黄色人种的皮肤,是被黄河水染成的。天地间似乎还没有其他的一种自然力量,能够对塑造华夏文明像黄河一样产生过如此巨大的影响。

聊聊天，喝喝酸奶，我一低头，突然发现，在我坐着的草地上，脚底和屁股之间的空当中有一堆牛粪。我说，沽酒你看，我居然坐在一堆牛粪上。他笑着说，这可真是鲜花插在牛粪上了。他说，我们换位置吧。我说没关系。反正没碰到我的裤子，继续坐着，继续喝酸奶。

河边风大，坐久了，有点冷。沽酒说，我们去河对岸走走吧。走过桥，下到河边的草滩上，听见一个孩子大哭的声音。循着声音找过去，看见一个小小的孩子，被一根带子系住，另一头绑在一个草堆上。不远处一个年轻的藏族妇女在洗衣服。她把一大块塑料布铺在草滩上，中间有个低洼处，拎了河水往低洼处一倒，就是一个天然大洗衣盆了。小姑娘哭得惊天动地。跑过去哄她，摸遍口袋也没找到吃的，沽酒的口袋里还有一块糖，递过去给她。她止住了哭声，好奇地看了半天，然后往嘴里送。我在旁边给她拍照，她开始对我笑，挂着眼泪、鼻涕，有点羞涩地笑。

太阳开始偏西了。沽酒问我，想不想去欧拉秀玛？那是片很漂亮的草原，遍地小野花。他说，从那里还能够看到阿尼玛卿。我有点动心。想去，可是，沽酒又说，那些小野花大概已经没有了。这个季节，应该是遍地金色了。我想了想，还是放弃了，这一路看了太多的草原。又觉得，阿尼玛卿，这样的去，不够庄重。我要专程，要到大武去，近距离地拜谒。

于是，启程，往郎木寺去。

四十三　你。天边的若尔盖

汽车到达唐克的时候，是下午 4 点。

散落在公路两旁的几幢简单的建筑，就是唐克的全部。

草原上的河流纵横交错，自由延伸着，流向远方。

是这样安静的小镇。

没有什么行人。风很大，卷起漫天灰沙。云层很厚，透过云层的太阳光束，斜斜地照在身上，软软的，感觉不到温暖。

公路上偶尔有汽车疾驰而过。也有摩托车，插满了风马旗，装饰得像一头牦牛。摩托车上的藏族小伙子用围巾把脑袋包裹得严严实实，只露出两只眼睛，迎着大风呼啸而去。

你们把车停在一栋看起来还干净也比较新的两层楼前。沿公路的这些建筑，基本上是为远来的游客准备的旅店或者餐馆。

两个在旅途中邂逅的男女，结伴同行。

萍水相逢的行者。没有历史，没有未来，只有这一段旅途。互相从不过问对方的身世。谁也不想在这样的行走中掉入俗世生活那错综复杂的关系中去。

从成都出发，几百公里的旅途，风尘仆仆。

你的脸上是高原日晒后亮亮的暗红色。很有光泽。一路的尘土，头发成了黏腻腻的一绺绺。浑身是灰。你想找一家能洗澡的旅店。

老板娘说，没有带卫生间的房间了。有热水，也有公共浴室。但天那么冷，你吃得消洗澡吗？老板娘看见你，只穿了一件T恤，外面套一件冲锋衣，说，你怎么只穿那么一点点啊？要感冒的，赶紧加衣裳啊。

寒气在突然之间袭来。从一路晒着太阳的温暖的车子里出来，一下子竟没有感觉到冷。而这一刻，那点热量散尽，你突然打了个寒战，浑身开始哆嗦。上下牙齿直打架。放下行李，先拿出羽绒衣穿上，好半天，才暖过来。

你还是坚持要洗澡。即使只洗一个头也行。老板娘说，可以带你去锅炉房洗。那里暖和。只要能洗澡，房间没有卫生间也没有关系。你说要两间房。老板娘为难地看着你，说，真对不起，只有一个三人间了。你们不是只有两个人吗？三人间包给你们好了。

你犹豫了。想换家旅馆去看看。

老板娘说，这是唐克最好的旅馆了，你要是不定，等下回过来就不一定有房间了。你看见门外，还有新到达的车子在停下来。风依然很大，卷起马路上的沙土漫天飞扬。

你回头看了同伴一眼，他的眼神很单纯。对你说，就这里吧。一折腾，最后连一个房间也没有了，那就麻烦大了。

是干净的房间。白色的床单，白色的被子，上面还压了一条厚厚的毛毯。床单下有电热毯。同伴对你说，他晚上睡觉可能会打呼噜，所以要离你远一点，免得影响你。他在靠门边的床上放下了自己的行李。把你的行李放到了最里边的靠窗的床上。你朝他笑笑，说，开始想要两个房间，没有其他想法。只是累了，想好好休息。并不是对你的不信任。

你想起措普沟，雨崩村，你住的是大通铺。一个房间十几个人，晚上此起彼伏的鼾声，像交响乐，波澜壮阔。

黄昏的时候，你们去天下黄河第一弯。

沿着公路往前，几公里，便是。

你没有见过黄河，只是在影视画面上看到过。但你知道，这条河流，是中国的母亲河。它孕育了中华文化，灌溉着整个中原大地。这样的一条河流，千万年来，汹涌奔腾地流淌着，桀骜不驯，性格刚烈。

眼前的黄河，全然超出了你的想象。

那么静谧，安详。一整片的河道，在无边无际的草原中蜿蜒着，交织出弯弯曲曲的河网。资料上说，这里是黄河的第一个拐弯。可是你，根本分不清哪儿是源头，哪儿是出口。有很多的弯道，一直延伸到很远。

五月的若尔盖草原，是枯黄色的。风吹过，起起伏伏。看见草地上星星点点的羊群牦牛群，静静地低头吃草。黄河在这里是温柔清澈的，缓缓地向前流淌。

旁边有一座小山。有栈道一直修到山头。一步一步往上走。海拔三千六百多米的高原，往上，每一步都很累。天很冷。风吹得有些喘不过气来。你走走停停，慢慢地往山上挪。看见旁边有一群少男少女，跳起来摆一个集体腾空的架势拍照片。一次一次地跳，跳完了，嬉笑着打闹着。然后又围着相机看照片。你真羡慕他们。

纵横交错的河道

从山顶可以看到很远。弯曲的河道，线条很美。如缎带柔柔地飘舞在草原。很多人举着炮筒子架着三脚架，等待着黄河第一弯的日落。

没有看到日落。

云层太厚了。天空最后的光线，隐在云层后面慢慢消逝。马上就黑了下来。聚集在山顶上的人群开始散去。很快，散去的人群变成了一个个小点。人的声音在广袤的原野上，刹那就被淹没。

只有大风，呼啸着，迎面而来。掠过草原，奔向苍茫的远方。

那个瞬间，你感受到的，是一种旷古的空寂。

晚上的唐克镇，除了集中在公路边的那几幢建筑，放眼望去，莽莽苍苍，没有一线灯光。气温急剧下降，很冷很冷。地面水洼已经积成了冰。

冲进旅店，大厅里空调在呼呼地放着热气。

有很多人。走道上搭起了临时铺。庆幸刚才要下了那最后的一间房。是五一长假。门外停着的车有成都的，重庆的。也有上海甚至北京过来的。千里万里，只为与那条亘古流淌着的黄河，它的源头相会。也或许，什么都不为，只为那千万里的过程。

去餐厅吃有名的黄河鱼。浓浓的汤，炖成牛奶一样的颜色，非常鲜美。两个素菜，大大的一锅鱼，几十元钱。差不多喝完了所有的鱼汤，酣畅淋漓。

旅途，让人们回归到简单朴素的生活。不奢侈，也不会刻意节俭。

餐厅里有很多人。一家子的，一大队的，三三两两的。喧闹着，夸张地诉说着旅途的艰难。只有你们，是两个人，安静地坐在一个角落。

看起来，你们是一对夫妻。或者，情侣。

你说，你从来没有想过，要在旅途中找一次艳遇。尽管你一直渴望和生命中最纯粹的最美丽的情感不期而遇。

他淡淡地看着窗外。淡淡地说，旅行只是为了遗忘，让生命中很多的伤痛随风而逝。

窗外，是无边无际的黑色。

老板娘过来，带你去锅炉房洗澡。已经是零下的温度。你去看了公共浴室，四面通风。只能去锅炉房。

递给你一个几乎看不清本色的脸盆，老板娘歉意地笑笑，说，就在这里洗吧。没办法，条件不好。平时也没有客人，一来就那么多。又说，其实你们应该夏天来，夏天的草原真的很漂亮，天气又好。

那小小的屋子里，一口大锅炉，两个蓄水池。中间一条窄窄的过道。几乎没有回旋的余地。用肥皂擦了一遍又一遍，那脸盆依然是看不清本来的颜色。算不上洗澡。只是装了一大盆烫烫的水，用毛巾擦擦身体。天气冷且干燥，身上不觉得难受。

不洗头却不行，黏成一块一块的了。这是你的怪癖。你只喜欢那样一头不加任何修饰的干净顺畅的直发。一定必须是干净的，滑爽的。即使是旅途上偶遇的伙伴，洁净的头发，会让你产生本能的亲近感。

穿好衣服，端了大盆的水出门来，搁在锅炉房外面的水泥板上，洗头。

不知道有多久没有这样洗过头了，对那脸盆也是心有余悸。你根本不敢把整个脸埋进去。很快衣服的领子湿了，袖口也湿了。

同伴过来找你。看见你的样子，去厨房借了一个大水桶和大水勺。一勺，一勺，从桶里舀了给你淋头发。

洗净了满头的泡沫，抬起头来，朝他感激地笑笑。

不知道该说什么。

只是想起了一个广告画面，是周润发。用一个大水杯，给一女子洗头。淡淡的笑容，满脸的温情。那是你喜欢看的画面。

内心里有些遗憾。身边不是你深爱的那个人。

四十四 她。藏北，纳木错

阿里。藏北草原。

天空蓝得这样纯净。大团的白云像是飘浮在低空的棉花糖，伸手便可以够到。金黄色的原野，看不到尽头。车在这样广袤的土地上奔驰。在高原的天地之间，跑了几百公里，却似乎像是一直在原地。永远的蓝天白云，永远的无边无际。

原野上散落着一个又一个的错。这些湖泊，碧绿碧绿，晶莹闪亮，如珠宝般遗落在这片高原上。未曾被人世的喧闹入侵过，保留着它最本源的纯净和美丽。

藏羚羊倏忽而过，快得像一道黑色的闪电。身姿矫健，在空中画出一道弧线后，便只剩一颗小小的黑点，顷刻就消失了。

一群藏野驴，如流水般漫过山坡，来到汽车边上。车子一直在行驶着，它们在车窗边，离车子很近。跟着车跑，越跑越快。师傅开了一阵后，开始减速，藏野驴们超上去，跑在了前面。列队绕过车头，然后，在另一边，停了下来。目送着汽车慢慢远去。

师傅说，藏野驴喜欢和汽车赛跑。你如果不减速，它们跑不过你，就会一直跑下去，直到倒下。藏族师傅总是在和它们跑一阵子后就减速，慢下来。让藏野驴超过汽车。当它们超过了汽车，就会从车头绕过去，然后停下来看你们离去。

措勤。改则。革吉。噶尔。日土。班戈。尼玛。一个个陌生而遥远的地名，抵达，又离去。草原上没有路，汽车沿着前车留下的车辙走。也可以离开车辙，自己蹚出一条新路。这样就会有危险，也许陷入松软的浮土而动不了。

每天十几个小时的行驶。中午在路上，吃面包火腿肠，喝冰冷的矿泉水。晚上进入某个县城，能吃上开遍全世界的四川菜。

那些县城，在无边的草原中，突兀地显现。一群集中的建筑。一条断头的水泥马路。一片红红绿绿的灯光。竟然还有少量的霓虹灯，洗浴中心的字样闪闪烁烁。来自遥远汉地的女孩，穿着妖娆，在玻璃窗里，面无表情地看着外面。

黑夜里到达这样的县城。远远看见那片灯光，和它周围无边无际的黑暗，你会觉得，县城只是一座孤岛。

找不到住宿的地方，他们住进了闪着粉红色灯光充满暧昧气息的洗浴中心。房间里除了有一个硕大的淋浴房外，和宾馆差不多。八十元一人。淋浴房却没有水，并不能洗澡。老板说，有时候会有水。其实，大家心照不宣，都知道淋浴房只是个摆设，知道洗浴中心的主业是什么。老板是四川人，跑到这样偏远的地方来做这个，想来也是实在没有别的什么出路了吧。

那些女孩站在楼道的两侧，列队检阅一样地看她们进入房间。脸上的冷漠，眼神里的无所谓，表明了这是两个完全不能融合的阶层，表达着我和你们无话可说的宣言。没有人敢和她们去接近。这样敌对的情绪，把人隔离开来，不能互相走近。

城市，即使是这样小小的城镇，都一样，是阉割人类情感的所在。它把人们聚集在一起,近在咫尺,却用无形的屏障设置了无法逾越的沟壑。

她多么向往,人们能够不设防地存在,能够心无芥蒂地交往。

汽车奔驰在草原上,有时候会听到牧羊女在蓝天下,无拘无束地歌唱。她们停下来,安静地听。被那歌声打动,忍不住给予掌声。

被惊动了的牧羊女友好地朝她微笑。突然闯入的来客,并没有让她有什么不适。她皮肤黝黑粗糙,眼睛却明亮清澈。她们走过去和她说话,她只是微笑着摇头。原来是不会说汉语。她们拿出自己的矿泉水、巧克力、面包给她。她高兴地收下。她拿出糌粑递给他们。语言不通,并不能影响交流。

旷野、冰川、湖泊和群山,与蓝天、白云交融,分不清哪里是地哪里是天。正午时刻,太阳离高原最近,远远的地平线上有时会出现草原上的蜃气,辨不清是山还是海市蜃楼。分不清是千禽在飞翔,还是万兽在蠕动。

在这样与世隔绝的草原上,看着几乎完全相同的风景,每天跑十几个小时。下车活动的时候,人都是眩晕的。很少说话。她觉得那个曾经热闹喧嚣的世界,越来越远,模糊了面貌。她内心的种种俗世牵绊被一层层剥落,清净明澈,如初生的婴儿。

竟是如此浩瀚。如大海般,深不可测。

站在纳木错的湖岸上,她静默无言。

她看到过纳木错各种角度的照片。但这样真切地站在它身边,听着湖水拍打着湖岸的声音,她还是被这高原的湖泊所震撼。无法言喻。

旁边的山崖上,风吹动经幡,哗啦哗啦地响。湖水一浪一浪地漫上沙滩,又迅疾退去。藏族老汉牵着白牦牛立在岸边,逆光站成了一个剪影,如雕塑般一动不动。女孩带着她的羊群在嬉水。

冰雪纳木错

抬头，看见对面的念青唐古拉山。

一整排的山峰，清晰地呈现。阳光强烈。积雪在蓝天下发出幽蓝的光。

她不知道，自己曾在什么时候到达过这里。

这样的场景，那么亲切，温暖。带给她安宁。

她的肩上被重重地拍了一下。回头，看见腾格尔大哥，一脸的惊喜。

果然还能再见到你。他笑得眼睛眯成了一条缝。

她转身拥抱他。

大哥一把抱起她，在沙滩上转了个圈。她笑着喊道，晕了晕了，我要高原反应了。

意外的重逢，是那么让人欢喜。她说，腾格尔大哥，这一路，真的好艰辛。大哥说，阿里大北线的牧区，是世界上海拔最高的最荒凉的草原，艰辛是不言而喻的。终于到达纳木错了，马上可以回到拉萨了，你们的艰苦行程快结束了。

你呢？接下来是哪里？

也许，和你们一样，回拉萨。也或许，从这里转道那曲，走川藏北线出藏。还不确定。我总是没有明确的目标，走到哪里算哪里。

太阳开始偏西。腾格尔大哥说，我要上到山顶去拍落日。她说，我跟你一起去吧。他想了想，说，估计你的速度跟不上我。傍晚山顶上人很多，我会走得远一些，找个相对人少点的地方。这小小的山头，攀爬起来也很耗体力的，你慢慢走，会好一些。我们晚上见吧。到湖边走走，如何？

她说，好的。那你去吧。

好，我会电话你的。腾格尔大哥一边说，一边背起他的巨大的摄影包，大步地向前走了。走了一段，又回头，向她挥挥手。

这小小的山头，看起来并不高，往上走却是真的非常累。毕竟是高海拔，风很大，迎面吹来，呼吸困难。山顶上的经幡，被大风绷成了一个巨大的圆弧形，似乎立马就要挣脱束缚飞出去。不知道从哪里突然冒出了那么多人，一队队地往上走。能看到完美落日的地方，那块小小的落脚点，挤满了人。

她站在远处，并不往前面挤。她其实，还想再走远些，去找腾格尔大哥。但夕阳下的纳木错实在是美，瞬息万变。太阳落下的速度很快，每落下一点，都会引发人群的惊叹。不同的角度，不同的高度，天空的色彩也变幻出不同的层次。由粉红，到橙红，再到深红。湖面的颜色，由浅蓝，到深蓝，再到墨蓝，随着太阳的下落，呈现出不同的风姿。

她被吸引，站在那里，一直到太阳彻底落下湖面，黑暗像水一样地漫开来。

扎西半岛上有很多帐篷旅馆。他们住在了最大的那幢简易板房里。天黑回到大厅，同伴们已经点了菜在等她吃饭。西红柿炒蛋，酸辣土豆丝，尖椒肉片，大白菜，蛋花汤，一路上几乎都是这些菜。改良过的川菜，一直蔓延到了最荒芜的草原深处。

板房的大厅很热闹。大厅四周是一圈的房间，四张床位一间，每床五十元。大厅里可以喝茶，吃饭，还有插座，可以给手机充电。一块接线板上横七竖八地连满了各种手机。睡觉还早，无处可去，大家围坐在大厅里聊天。

她想起和腾格尔大哥的约定，看看手机，却发现完全没有信号。问了旅店的老板，老板说，这里只有白天才有信号，晚上没电，就不能发射信号了。所有客栈旅店都是自己用柴油机发电的。

她走出门外，看见一片黑压压的帐篷，她不知道大哥住在哪家。他会在湖边等她吗？她想去湖边看看。气温下降得厉害，寒风像刀子一样，割得脸上刺痛。没有星星，天空漆黑，翻卷着乌云，像是要下雨或下雪。远处，狗叫声此起彼伏，叫得暴戾凶狠。听得她心头发毛。

她听见身后有嚓嚓嚓嚓的声音。回头一看,不知道什么时候无声无息地聚集起了一大群藏狗,跟在她身后。她停下,狗群也停下,在不远处看着她。她走,它们也继续走。

她的腿开始发软。狗们的眼神,让她毛骨悚然。她掉转头往回走,疾步地走,越走越快,到后来便是一路小跑,逃回了板房的大厅。

下雪了。扎西半岛上的灯光一盏一盏地熄灭。柴油发动机停止了发电,烛光取代了昏暗的电灯光,变得更加昏暗。大厅安静下来,人们回到自己的房间准备睡觉。她站在门边,听见纳木错的浪涛拍向湖岸,在寂静的夜晚,发出巨大的响声。

早上起来,天地间一片雪白。房檐下挂上了长长的冰凌。雪已经停止,天空依然乌云密布。东方天边,云层被撕开一角,一道光射出,像剑一样刺向远方,在天空形成一个巨大的喇叭形的光柱。

依然没有见到腾格尔大哥。白茫茫的雪原上,来来回回的游客,拍照的人群中,她都没有发现他。洗漱完毕,他们的车队要出发了。她明白,她和腾格尔大哥,就这样又要各自走向自己的旅途,难以再见。而这次竟是连声道别都来不及说。

望着越来越远的扎西半岛,她只能在心里默默地祝福他,保重,平安。

四十五　你。天边的若尔盖

房间里没有暖气。开着电热毯，裹着自己的羽绒睡袋，再加上厚厚的棉被，依然是冷。

高原反应袭来，头疼。

黑暗中，听见那边床上传来安静均匀的呼吸声。

你坐起来，点燃一支烟。

这样的时候，你想起他来。你已经很久没有想起过他了。他说过，他会陪你去旅行。陪你走遍你喜欢的地方。可是，当你在旅途中的时候，他已不知在何处。

黑暗中，他的脸清晰地出现在你眼前。干净温和的男人。眯起眼睛笑的时候，那么好看。他伸出手来，摸你的头发，如丝般顺滑的直发。他的手指在你的短发中穿过，揉搓着。他总是喜欢把你的头发揉得乱乱的。

脸上有泪水无声地滑下。

你一直在努力地遗忘。你以为和那个人有关的一切,早已离你远去。

那么遥远。

时间。空间。

隔了一年又一年。走过了千山万水。

在离开江南这样遥远的一个高原小镇上,在这样一个寒冷的黑夜里,你依然能够清晰地看见他的容貌。

忘记一个人的时间,也许和记得一样长。而到最后,界限会变得模糊。你不知道,你所记得的一切,是否真的发生过。

打火机突然亮起。你看见你的同伴,也靠坐在床上。他也一直没有睡。

没有点灯的房间里,两支烟,明明灭灭地闪动。

他说,他头疼,睡不着。

你们开始聊天。

在远离都市的边远小镇上,两个并不太熟识的人,各自谈着自己的过去。

他说,他离婚了。相处了二十年,婚姻就像一件刚出土的华丽礼服,一碰触便灰飞烟灭。曾经那么相爱,那样坚决地要嫁,那样坚决地要娶。这样的心境又如何在岁月中不知不觉地消失了呢?

他说,他不知道。真不知道。

他只知道,十年前,有过一场婚外恋。是他,爱上了另一个女子。爱得不顾一切,搬了出去。只有三个月,那女子便说,我们不合适,分手吧。

谁能说清,两场情感,哪一场比哪一场更纯粹更有价值?只是,对于他来说,那场三个月的感情,给他内心的伤痛,用了差不多十年来恢复。而这场二十年的婚姻,也许是一辈子也无法放下的牵挂。

你还伤痛吗？

不。我只记得与她们在一起的快乐时光。

你还能够再去爱。因为，你相信爱情。

你不相信？

我不相信。

爱情是一场孤独的盛宴。一幕绚烂的幻觉。那么华丽，那么丰盛。但只有你一个人。你的感动，你的缱绻柔肠，你所有的情绪，所有的感受，只属于你。我们的语言是那么苍白。你如何能够表达。

便纵有千般风情，更与谁人说？

千千万万的人群中，又有谁，能够穿越重重叠叠的阻隔，抵达你丰盛而寂寞的内心？

爱情，真的只是开放在无人的山谷里美艳绝伦的七色花，独自灿烂，独自凋零。

放不下的只是我们爱着时的那份心境。

我们爱的是爱情本身。有没有那个人，并没有关系。你知道。

很久以后，你接到过他的电话。电话里，他的声音很忧伤。他说，他依然想你。他说，和你在一起的时光，是他生命中最美好的一段。

你什么也没有说，听着话筒里他的呼吸。然后，挂断电话。大滴大滴的泪珠滚落下来。泪水无声地淌过你的脸颊。

告别，是一瞬间的事情，各奔东西。再见，是再不相见。

你和他，早已在分手的那个瞬间，开始走远，越来越远。

所有的记忆，投入深不可测的海洋中。刻骨铭心的疼痛，分泌出胶汁的液体，包裹了一层又一层。一段往事，便成了一个透明的琥珀。看得见，却无法触摸。

你的倾诉并没有发生。发生过的只有往事。你只是听,听同伴在诉说。低沉的声音在屋子里回荡,直到他的鼾声沉沉地响起。

高原。夜。远处有此起彼伏的凄厉的狗吠。风吹动窗框,啪嗒啪嗒,发出很大的声响。

清晨。很多人早起,去看日出。

走出屋子,你抬头看看天,知道今天无法邂逅一场美丽的日出了。依然有很厚的云层,翻滚着。并不是每一次旅行都需要看见日出日落的。我们出行,走那么远的路,只是为了与陌生的历史和人群交错而过,获取内心某一刻的感动。

你想起柬埔寨。在巴肯山,那么多的人,安安静静坐着,等待着日落的那一刻。太阳一点一点地移动。天很热。没有人焦灼不安。那么漫长的等待,竟然也是那么美好。关于那场日落,你记得的,是那些静静地等待的时光。

你还想起肯尼亚。在安波塞利大草原上。清晨,太阳从遥远的地平线上腾空跃起的那个瞬间,那光芒,迸射而出,顷刻间扑满了原野。你被那样的美丽震撼,泪流满面。

而此刻,在5月寒冷的若尔盖,在黄河的源头,在漫天浓重的云团下,你看见了草原以及草原上的那些弯弯曲曲的河道,那样沉静。看风景的人,来了又走,这样喧嚣热闹的人世,与它没有一点关系。它依然只是,亘古不变地存在着。你站在这里,看见若尔盖草原,莽莽苍苍。黄河与白河交汇在一起,自远古走来,向久远而去。

从高处望去，河流似窄窄的缎带。走近了，河面其实很宽。

河这边是四川的若尔盖。对岸是甘肃的玛曲草原。

有一个渡口，停着一只小舢板。旁边，坐着一个藏族男人。黝黑的脸上，布满了深深浅浅如沟壑般的皱纹。那坐姿如一尊雕塑，一动不动。眼光淡淡地看向远方，草原的深处。

他这样坐着，有多少年了？

他告诉你，他的家，在河对岸的那片草原上。从会干活起，他就在这条河上摆渡。一天，又一天。一年，又一年。直到有一天，他摇不动船为止。

他的父亲，父亲的父亲。一直都是，在这条河上摆渡。

以前，来来往往的全是当地的人。后来，修了公路，有远方的客人，开着车，千里迢迢地过来。看看黄河白河，然后又开着车走了。有些人，坐他的小舢板到对岸，渡一个来回，也走了。

他说，他一天一天老了。可是，黄河不老，草原也不老。他孙子的孙子也许还会在这里，像他这样生活。

你问他，你可想过，跟着那些开车的人一起，去远方看看吗？

他的目光始终没有离开前方的那片草原。他说，到哪里还不都一样啊？我们需要的只是一杯酥油茶，一团糌粑，还有身上的袍子。远方的人到这里来，这里的人到远方去，想要找到东西，是一样的。其实全在心里。

不再问什么了。只是在老人的身边坐下，看远方，那片草原的深处。那里有我们心里要的东西。

很久。很久。

同伴走过来，给你们拍照。老人朝他笑笑。然后，依然看着远方。

要走了。你突然有些不舍。

黄河上摆渡的老人

你到老人的小船上，你说，你要和他合个影。老人摇着橹，带你到对岸转了一圈。那里有一大片的芦苇，在风中飘摇。很美的风景。

云慢慢散开，露出透蓝的天空。阳光照在身上，很温暖。你突然很想留下来，过一种和这个摇橹的老人一样的生活。宁静的，自由的，心无挂碍。

你给老人钱。他不要。他说，回去后，记得把照片给我寄过来就好了。他说，他叫贡加。

走了。

回过头去，老人在看着你，挥着手。

草原上没有夏季。5月开始入春。6月，7月，8月，温暖芬芳的季节。绿色的草丛中摇曳着各色不知名的野花。在阳光下，安静地绽放，独自绚烂。谁也不为了炫耀，只是生命的过程。从发芽到盛放再到凋零。

此时的草原还是一片枯黄。心里想着，8月还要来。要来看看花海，要去看看对岸的玛曲。还有这个叫贡加的藏族老人，他一定还坐在老地方，无言地看着远处。

还会再来吗？

四十六　你。天边的若尔盖

在无边无际的洪荒中寻觅。我看见你在日本。

在伊豆。天城山脉中，独自而行。在京都。你在暮色弥漫的天龙寺庭院里，茫然四顾。突然间，不知道自己身在何处。

大雨。静冈的居酒屋。你喝着老板娘檩子为你调制的烧酒兑乌龙茶加冰块，听她讲那一场无望的等待。二十年前的一个承诺，兑现遥遥无期。等待依然在继续。

伊豆。清晨，面海的露天温泉。你和女友，静静等着太阳跳出海面。

我看见，你在西藏。在珠峰突然呈现的那个瞬间，泪流满面。

绒布寺。那个世界上海拔最高的寺庙里，修行的尼姑把她正在吃的食物送到你的嘴里。你没有一点犹豫，吞下了那根本不知道是什么的东西。

扎什伦布寺。你和小扎巴说话。你拍照，你在树下休憩。

纳木错。圣湖。你在转岛，扎西半岛一圈。高原中午的阳光烤得你快晕倒。

可是，你依然坚持走完，从岛上捡出一大袋别人丢弃的垃圾。

玛吉阿米的露台上。在夕阳的余晖下，你读了三大本留言，喝完了一壶青稞酒。

我在记忆中搜寻。眨眨眼，依然看见，你在途中。

肯尼亚。树顶旅馆。那个大大的露台上。赤道的阳光明亮而充沛，清凉的风迎面吹过，咖啡散发出浓郁的香味。远处，有大象和豹子在安静地漫步。空气中充满了原野的气息。

你说，那一刻，你的感动，无法言说。

画面里的你，到了柬埔寨。在吴哥窟的长廊里，静静地坐着。看书，听风。穿越着塔布龙寺那一道又一道的门。没有终点的穿越。

金边的街头。擦皮鞋的小男孩，狼吞虎咽地吃着你们剩下的饭，干得噎在了喉咙口咽不下去。你含泪为他要了一份汤，让他坐下慢慢吃。

我们的记忆，有多少，是接近于原本的真实？很多的风景在慢慢远去。很多记忆交织在一起，开始分不清彼此。

那么，近一些。再近一些。比如，刚刚过去的长假，你在阿坝，你在黄河的源头。那样的画面应该很真实？

我不知道，我的记忆是否经过筛选。即使，没有筛选过，我所看见的，一定是真实的吗？

我的印象，一定不会是你经历的全部。我知道。

此刻，你正从黄河源头出来。

有很多团队。大巴陆陆续续来到这里。睡眼惺忪的观光客慢腾腾地下车，开始寻找他们的景点。你听见有人在问导游，我们看什么？

你回头看了他们一眼。你也在问，走那么远，看什么？走那么远只是为了看什么？

草原。河流。雪山。蓝天。白云。散落在草原上的牛羊。放牧的藏民高亢而苍凉的歌声。还有黄河源头的老艄公，他和你淡淡的对话。

他告诉你，你要寻找的一切，全在你的心里。

我看见，你的眼眶里有温润的泪光。

在我们的世界上，还有着如此的人间净土。只是，对于我们的双眼，对于我们的内心，抵达那样的纯净，所需要的时间和空间都太长太长了。

天空是灰色的。厚厚的云层里，隐约可见橙色的光芒。你和你的同伴，是黄河源头最早的探访者。在你们离开的时候，旅游团的喧嚣刚刚开始。

路边有一家新开张的餐馆。小小的一间屋，两三张桌子，很干净。你和你的同伴进去。你们去吃早餐。有酥油茶和小笼包子，还有店主送的一小碟花生米，一小碟泡菜。这个小镇上的经营者，几乎没有当地人，全是从外地过来的。他们像候鸟一样，5 月，开春了就过来，10 月入冬了，便离开。大多是汉族的。这家是藏族，来自阿坝小金川的一对年轻夫妻。小伙子挺英俊的，棱角分明的脸，大大的眼睛，挺直的鼻梁，黝黑的肤色散发出健康的光泽。

女主人穿着露出一个肩的皮袍子，披挂着一身的金银首饰。叮叮当当的却不妨碍她劳作。打酥油茶，蒸包子，动作麻利。

偶尔，妻子吩咐一声什么，丈夫用藏语回答道，哦呀。

那样生活的画面。淡淡的，温情的。

也不多说话。有时回头朝你们腼腆地笑。

端上来的包子是玉白色的。自然的色泽，很诱人。

转场的马队

男主人有些忐忑。解释，他们的面粉是原始加工的那种，所以，颜色不好看。你笑笑，说，我喜欢的，原汁原味的东西。你们两个人，吃完了一笼十只，又要了十只。你想起小时候外婆做的小麦饼，炭炉里烤得焦焦的玉米棒。多久都没有吃到过这些了。

结账时，你说，真好吃。男主人说，谢谢你。十三元五角。他憨憨地搓着双手，说，那零头就不要了。你们是我这家店开张的第一拨客人。你摇摇头，小本生意，不能轻易地就少收钱的。把十五元钱放在他的手上，说，下次有机会再来，一定还要来吃他们的包子。站在一边的女主人，从耳朵上取下她戴着的耳坠，藏银的，镶嵌了绿松石，很漂亮。她说，送给你吧。你们是好人。留个纪念。我看见你，接过这珍贵的礼物，一时不知道该说什么。你只是，紧紧地抱住女主人。我看见，你的眼眶里闪烁着一片晶莹。

一次次走近。又一次次告别。我知道，有个问题一直在困惑着你。旅途能给你什么？最美的那道风景是什么？

每一处风景都有它独特的美，永远没有最美。时间久了，关于风景的记忆会渐渐淡去，画面会模糊。但是，你一定不会忘记那些在旅途上给予过你温暖的人们，哪怕只是一个瞬间，哪怕只是擦肩而过。一个关切的眼神，一声轻轻的问候，一件小小的礼物，它们，会在你的生命中永久地停留。

四十七 她。无常

她说，我常常会陷入一种迷茫，什么是永恒？什么是无常？

很多时候，我们以为是永恒的东西，在瞬间就崩塌了。比如爱情，海誓山盟的余音还在缭绕，爱却已经不知所踪。曾经是那么美好，那样刻骨铭心。女孩说，如果两个人中只有一个人可以活下去，我一定把这个机会给他。男孩说，我要陪你走完这一生，一起看看这个冷漠的世界，相互扶持，相互取暖。

她相信这些都是真的，她也相信一切皆是虚妄，都只是一个刹那间的碎片。沧海桑田只需要几年，再想起这些对话恍若隔世。

比如友情，当初想着会是一辈子的好朋友，彼此互相欣赏，互相牵挂，互相依赖，却不知道在哪一天，就远了，就淡了。再也拾不回当时的心情。你觉得曾经是那么了解他(她)，可有一天你们再见面的时候，却发现竟是如此陌生。你会恍惚，这还是那个我那么熟悉的好朋友吗？想起了《重庆森林》的一句话：其实了解一个人并不代表什么，人是会变的，今天他喜欢凤梨，明天他可以喜欢别的。

小时候，总觉得母亲是一座大山，是我们永远的依靠。她无所不能，她在，我们就可以什么也不怕。

岁月一点一点流逝，有一天，你会突然发现，母亲不再是一座大山，她变得那么脆弱，那么依赖你。什么事情都会打个电话给你，问你怎么办才好。角色在互换，母亲老去了，儿女已然长大。时光如魔术师的那块布，遮住，再掀开，便换了天地。一切都变了。

诸行无常，又有什么是不变的呢？

那些原本以为坚固得不可摧毁的东西，最终也都是分崩离析。秦代的长城，曾经那么坚固，可以把战争、掠夺、杀戮都挡在那高墙之外。而今，沿着古长城的线路，我们看到的是满地的残垣断壁，是一段段的黄泥土墙的废墟。那样坚固的长城，竟也颓败成这般模样。那些古代的帝王们，建造了豪华的墓室，用金缕玉衣来包裹尸身，以为那样便可永久保存，那具肉身便永远不会消失。当有一天墓室的通道被打开，阳光射入其中，所有艳丽的颜色，那些精美的物品，在瞬间就风化了。

地球，是我们的家园，是人类赖以生存的所在。相对于短暂的人类历史，地球太漫长了，漫长得总让人们误以为它是一种永恒的存在。而事实上，地球的每一分每一秒都在变化着。沧海变桑田，也只是变化了的历史地图。

世界上最高的这块土地，存在了有亿万年了吧，可它是这颗星球上最年轻的高原。它依然在长高，每年每天甚至每分每秒。

河流在干涸，冰川在消融，能源在减少，森林在缩小，土地在沙化。总有一天，地球会不再适合人类居住，它会消亡。山河大地，太阳系、银河系，甚至整个大宇宙，也都时刻在转变衰败，最后也会趋于毁灭。

宇宙之间所有的存在，有形的物质存在和无形的精神存在，所有的一切，无

天空高远

不都是在不停地变化着。人最后会死,物最后会灭。

这便是无常。

谁能超越时空,谁就可以获得永恒。可一切生命都是由时空派生和演化而来的,谁又如何能超越得了呢?

没有永恒。永恒的意义在于每一个刹那之间,你在刹那之中永恒。

刹那即永恒。永恒即刹那。

只有无常才是永恒的。

……

南极开的花 已那么香
沙漠中的鱼 开始歌唱
如果你竟然 别来无恙
只好怪时光 还不够漫长

就像我眼睛 已会结霜
耳朵嫁给了 真正的谎
若还说我和 从前一样
怎么对得起 人生的荒唐

让 寒暄都吹成 风
让 重逢全做成 梦

来让所有遗憾
沦为所谓遗忘

应了那句无常

哪里还找得到 当时月亮
每一秒星光 都在变幻
别说你的心 还是那样
桑田和沧海 该有多失望

让 你不再认识 我
让 我不怕放过 我

来让所有遗憾
再不用被遗忘
成全那句无常

就让所有遗忘
都忘了怎么忘
就让无常如常
……

四十八　你。天边的若尔盖

笔直笔直的公路一直伸向远方。看不到尽头。

远处的雪山顶上，翻滚着黑压压的云团。同伴说，那边在下雪。

你们要去阿坝县。那个与青海久治相邻的小城。你不知道有几百公里。只知道要翻越两个海拔四千米以上的垭口。

乌云开始往这边蔓延。云层压得很低。大风呼啸而过，草原上波浪涛天。天一下子变很暗。有雪子噼里啪啦地打在车窗上。

有一些结伴而行的藏民，从车窗外闪过。背着很大的行李，手上转着经筒。黝黑而粗糙的皮肤，面容安详。

停下车，走出车外。风刮在脸上，刀割一样。

你扣紧了羽绒衣的帽子。

走过来一队人，有六七个。领头的是一个高大而英俊的汉子，迎着风，大步地走。藏袍在风中被吹起一角，雪打在脸上，没有任何遮挡。

那样的眼神，干净而纯粹。

你觉得在哪里见到过。留在你大脑深处的记忆，有这样的眼神。

你向他微笑。问他，从哪里来，又要向何处去。

他停下脚步，回头指了指远方，天边。从天边的若尔盖来，要到路尽头的马尔康去。马尔康寺，那个很大的寺庙，有一场法事。

四百多公里，那么远。要走多久啊？

不远。十多天就能走到了。

十多天呐。坐车，一天就到了。你们不能坐车去吗？

朝圣，从出发那天起就开始了。坐车，不算的。不算的。

可是那么多天，你可以干很多事情。可以养牦牛，剪羊毛，可以种青稞。他还是摇头，牦牛在草原上跑着呢。羊皮袍子穿在身上了。青稞炒熟的糌粑带在口袋里呢，够我们吃了。

他有些困惑。

想了很久，说，你说的这些，都不能帮我们的灵魂升入天堂。

路边有一大片白塔林。经幡在风中飞舞。发出哗哗的响声。他说，你看，我们藏族说灵魂如风。它吹动经幡，经过雪山，飞向远方。我们在跟着灵魂的脚步，走向天堂。

信仰，让他的眼睛发出明亮的光。他明确地知道，自己要什么。

而你，一直都没有弄懂，你想要的是什么。当我们的物质不再匮乏，我们是否还需要些什么？

想给他点巧克力什么的，路上吃。他摇摇头，前面不远就是个村庄，能要到酥油茶喝。我们有糌粑。他们的身影越来越远，隐没在茫茫风雪之中。索朗多尔吉。你记住了他的名字。这个安多藏族的英俊汉子。

朝圣者

对于旅途的描述，你似乎有意无意地省略了你的同伴。

在我的记忆中，其实，他一直在你身边。

路途迢迢。

你坐在副驾驶的位子上，静默地看着窗外的风景。

很多时候，你不喜欢说话。当你的话题和对方无法碰撞的时候。

这个世界上，能够对话的人那么少。

大部分的人，我们与之只是不相交的两条平行直线，有着各自的方向。就像深夜交会的两列火车，能够看见对面车窗的灯光和影影绰绰的人影，却永远不能深入。

路况好的时候，他会和你聊天。

说他的女儿，说他的前妻，说他曾经的情人，说他的单位，他的工作。

你只是散淡地听着，有一句没一句地。

他是个做电视的人。你看过他拍的纪录片。

记录了世界上海拔最高的一个小小气象站，那些人的生存状态。片子拍得不错。让你感动的是，他为了这部片子，在那里，零下二十几度的冬天里，海拔四千多米的高原上，在 20 世纪 60 年代建造的四处漏风的旧砖房里，生活了三个多月。

有时候你想，他的话题，要是能淡淡地叙述那段生活，他的那些感动，你大概是会喜欢的。我们的语言是那么贫乏。交流是件很困难的事情。我们的感受，要让人明白，真的很难。常常，能够抵达内心的，并不是语言。

禅家说悟。因为语言的匮乏，法不可说，没有词汇能够说清佛法。

佛祖拈花，迦叶微笑。多美的交流啊。一个动作，一个微笑，便已心心相印。

释迦牟尼说法四十九年，最后只是指月无言。他说，若有人说我说了什么，那是谤我，毁我。我什么也没有说。

佛经浩瀚如海，那么多卷。而佛祖却说，他什么也没有说。

我们每一个人，在世界上，犹如一座座彼此隔绝的岛屿。这样孤独，各自苍翠和繁盛。没有出口，也无法横渡。

很多时候，你是个可以一整天一整天不说话的人。

心不在焉中，一个一个飘进你耳朵里的词是，前妻，女儿，单位里的一些人事纠葛。反反复复。我知道，你突然有些厌倦。我也知道，这个男人，永远也走不进你的世界里。

阿坝。

这个远离省会成都的偏远小城，并不像想象的那么简陋。几条宽敞干净的街道，两旁是有着大玻璃窗的商店。橱窗里挂着一些时尚的服装。

人不多。街道上很安静。

到达的时候，飘着雪花。太阳也依然挂在天上。在阳光的照耀下，飞舞着的雪花晶莹透亮。

有不错的宾馆。干干净净的白棉布床单和被褥。暖气充足。可以洗热水澡。

同伴去洗车了。你舒舒服服地洗了个澡，一个人来到街上。

那条最热闹的街上，行人也还是不多。

大多是本地人。你看见有些人，蹲在屋檐下的避风处，抽着烟，悠闲地看着马路上来往的车辆。藏族女子背着背篓行走，背影细长优美。

很多小小的商店，外部看起来就像是普通民宅，泥墙，一扇木头小门，里面却是一个曲尺形的柜台，卖藏饰品，卖日用生活品。

穿着红色冲锋衣，在一片灰色的大街上，很是醒目。你感觉到被注视。周边有很多目光在包围着你。这一刻，那样的孤独感又油然而生。街上的行人，谁也和你没有关系。你只是一个人，孑然而行。

雪在突然之间下大了。天上那轮太阳隐到了云层深处。天色很快暗下来了。密密的雪籽迎面砸过来，生痛生痛。你戴上冲锋衣的帽子，背转身去，突然发现，街上的行人顷刻之间没了踪影。整条大街上只有你一个人。风大了起来，帽子戴不住，滑落下来。雪籽变成羽片大的雪花，密密地扑来，天地间遮起了一层迷迷蒙蒙的雪帘。

你迷路了。

不知道往哪里走。

找不到可以问路的人。

你站在马路中间，分不清东南西北。

我又看见那条河流，漫无边际地静静流淌着。

在河的中央，你茫然四顾。你无法把握方向，只能顺着水流往前淌。它把你带到哪里就是哪里。

轻轻的两声短促的汽车鸣笛。是你的同伴。洗完车回宾馆途中。疑惑地看着你，不知道发生了什么。他走下车来，帮你掸去身上的雪花，说，上车吧。

你靠在他的肩上哭起来。你说，我好怕。你说，你别丢下我，你要把我完整地带回成都。

佛告须菩提，生命恒转如瀑流。生命中经历的一切，你以为得到时，已经逝去。你以为一无所得时，它就如如不动地在你心里。有也随瀑流而去，无也随瀑流而去。当你想把握那有与无时，你却根本不知道，那有与无究竟在什么地方。

过去的已永远成为过去，此刻在刹那间消逝，没有人能知道，未来会是什么。

你一直没有搞清,那个地方叫年保玉则,还是叫莲宝叶则。

清晨的山谷宁静空旷。有个高原湖泊,那样蓝,那样清澈,静静地卧在裸露着岩石的陡峭山峰下。山峰连绵成一片,不知道哪座是主峰。

有积雪在山顶。

雪线以下是灰色的刀削一样的岩石。天空也是清澈的蓝,没有一丝云彩。阳光照亮高处的雪山峰顶,在深蓝色的天空背景下显得分外醒目。雪山充满着一种特殊的神秘气息。

周围是一大片的高山草甸。黑色的牦牛,白色的绵羊,安静地散落在起起伏伏的草地上。红色的经幡在草原上飘飞。

有一些远道而来的游客,不多。在偌大的草甸上分散开来,便成了一幅安静的画面。看得见远处小小的人影,却听不见声音。

你在湖边,找一块石头坐下,看着那深蓝深蓝的湖面。前面是巴颜喀拉山群峰,很高,俯视着这个世界上的一切,不动声色地看着来来往往的人群。它存在于这里,有几千年几万年了吧?不过是弹指一挥间,千万年的时间便消失殆尽。这个静谧的高山湖泊,依然静静地卧在巴颜喀拉山下面。雪山依然陡峭,亘古不变地陪伴着美丽的仙女湖。

千里万里,你来到阿坝,来到久治,只是要来看看这个不知道叫年保玉则还是叫莲宝叶则的地方。你知道,你什么也带不走。

旅行,只是走过。

走过而已。

四十九　我。郎木寺和天葬

到达郎木寺时，是傍晚，阳光依然明亮。随便找了家旅馆，房间在三楼，面西。太阳一直照到床上。在阳光的照射下，白色的床单被褥看起来很干净，很温暖。放下行李，迫不及待地来到小街上散步。

郎木寺实际上不是一个寺庙，而是一个镇子的名字。

小镇旁有一座山，山下大片松林葱茏茂密，只见连绵成片的寺院和民居在山谷间铺陈，以白龙江为界，分成甘肃一半四川一半。这条江，宽不足两米，像一条小溪。

甘川两边镇子的风情各不相同——西北的一半镇子叫郎木寺，是甘肃省甘南藏族自治州禄曲县的。寺院宏伟，红墙金瓦金顶，装饰豪华，那座寺院叫色赤寺。这里的民居多为土房；东南另一半镇子叫纳木镇，是四川阿坝藏族羌族自治州若尔盖县的，寺院多为白墙，琉璃为顶，相对平实一些。这是达仓格尔登寺。这里的民居多为木房。

两边的地理、植被、气候也有不同，郎木寺山势平缓，多草少树，晴朗炎热；纳木镇则相对险峻，树木茂密，山头湿气氤氲。

最老的那座被叫作郎木寺的寺庙，早已在岁月的烟尘里消散。只是有幸留下了一个地名。就是两座后来修建的寺庙也已经有几百年的历史了。这样的一个小镇里的两座寺庙，几百年来，香火从未间断，成为安多著名的佛教圣地。

郎木寺有一种恬淡宁静的美。高山、草原、松林、溪流在这里汇聚，有种世外桃源的意境。小镇黄昏是那么迷人。小街上并不热闹，暮霭和炊烟，在江尽头的小村飘出来，慢慢地弥漫在小镇的空中。白龙江水流湍急，快速地经过镇子，冲向远方。

头戴披巾的穆斯林大婶提着拖把到小溪边洗涮。提水的老妇人站在岸边，向河对面的邻居问候、聊天。夕阳之中，佛塔、清真寺和民房的屋顶都呈现出温暖的光泽，僧舍的屋顶上也炊烟袅袅。

郎木寺的丽莎苹果派非常有名。店主是一位普通的穆斯林中年妇女。他们家在郎木寺开了一小餐馆，来郎木寺的欧洲游客想吃西餐，聪明的丽莎自己不会做，就提出来让老外自己动手。那老外做了几份苹果派，丽莎在旁边看着他做。然后就自己试着做，结果大受欢迎。于是苹果派就在游客不断品尝不断提出改进意见中不断进步，成为丽莎的招牌点心。当年那位游客帮他们起了店名，在小店的墙上贴了一张世界地图。十年过去了，地图上已经贴满了各国的货币、游客的名片。“LISA COFFEE”也走出郎木寺，走出甘南，走向了世界。

我们在丽莎咖啡门口看了一眼，作为门面的一间小屋，中间是一张旧皮质沙发，墙上贴满了留言条，还有直接画在墙上的各种涂鸦和文字。没看见人。丽莎不知道去哪里了。我其实还是想尝尝她的苹果派的，毕竟上了《孤独的星球》了，那么有名。只是，我在那里转悠了半天，也没人来招呼，最后还是走了。我们一路慢慢走过去。过白龙江，是四川界，沿着格尔登寺方向，看见一家新建的宾馆，顶楼有个茶室，就上去了。茶室看起来很休闲，藤质的椅子茶几，地上干干净净。地势比较高，可以看得很远。不远处就是格尔登寺，似乎能看见寺庙煨桑飘来的烟雾。远处，是甘肃境内的色赤寺，在对面高高的山坡上。对面山顶有一片红色的山崖，沽酒说，那次，他和藏民打架，伤了腿，还没好就来爬山，拖个残腿，一瘸一瘸地往上走，他说走得很艰难啊。

我知道这事。他们公司在甘南建一个水电站，不知为什么事情起了摩擦，然后他这个总经理带队，带着他的一帮兄弟拿着棍子戴着头盔去和藏民大打一架。打完架，受伤的他们和藏民们在同一间输液室挂针，大家又嘻嘻哈哈互相给吃的。

喝着茶，听他讲和当地藏族兄弟的故事。打架，却不影响成为生死之交的朋友。他说，很多时候，他们和我们观念不一样，思维方式不一样，却不是坏。打完架，和他们讲道理，他们是心服口服。因为他们看见这些汉族男人也是好样的，不怕死，很勇敢。藏族人欣赏勇敢的男人！

茶楼里一开始没别人，就我们俩。后来天黑了，来了几个喇嘛，坐了一桌，在那儿安静地喝茶，聊天。偶尔，接听一会电话，手机是当年很新款的诺基亚。我对沽酒说，在郎木寺当喇嘛真好啊，居然还能泡茶楼。你来当喇嘛吧。他说，当凡人好，不但能泡茶馆，还能泡美眉啊。

天黑了，他说，我们吃饭去吧。江边有个餐馆，挺好的。我上次吃过。

那是一家重庆人开的餐馆。郎木寺的餐馆，真的很小资。这么一家火锅小店，都很有情调。整个装修风格，简单质朴却不失风情。

餐厅中间一个大大的火炉，屋子里很温暖。要了火锅，要了很多菜，还有啤酒。我们碰杯,说,在美丽的郎木寺,一醉方休。

离开时,夜已深。出了门发现路上几乎没有路灯,好黑。深一脚浅一脚地摸索着走回宾馆。很冷,赶紧回房间睡觉。

郎木寺的早晨,空气冷而清冽。

走在大街上找吃的,很多店门还关着。随便走进一家门开着的小店,吃了点有热汤的早点。觉得暖和多了,也有精神了。

沽酒说,到色赤寺那边的山坡上去走走吧。山坡上飘着藏族大妈煨桑的烟雾。

缓缓上坡,在色赤寺前可以观看盆地的全景。

东面是仿佛美国大峡谷地貌的平顶山峦,北面是由一层层独立建筑构成的寺庙,庙后的山上是暗绿色的松柏,再往上的山顶就是天葬台。南面的村落属四川管辖,村落里既有日月标志的清真寺也有佛教的寺院,在村子东南的山冈上曾经有一座天主教堂。

郎木寺就因为外国教士回国后写的文章而驰名国际,每年来这里的外国人的人数超过了来这里的中国人的人数。至今当年外国人留下的混血后代还生活在这里……

甘肃的色赤寺,四川的格尔登寺,中间还有一座清真寺,三座寺院的塔尖互相映照,构成和谐平衡的图画。

郎木寺就是这样一个和善、包容的地方。藏传佛教和伊斯兰教平等存在,不同信仰的人和平共处。你能在十字路口看到身披袈裟的喇嘛、披着黑色头巾的穆斯林妇女和穿着藏袍的小伙子一起出现在你的镜头里,有时这图画中还有以色列旅人的身影。一条小溪分界又联结了两个省份,融合了藏、回两个民族。喇嘛寺院、清真寺各据一方,小溪两边的人们各自用不同的方式传达着对信仰的执着。

郎木寺

寺庙，喇嘛

突然发现天空上很多秃鹫在盘旋。沽酒说，可能有天葬，我们上去看看。他加快脚步往山上跑，我气喘吁吁地跟在后面。路不近，大片的草地要穿越。越往上跑，秃鹫越多。在低空中飞，发出沉闷的叫声。终于，看见天葬台了。天葬师已经完成工作，在一边用瓶子里的水洗手。一边有一堆烧得很旺的火，那是死者随身穿的衣物，浇了汽油在烧。天葬台的石板上，秃鹫围在那里，分食着死者的肉体。山坡上还有大片的秃鹫停在那里。远看，像一群羊，密集地聚在一起。

没有声音，很静很静。还有一对年轻的情侣游客，我和沽酒，我们谁都不说话，安静地看着。谁也没有掏出相机，这样的时候，内心里有的是对死者的尊重，没有想要拍摄的愿望。

看着秃鹫一点一点地把那剁碎的尸体分食掉。很快，天葬台上干干净净了，没有一点残留。秃鹫也一只一只地飞离，先是在天葬台旁盘旋几圈，一圈比一圈范围大，慢慢地就飞远了。山坡上的那么多只秃鹫，很快就没了。

死者的亲属和天葬师，在秃鹫飞走后，他们也上了一辆停在旁边的拖拉机，开下山去。

没有哭哭啼啼的，只是平和安静地处理后事。他们已经参透了生与死的真谛。

我们每个人都知道自己的生命总有一天会消失。但大多数人都很少会去直面这个问题。

其实，生命消失的可能，随时都存在着。

谁也不知道自己的生命究竟能在这个世界上存留多久。因为无法预知，所以，那个日子的到来显得有些遥远。生命会消失的这个事实，显得有些模糊。

于是，很多人相信自己是有着漫长的时间可以挥霍。

如果，给予生命一个明确的期限呢？

那样的话，我们活得是不是会更郑重一些？我们对某些美好的东西，是不是会更珍惜一些？

没有人能够知道死亡的真相。

它犹如一个巨大的黑洞，我们看不到里面有些什么。只有无边的沉寂和黑暗，吞噬了一个又一个的生命。

没有归途。没有人能够从那样的黑暗中返回这个世界。

很多人，对死亡的恐惧，源于对一个未知世界的恐惧。自然科学、哲学、宗教，都在探寻着关于生命走向的答案。

孔子说，不知生，焉知死？

耶稣说，相信上帝吧。忏悔你的罪恶吧。这样你就可以进入天堂，得到永生。

佛说，渡过生死瀑流，到达涅槃寂静的彼岸。那样你就进入了不生不灭的境界。

道家说，生命是自然的产物，源于自然归于自然。

涅槃寂静的彼岸是怎样的一个世界？超越生死，那是一个精神层面的存在。它与普通佛教徒所认为的天堂地狱的概念是不同的。也许，有人证悟到过，但我们无法知晓。这样的证悟是无法传递的。

孔子是圣人。圣人依然是人。所以，他的说法更接近普通人的想法。我们连生都无法说清，又怎么能知道死的真相呢？

我是更愿意听庄子说的话，生命源于自然，归于自然。

生与死，不应该是一个对立面。它们相互依存，相互包容。

生命是一个过程，生老病死是其中不可或缺的内容。我们不能选择。不能只要生不要死，只要健康不要疾病，只要青春不要衰老。

如果生命可以截取,那截取就是生命的夭折。

要接受生命的全部。我们在接受生的同时,就已经接受了死。死和生是一个整体。当死不可避免地到来时,那就顺其自然而去吧。

生命与自然共存,随着自然的变化而变化。

要说变,生命与自然没有一刻不在变化;要说永恒,生与死都存在于自然中,自然永恒也就是生命的永恒。我们真没有必要感叹天地的永恒,感叹生命的短暂。那短暂和永恒的区别,是我们自己执着于生死而来的。

瞬间即永恒,永恒即瞬间。生与死,都可以抖落得干干净净,不沾一粒尘埃。

人与人之间最大的区别,其实是他们对待死亡的态度。如何面对死亡的命题,决定了他们面对生命的态度。

对于死亡,我一直没有太多的恐惧。

河的对岸,会有什么样的风景,我没有想过。至于基督说的那道窄门,我想,以我的愚钝,大概是进不了的。我也不相信人可以转世轮回。

不恐惧,也许是我时时想着,自己总有一天会从这个世界上消失。事实上,有很多人和事,早已从我的世界里消失了。那消失的内涵其实是一样的。

谁知道呢,下一刻会发生什么。

因此,我珍视所有的闪亮瞬间,珍藏每一个温暖地相处过的朋友,珍惜每一种属于我的美好。当生命不再能给我带来美好,当活着已经成为这个世界的一种累赘时,我知道,我会选择,有尊严地离去。

很多时候,自杀,并不是一种懦弱的行为。

当生则生,当死即死。有尊严地活着,有尊严地死去。我相信这是一种积极的生命态度。

从来就不赞成“好死不如赖活着”的说法。

突然想到了关于大象的墓地的传说。

没有人在自然界中看到过大象自然死亡的尸骸。当然被人猎杀的除外。老死的大象去哪里了？这一直是个谜。大象的墓地在哪里？没有人知道。

据说，大象在要老死之前，都是自杀的。自己走进沼泽，靠巨大的体重自沉溺毙，把几吨重的躯体拉回到滋养它的土地里面去了。

当我们对待生，能够更加郑重，当我们以最美好的姿态走过生命中的每一天时，那么死亡，就是日落回家。没什么好让我们恐惧和厌恶的。

站在那高高的天葬台上，我想了很多、很多。

五十　她。拉萨

十八天以后回到拉萨。

进城的公路两边，白杨树已是一片金黄色，在阳光下闪耀着绚烂的光辉。

远远地，便看到了布达拉宫。那红白两色的建筑，高高地立在远处的山上，沉默地看云卷云舒，看沧海桑田。

同伴们很激动，快看，布达拉宫。我们到了。司机师傅适时地放起了郑钧的《回到拉萨》。

马路上车来车往。

北京路两边的店铺喇叭里放着流行歌曲。

还有路边小贩的叫卖声。

拉萨真热闹。

从藏北无人区出来，对于城市的一切，竟然觉得很新奇。似乎已经是遥远的记忆了。

她和笑笑，又住回了原来的客栈。下车进了院子，抬头看一眼碧蓝如洗的天空，看院子里熟悉的桌子躺椅，恍若隔世。

卓玛和洛桑，高兴地迎出来，把她们的大背包接了过去，说，以前住过那间，正好空着，还住那一间吧？好的好的。

她们要在拉萨待几天，笑笑要结伴去尼泊尔，她休整几天后要回到自己的城市，回到原来的生活中去。她知道，笑笑已有所悟。这一趟旅行，是她走出自我的机缘。

傍晚的时候，手机响了。竟然，是腾格尔大哥。他说，我在雪域餐厅，请你和你的同伴吃晚饭，来不？

你也来拉萨了？太好了。我还以为我们也许就这样再也见不到了呢。好，我和笑笑一会就过来。她和笑笑，洗完澡，换下了穿了半个多月的冲锋衣登山鞋，穿上薄毛衣长裙和轻便鞋，拐过一条条巷子，向八廓街走去。

雪域餐厅门口，远远地就看到腾格尔大哥，高高大大又风尘仆仆的样子，很是惹人注目。看见她们，他张开手臂，做了个拥抱的姿势，笑着说，很想抱抱你们，只是，我太脏了，挤大巴回来的，刚到拉萨，饿了，就先来餐厅了，吃完饭再去找住宿洗澡。

半个多月的阿里荒原之行，一路上没有什么好吃的，闻到餐厅里飘出来的香味，真是馋了。他们点了咖喱土豆饭、烤羊排、牦牛干巴，要了几瓶啤酒，为顺利走完阿里，干杯。

在她们住的客栈，帮大哥订了个房间。回到客栈，她和笑笑去看央金。央金正在唱歌。看见她，微微地笑着点点头。笑意从眼睛里溢出，棱角分明的脸庞变

仰望

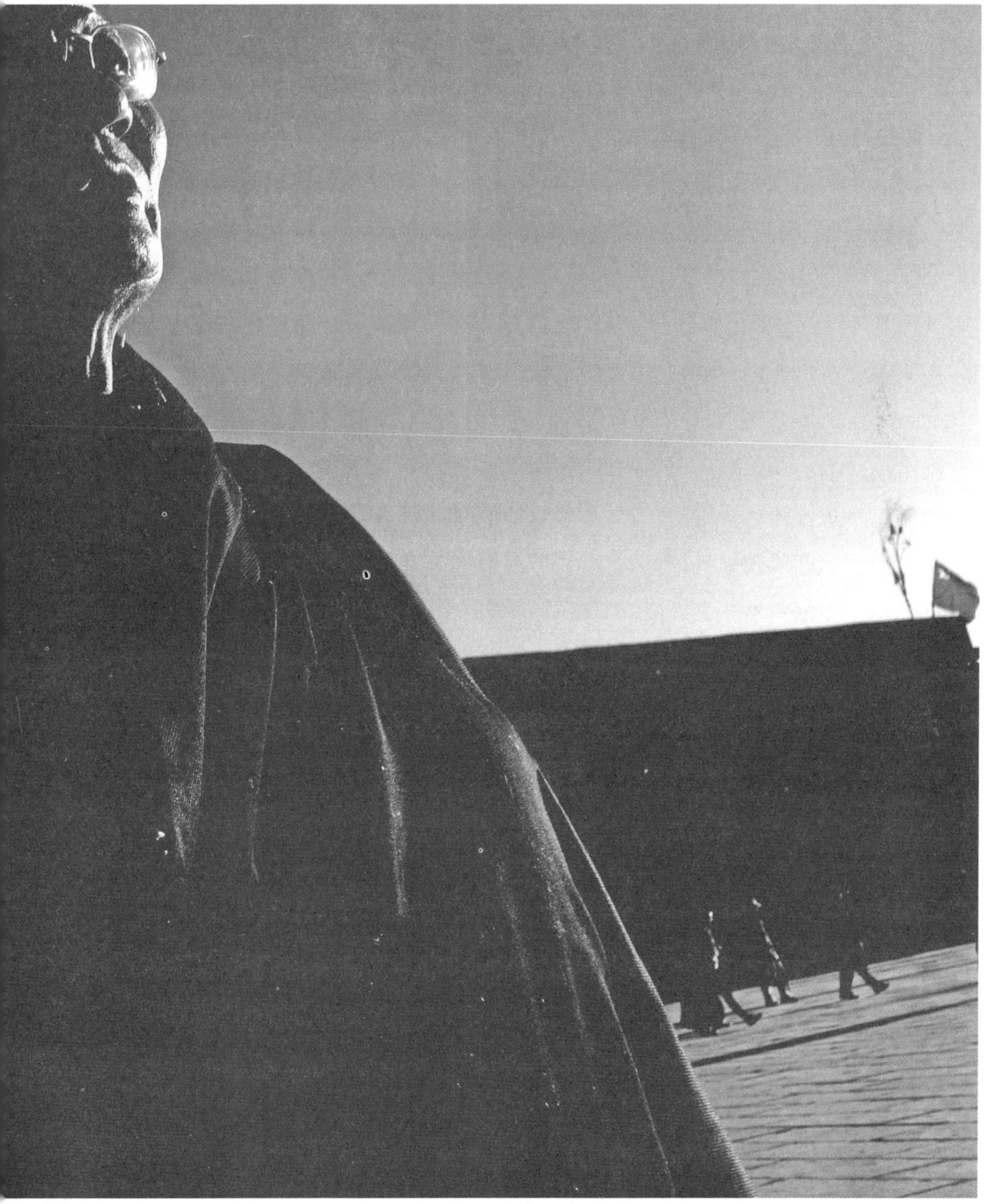

得柔美而温和。一首歌的间隙，她走过来，拥抱她。把手上客人送的一大束鲜花递给她，说，你们先坐会，等我唱完。

洗了澡的腾格尔大哥也过来了。他们喝啤酒，安静地听央金的歌唱。那些歌声，能够让他们回到刚刚离开的那片土地，那样辽阔悠远。

唱完歌的央金来到他们的座位上，看见大哥，愣了一下，迟疑地问，你，是——腾格尔吗？大哥一脸正经地说，是啊。然后，随口就哼起了……“蓝蓝的天空，清清的湖水，哎耶，绿绿的草原，这是我的家，哎耶。奔驰的骏马，洁白的羊群，哎耶，还有你姑娘，这是我的家，哎耶……”

酒吧里的人都转过头来看他，有人疑惑地说，腾格尔？有人跑过来，说，呀，腾格尔来了。大哥满脸尴尬地站起来说，不好意思不好意思，玩笑开大了，我不是腾格尔。只是长得有点像。他双手合十，朝大家作了个揖。

央金哈哈大笑，没想到，你不但长得像，歌声也像呢。依然有人认定他是腾格尔，过来要合影，要签名。央金说，走吧走吧，这里不能再坐了。

散步来到布达拉宫广场。装饰性的亮灯已经熄灭。幽暗的路灯把人的影子拉得细长细长。广场上有一群年轻人围成一圈，有人在喝酒，有人在弹吉他，还有人在唱歌。唱着满大街都在放的口水歌。

……“拉萨的廊玛里呀，什么人都有，就是没有我的心上人……”

有人开始哭，边喝酒，边絮絮叨叨地说着什么。

他们在远处站定，安静地看着那个热闹的圈子。

她不知道他们都是些什么人。也许是结伴旅行的驴友们的分别聚会，也许是藏漂们，聚在一起宣泄一下思念家乡亲人的情绪。可她觉得她能理解他们。在这样的一块土地上，在深夜的布达拉宫广场的星空下，不管是离别也好，思乡也好，一切，都是那么的真实。

央金叹了一口气，说，你们走完了阿里，估计也快要回家了。离别就在不远，我的心里也很难受。

笑笑说，大哥，明天不要走，陪我们两天吧。大哥迟疑了一下，说，好吧。

她没有说话，只是有些伤感。

腾格尔大哥留在拉萨，陪了她们两天。他们去逛八廓街挑纪念品。去拉萨河的对岸，遥望布达拉宫。清晨去大昭寺转经。还一起租车去了楚布寺。

楚布寺回来的路上，车上的音响播放着那首《遇上你是我的缘》。

……

高山下的情歌

是这弯弯的河

我的心在那河水里哟

蓝天下的相思

是这弯弯的路

我的梦都装在行囊中

……

清晨的拉萨街头，空旷而清冷。东方有一抹红色在渐渐加深，城市正在慢慢醒来。他的旅途将继续延伸。此时要去另一家青旅，搭乘车子，离开拉萨。走滇藏线，一路往南，去云南。

他们告别。在晨曦未启的拉萨街头。

她说，大哥，我们还有机会再见吗？

也许，在下一个旅途，我们又碰到了。也许，我会去你的城市，看你。生命短暂，也漫长，总有机会碰面的。

阿里的月色。古格王朝遗址。废墟。猎猎作响的经幡。纳木错的日出日落。藏北大草原上，清晨满天的火烧云。那样的时候，他们在一起，她在这自然的美景前，泪流满面。他为她拍下古格遗址上孤独的背影。

这些时光，无法复制，也永不再现。它们来不及变坏，也来不及消失，最后会慢慢变成化石，存留在我们心底。

他拥抱她。说，保重！

走吧。她放开他。要赶不上车子了。

他凝视着她，倒退着走了几步，然后一转身，大步向前，走了。

空旷的街道上，风吹起那一头略微卷曲的长发，显得凌乱而憔悴。高大的背影，渐行渐远。传递出深深的落寞。

这是一场真正的告别。不会再见。

一切都会消失。我们无法留住美好。所有的刻骨铭心，都只能是一个瞬间的事情。从一开始，就注定了最终回归虚空，无法延续。情感，是人类生命中无法摆脱的轮回，周而复始，兴衰交替，不会永恒。不会。

五十一 我。尾声

我不知道我是如何来到这个地方。

车子明明是在大道上行驶。走着走着，路就越来越窄了。这条仅容一辆车通过的小路，一直在向上。

越来越高。只有天空那一片无边的蓝色。车窗外看不见任何别的景色。我像是行驶在一条通往天堂的高架桥上，浮在空中，驭风而行。

导航仪突然失灵，屏幕上只有一片蓝光。没有别的路，亦无法后退。我只有硬着头皮往前开。

经过半个多小时的上行后，终于平坦下来。我看到脚下群山起伏。不，不是群山，应该是叫塬，一个又一个的塬，大海一样地延伸开去，中间隔着一道一道的深不见底的沟壑。

我所在的地方，是一个弧形的山头，并不大。除了中间这条小小的土路，两边，全是树林。树上挂满了苹果。举目四望，看不见一个人影。

这是什么地方？我走进树林，苹果散发出甜香清新的气息，极为诱人。地上有个筐，里面有一些采摘下来的苹果。我大声地喊，有人吗？少顷，一个老年妇女从林子深处走出来，肩上的筐子沉沉地往下坠。她放下筐子，抬手擦汗。我看见那一脸深深浅浅的皱纹，如刀刻一般。我说，大妈，这是哪儿呀？她叽里咕噜说了一大堆，我一句也听不懂。

我茫然地看着她。她做手势，指指树上的苹果，做个吃的样子，然后又指指我。我明白了，是让我吃苹果。说声谢谢。自己动手，从树上摘了两个像小西瓜那么大的苹果，回到车上。用瓶装矿泉水冲洗一下，便吃了起来。

车子被太阳晒得很暖。一阵困意袭来，似海潮般铺天盖地，无法抗拒。我放倒椅子，索性就在这安静的高山顶上休息一会再走。

然而，我竟看到了她。从另一边的树林子里走出来。她似乎找不到方向，迷离而恍惚。可是，她怎么会在这里呢？她一个人是如何来到这样荒僻的一个地方的呢？我招呼她，她向我走来。

我说，你为什么会在这里？她说，我迷路了。

我说，你要去哪里？上车吧，我带你出去。她摇摇头。她说，我不知道我要去哪里。我能去哪里。一边说着，一边向后退去，极速退向林子的深处。似乎是被一根管子吸走了，"刷"的一下，不见了踪影。

我迷惑着，不知是否该追出去找她，突然身后有人拍拍我的肩膀。转头看见你，笑眯眯的在一边看着我。你怎么也来了？

你说，我的朋友拉姆失踪了，我一直在找她。

她留在了她热爱的地方，并非坏事。你为什么一定要找到她呢？

你说，是的。我想，我不用再找了。生命的本质是空无。缘起性空。拉姆其实本就是个空无。香格里拉也是个空无。所有的一切都只是在我们的

我转动所有的经筒

心中。

我说，我刚刚看到我们的朋友——她。她走进了那片树林子。我想要去找到她，带她回去。

你沉吟了一会，告诉我说，她在高原游历太久。这一经历如此深刻，让她有别于她的同类。语言贫乏。我不知道，即使对于她自己，她能否将那些触动心灵的模糊情感用简明的语言表达出来。岁月漫长而单调，她用一幅模糊的图案来修饰它们。我不知道那是什么图案，我只知道，她沉迷于这个图案。她的内心，是一个美梦的映像，但这个美梦，她永远都召不回来了。

我突然有点忧伤。因为空无？因为她？

笃笃笃……笃笃笃……林子里有啄木鸟在吃虫子，很响的声音。我挥挥手，想把这种声音驱走。然后就惊醒了。

我在车上，手上还捧着一个吃了一半的大苹果。抬头看见一个男人在敲我的车窗。原来是那大妈去找了人来，他会讲普通话。

我问他，这是哪里，我该向何处去。他说，你往前开，一直开，出去就是大路。好吧。谢过他们，继续往前。

终于，我看到了路的尽头，一条宽阔的公路横亘在前。

不知道什么时候，导航仪恢复了工作，地图上显示，前方不远，竟然就是壶口瀑布。

我好像看见巨浪翻滚着，撕扯着。那是黄河要撕开一个口子，冲出这片黄土高原。我想象着千万年来，汹涌的河水，如何由下而上，一层层地把岩石切割出一个巨大的豁口。河水从那高高断崖上扑下来，顺着形似壶口的甬道，卷着令人心惊胆战的旋涡，翻滚着浑浊的浪花，冲出黄土高原。

我已经隐隐听见了壶口瀑布的咆哮声。它在召唤着我。我要去看看黄河，我从它的源头过来，我要沿着它的流向，一直走到它的出海口。

而完整地走过黄河，那将是我生命中的另一段旅途。那么在这一段新的旅途中，我又会是谁？是她？是你？还是我？